态度

班琳丽 著

河南文艺出版社
·郑州·

图书在版编目(CIP)数据

态度/班琳丽著. --郑州:河南文艺出版社,2021.5
(2022.5 重印)
(文鼎中原)
ISBN 978-7-5559-1171-5

Ⅰ.①态… Ⅱ.①班… Ⅲ.①中篇小说-小说集-中国-当代 Ⅳ.①I247.5

中国版本图书馆 CIP 数据核字(2021)第 092667 号

策　　划　李勇军
责任编辑　张　阳　暴晓楠
书籍设计　小　花
责任校对　陈　炜

出版发行　河南文艺出版社
本社地址　郑州市郑东新区祥盛街 27 号 C 座 5 楼
承印单位　河南龙华印务有限公司
经销单位　新华书店
纸张规格　890 毫米×1240 毫米　1/32
印　　张　9.125
字　　数　172 000
版　　次　2021 年 5 月第 1 版
印　　次　2022 年 5 月第 2 次印刷
定　　价　50.00 元

编委会

目　录

态度

无论事情如何开始，重要的是用什么样的态度迎接结束。

　　　　　　　　　　　　　　　——写在前面

　　一丁点儿的征兆没有，刘大禾"10·12"专案组组长的官帽被摘了，"正科"说免也给免了，他这会儿是高台上跳水——栽深了。

　　这不，在主妇酒家二楼的聚义厅，他的几个贴己在拿五十六度的金六福给他排毒。这好比……足球场上，你玩命地跑铲传带，努了腰疼，连喘气都疼了，"嘟"，哨儿响了，红牌，你领了红牌！黄牌警告，红牌罚下。春水一江……啊，皆白流。

　　哥哥，罚下不怕。跟刘大禾坐挨边的耗子神情严肃地白话，咱等他再把……把你罚上场！耗子也有些喝高了。

　　少忽悠我，倒酒，倒酒。刘大禾瞪着兔子似的眼珠子示意耗子。

　　刘大禾，外号"刘大喝"，往常斤把白酒不带醉的。他老婆侯红红常跟人叨他，说就是把她老公装酒缸里，泡上三五天，缸都把不住醉了，她老公都还清醒得跟佛似的。但看今天这架势，她老公还真不行了，酒量提前触底。

刘大禾把朋友分为四等：第一等，能为你办事而不坏你事的；第二等，能为你办事也能坏你事的；第三等，不能为你办事也不坏你事的；第四等，不能为你办事却坏你事的。耗子跟老黄绝对是他刘大禾一等一的朋友，关系近到只差换老婆睡了。

刘大禾刚把酒杯蹾在转桌上，"吱呀"，门响了，长得跟嫩藕瓜似的女服务生推门而入。女孩子礼貌有加地把菜放在转盘桌上，正要走，被刘大禾一把拽住，报……报上菜名来。女孩子吓坏了，她新来的，做起事来还涩得很。大叔，她怯怯地叫了一声。刚要报菜名，就见刘大禾眼神立起，冲她厉色嚷道，我有这么……老之将至吗？去，叫你们老板娘来，问问她咋调教的服务生。女孩子开始抹眼泪了。刘大禾更恼了，大手一划拉，三五个无辜的盘子、杯子随即在坚硬的地板上，碎成花瓣。

响声很快招来了老板娘。刘大禾刚一瞧见老板娘，便满嘴喷着酒气嚷，报个菜名还能难……死？哥哥，您多原谅，怪我调教不周。说着，老板娘打后面推了女孩子一把，示意她报上菜名。那女孩子便强颜欢笑说，您好，这道菜叫"干煸鸡杂"。刘大禾眼神又一竖，不依不饶了，为么不是"干煸牛鞭"？这边，老黄私底下碰碰老板娘，说我兄弟今天心里不畅快，你多担待。老板娘听了点点头，随后嘴角可爱地咧着冲刘大禾道，没奈何，哥哥，今天屠宰场杀的全是母牛。哈哈，哈哈，即刻，一屋子的笑声此起彼伏地荡漾开来，连刘大禾也跟着笑起来，笑得眼圈都湿了。他大手搁脸上一划拉，说，靠，我哭了？

别憋屈了，哥哥。耗子涎水啦啦地应承，弟弟帮你查个水落……石头出。到时候作祟者，哥哥你剁了他，食肉寝皮。

旁边的老黄却说，兄弟，快别说了，你睡觉靠的不是枕头！他是心里清楚，他差一点也就跟刘大禾一样被不明不白给"潜规则"了。

自从刘大禾被"拿下"以来，他老婆侯红红麻友不约了，街不逛了，下班就回家，还颠颠地像个使唤丫头，烧他爱吃的东坡肉，煲他爱喝的带鱼紫菜汤，而且那边餐桌上摆齐备了，这边才喊他上桌。北方数九寒天的，冷，晚饭桌上她还给他煮两盅儿小酒，变着法儿地哄他多下饭菜。也是，夫妻本是比翼鸟，老公仕途上正遭遇"官灾"，日子不同往常平和了，她这半拉翅膀再柔弱，也得帮他撑着平衡。

当初接到刘大禾被"拿下"的信息时，侯红红正在市倾城街上的"兰蔻"美容馆跟几个好姐妹一块做精油卵巢护理。当天上午，同事周姐跟姐妹们一再推荐，说这是时下女性护理的新主张、新革命。人家美容馆苏老板说的就是在理，别看时下不少女人为了美在搞这样那样的革命，革人的命，被人革命，可革来革去，还是黄脸婆。为什么？没革到命的根儿！左右女人美丽的命根儿在哪儿？卵巢！为什么那么多女明星四五十岁了还美得像少女？她们除了用对了化妆品，还懂得卵巢保养。接下来，周姐头脸往众姐妹中一抻，挺神秘地说，人家苏老板还说了，男人为啥敢撕破脸地找情人，不就是在家里守着老婆还性饥渴？不错，女人既要顾工作，还要顾家庭、孩子，还有些杂七杂八的事，整天被弄得丢三落四、五迷三道。想想也是，咱女人干吗不心疼自己？男人挣工资，咱也挣工资，他们吃喝，足疗，玩保龄球、高尔夫，咱干吗不舍得吃穿？不懂得享受人生？要保鲜爱情，保全家庭，咱们女人得自己懂得努力。人家成功女人的经验就是，会做饭，留住老公的胃；会做爱，留住老公的心。尤其后一条，多半女人过了三十，就疏于做了。其实这不是咱女人的错，是卵巢干瘪了，让咱身体的感觉钝了。那有啥法？保养呗。与其到老公找了情人时哭，不如咱也激情澎湃地美丽着，让他离都离不开咱。

这话早听得侯红红心痒了，一副急不可耐的样子。只是周姐，真那么管用吗？你别是苏老板的托儿吧？

周姐一拍胸脯说，我傻啊，不知道一拃近还是四指近？你们信我的，没错。给你们说，我们家老肖不止一次说过，他都找回新婚之夜的感觉了。

卵巢在肚子里，咋保养呢？

咋保养啊？周姐哈哈放肆地大笑一通后，压低声音说，谁做谁知道。

果然，做了就知道了。下午在"兰蔻"二楼莲花间，脱得只剩裤头、文胸的侯红红，一阵羞涩作态的扭捏过后，在一张铺着粉色床单的榻榻米上，将自己慢慢打开了，千盏菊一样地打开。确是一种享受。美容师柔软的十指像施了魔法，刚一按上侯红红丰如膏腴的肚皮，她全身便一个激灵。

姐姐好敏感啊。漂亮的小美容师意味深长地赞。

侯红红偷眼望望别处，周姐那里已经响起均匀的鼾声，李姐、梅姐正跟各自的美容师聊得起劲，于是故作镇静地说，不是敏感，是你的手凉。而后，她便闭上眼睛，任那种久违了的新奇感觉，在被骤然受了惊扰的脏腑上，肆意蔓延。

而刘大禾那个被"拿下"的信息，就在侯红红享受得几欲酣睡的时候，悻悻然地赶到了。我可怎么办哪！看完老公的信息，侯红红眼睛顿时湿了。几个姐妹被惊醒了，等明白过来咋回事，周姐就大着声劝，红红，听周姐的，非常时期越要贴紧老公的心，要他感觉老婆才是与他同舟共济的人。男人四十一枝花，你们家老刘快四十了吧？仕途不顺，可正要含苞怒放，如今气质里再糅进点儿苦涩啊沧桑啊，整个人还不果子似的光鲜了？你可不能在这个节骨眼上冷落他。

侯红红"嗯嗯"着点点头。

红红，记住，他这会儿最需要安抚，你要是对他连讽刺带挖苦，就是把他往外推，往别的女人那儿推……周姐还在殷殷传导，侯红红已拎起包"嗯嗯"着跑出了门。

果然，当晚，刘大禾醉得烂泥似的回来了，吐了一床一地后，倒头睡去，她洗啊擦啊，忙了大半夜。

翌日一早，刘大禾悠悠醒来，她赶早熬制的大枣莲子粥已端放在床头。她不敢跟老公提"拿下"那事，谨慎地劝老公，请个假吧，不去上班了。刘大禾眼一瞪，不上班？为什么？我不仅要上班，还要不卑不亢地去。我倒要看看，是谁在玩权术！刘大禾睁着布满血丝的眼睛去上班了。

这晚，侯红红又及早地烧好刘大禾爱吃的东坡肉，煲好他爱喝的带鱼紫菜汤，餐桌上摆齐备了，金六福也烫好了，才喊刘大禾上桌。

不对吧，老婆，这待遇咋让我觉得自个不是降，反而升了呢？刘大禾说出这等拿糖作醋的话时，侯红红正夹了一块肥滑的东坡肉往他嘴里送。少臭美，我哪是伺候你，我是伺候你这头让我和闺女可劲儿使唤的老黄牛。

以前，侯红红常晒他，说这就像你跟政治，你上杆子亲它，可它就不怎么亲你。野地里烤火，你一面子热吧你。他大不以为然，却有点儿讪讪地道，这年头，当官的不一定工作干得好，工作干得好的不一定当得上官。不过，傻娘儿们，关系是越吃越近的，官是越当越大的，这就是老话说的久等必有禅，懂不懂？懂不懂你？

我不懂。侯红红说着将那块东坡肉填鸭似的强行塞进刘大禾嘴里。再看刘大禾，趁机钳住筷子，眼泡子讨乖地盯住他老婆，嘴巴有如嚼着肉骨头的宠物狗，跟主子发出快乐的示好声，嗯，老婆，我不要吃肉，只想吃你。

刘大禾的一副酸样子，令侯红红忍俊不禁，她"呵"地笑了，而后正经八百地道，你可有一个月零三天没贪嘴了。

是吗？刘大禾忙吐掉筷子，装出一副被话击中的惊呆样子。转而，他讪笑着，跟老婆急赤白脸地讨饶说，那会儿不是忙"10·12"来着……现在好了，被光荣地扫地出门后，就今天晚上，我就要吃你，吃你个大浪滔天，死去活来。

侯红红一张脸唰地红了，她睨了刘大禾一眼，柔软地骂道，熊样儿。

饭后，侯红红催刘大禾回卧室看《新闻联播》，刘大禾一副讨好的样子望着侯红红道，老婆，我这是从正科的位子上"滚"下来，要是从我们单位上"滚"回来，你还会这样跟伺候老爷似的伺候我吗？

要真那样，放心，我比这还要用心地伺候。

嗬，为什么？

他老婆抬头剜他一眼道，因为你越"滚"离我们娘俩儿越近啊。

就这话，听得刘大禾心弦儿猛地一紧。忽然，他心血来潮，去拧他老婆的耳朵，边带样子地说，要真到了那般田地，说不定我还一脚蹬了你，你信不信？

好，好。被拿下你还气概了，你还气壮山河了，你还气冲霄汉了，是不是？是不是？

他哈哈一乐，顺势将老婆逮进怀里。顿时，眼睛感觉潮了，胀胀的，涩着。

被拿下来了，你还烧啥？过去在位上，上班下班离不了车，恨不能起身如厕也想亲自驾车过去。可有啥说啥，小车喝油燃油耗油，怕啥？单位有燃油补贴，不够的，那不还有别的手段供咱兄弟捯饬吗？不怕，烧得起，油烧得起，人也烧得起。

可这会儿，不烧了。不想烧了。他决意步行上班，以步代车。

可话又说回来，步行上班又怕啥？他静下心来扒拉一下自己在位子上的那些过去，跟人比比，不见得黑不可睹、脏不可触。再说，自个不还有光辉灿烂的业绩吗？那次五天五夜跟冯"贪腐"大眼对小眼地飙着，妈的，五天五夜，几乎没合过眼，眼泡子都熬烂了，但最终将院里生生挂了一年多的一桩积案一举击破。那时候，被院里称作"老头

态度

子"的王为民院长一高兴，给记个二等功，提了正科，还一块"直捣黄龙，诸君痛饮"。要说全院里，正科倒也不少，可跟自己一样记过个人二等功的，也就自己一个。

自己不作奸犯科，不男盗女娼，自己清清白白被拿下。可这样的人都被拿下了，院里的同事也许都会这样想，都曾这样想，都在这样想，这能怪人家老刘吗？到底谁有毛底？谁屁股不干净？谁在捂着眼睛塞上耳朵盗铃铛？

要相信群众。这样一个年代更要相信群众。

然而，当刘大禾走出家门，走到街上，原本松动的心情仿佛又患上了重伤寒，呼吸不畅，堵得他难受。事实是，拿下容易，要放下，到底不易。

外面真是冷了啊。这令刘大禾一下子想起青丝成雪的老母亲来，这天寒地冻的，她咋熬哪？这老人家，总贪着跟村里的老姐妹说话，不愿来城里住。自己是该抽个空儿，回去看看了。常回家看看，还真是好唱不好做。

老话说人生不如意事常八九。八九就八九，谁的日子真能过得顺风顺水？他刘大禾常跟老婆自嘲，说要称称我刘大禾几斤几两，大不了就一凡人的斤两，偶尔犯拧，偶尔也跟人玩点花花肠子，但绝对是个夸夸其谈的好凡人。凡人容易把心态摆正了看问题，更容易将问题看淡了看开了，即便是不如意事，也能一句"大不了怎样怎样"而把丑事、愁事从肺腑上卸载掉。没"下科"那会儿，他因了这样的心态气傲着呢，潇洒着呢。他这人懂生活，仁义、仗义，有幽默感，事业上勤勤恳恳，卓有成效，凡事不削尖了脑袋钻营，不跟人装傻冲愣，也不居功自傲，身边的人都乐意跟他交往，人缘好，不乏掏心掏肺的朋友。他们办公室的小小刘就表示过，他是一个可以担当精神领袖的不二人选。可他在仕途上总不那么顺当，他虽然有一定的正义感，对"坏"的东西敏感有加，有一套"出奇制胜"的审讯真经，但常常因为不愿意舍脸面而屈于环境的压迫，使得自己总在仕途上处于尴尬的境地。

话往回说，他刘大禾人就这么一堆儿，往常所遇的人生无常，无外乎一些鸡毛蒜皮陈谷子烂芝麻的散事、破事，他能哈哈着一笑泯之。而像这样犹如"万一"的不如意事，他还是第一次不期而遇。事情刚一临头的时候，你反应不过来它是咋回事儿，所以，能表现得无所谓。其实，这都是假象，是不知道咋个好了。真等脑子回过神儿来，你甩不脱剪不断理还乱去吧你。扪扪肺腑，这味道真不好消受。不好消受，他刘大禾也会冲自己嚷，不好消受，谁让你消受了？他不记得是在哪个名人的博客上读到过这样的话：人生不如意事就像垃圾，对垃圾，只管丢掉，决不消受。

刘大禾双手抄裤兜里，身子略微探着，朝前走，不觉已拐上合欢路。等走到一个小区门口，见门内一位装扮入时的年轻母亲正怒冲冲攘住一个大男孩的衣领剑拔弩张的。

你说，你愿不愿意去上学？爸爸妈妈拼死拼活地工作挣钱，为了谁，啊，都是为了谁？

刘大禾收回目光，苦涩地笑了笑，为了谁？为了秋的收获，为了春回大雁归。听女人再次声嘶力竭地嚷道，你以为是为了我们自己吗？你才多大，你泡网吧，谈恋爱，抽烟，逃学……你对得起谁？你不上学你现在能干啥？小小年纪你也等着"啃老"吗？爸妈能让你啃一辈子吗？

刘大禾的脚步不觉慢下来，他拿余光瞟瞟那男孩，就见那小子胎毛还没脱干净的小脸昂昂的，眼神强硬地看向一边，一副不屈不挠的凛然样子。

刘大禾不知不觉听得怒火中烧。眼下的孩子啥也不欠，就是欠饿、欠冻、欠扁。猛然感觉，他跟女人有点同命相怜了，他也有这么大一闺女，他们两口子省吃俭用送她上了一所贵族中学。路是远了点儿，也是怕她路上来回折腾，骑车子受冻，又不安全，就安排她住校。这妮子这个恼，每一次来家都跟大人使脸子，满腹的牢骚话甩到你脸上，那小小的心灵不带"咯噔"一下的。

现在养孩子，就好比那些东窗案发的经济要犯，案子你做下了，你就得兜着，哪怕是一泡臭狗屎，你都得兜着。唉，或许晦气脑满肠满的自己就不是个个案，真的是人人有愁事家家经难念吧。那母子俩还在那儿僵持着，刘大禾摇摇头，继续大踏步前行了。

怎么，不腐败了？

这声音很熟，刘大禾脸一扭，是老同学，被他们称为

"赖子"的赵浩。果然，不是生人，是熟人。他停下来打招呼。

车呢？

为更好地响应节能减排的号召，增加空气清新指数，不开了。刘大禾跟赖子打哈哈。

觉悟不低啊。赖子一脚支地上，一脚蹬电动车上，伸着手让烟给刘大禾。刘大禾将赖子的手推挡回去，说道，从今往后，不吸烟，不喝酒，不摸车，不找妞儿，做良民了。

噢，玩圣徒啊？赖子自己点上烟，猛抽一口，说等你"刘大喝"做成好人，我们这些小吃小喝的就都是圣人了。

往日人在车里，一出门，眼睛就得盯死了前面的车屁股，生怕一不留神，两车"吻"出麻烦来。那时的眼里只有前方，只有红绿灯。如今走在这人行道上，才发觉还有这么多在行走的人，不时跟自己擦肩而过，赶上班的不少，晨练的也不少。

越走近单位，刘大禾的心越发有点往下沉了。近单位情怯，这感情无论如何诠释，都不够美好呀。刘大禾正郁郁地低头走着，一个中年男人跟他撞了一下，彼此看了一眼，什么也没说，就这样彼此匆匆地经过了彼此。陌路人，也许无须招呼吧。刘大禾再次用鼻息"哼"地叹了一声，往前赶路。但此时，他已不觉得冷不可耐了，身上也感觉有了热气，就掏出手机，一看时间，七点半了，脚下还是加快了步伐。

　　进到单位的大院里，刘大禾正巧碰上了李振华，私底下全院里称他"笑面虎"的李代理。他跟老黄被"拿下"，就是他宣布的。这会儿，"老头子"入住北京协和医院后，他副院长顺理成章地主持工作，下一步实现副转正，据说不是不无可能，而是很有可能。

　　李振华那神色，既想躲过去，又想正常地走过来。他是已躲不过去，除非他装作东西落车上了，再回去拿。可也不能，因为他与刘大禾彼此发现了对方的时候，几乎要头碰头了。

　　怎么，小刘，走着上班了？也赶时髦加入"步族"了？李院长跟个厚道的娘儿们似的笑着抢先发话。在与人犯的较量中，这叫先发制人。一招先发，主动尽握。

　　是这样，再不锻炼，怕这革命的本钱要吃不消了。刘大禾笑笑，却笑得很难看，心里不痛快呗。尽管如此，他还是努力让眼神卑微下来，好让李院长的眼神不再闪烁得不自在。毕竟人家是院长，他被"拿下"那事，或许与他有关，或许压根与他无关，只是如今他在这个位子上，务必要借他的口发布出来而已。

　　小刘，没背包袱吧？要说事情也不是哪一个领导所能左右的。但既然已成定局，就不要放不下了。你的成绩全院有目共睹嘛，谁也否定不了。好好干，机会还是会有的。

李院长亲热地拍着刘大禾的肩膀，一口气从始说到终，根本不给刘大禾插话的机会。刘大禾本也不想插话，不想申辩，倒是张着一颗受伤的心灵单等李院长的巴掌的热度能传输到他的心坎里，可没有。但刘大禾还是礼貌有加地说，谢谢李院长关心。

客气啥，咱们在一起共事又不是一年两年了，兄弟嘛，不客气。哟，忘了，一份材料忘车上了。那，小刘，你先上楼吧，我去取。

要不我去给李院长取了送过去？

不用，不用。李院长说着挥着手，已扭回身向他的"马自达"走去。刘大禾长长地舒出一口气，走向办公大楼。不是不用啊，是两人如果这样亲密无间地走下去，到办公大楼，然后一同乘电梯上到四楼，还需要一段时间。可这样一段时间再要说些啥呢？此时非彼时，彼时为刘大禾庆功的酒宴上，那话无论咋说都自然，无论咋说都好听，无论咋说似乎都有说不完的赞语。可此时，不是快要没话说了，是真的没话说了，李院长那"好好干"，已类似会议的总结语。

他还算识趣。

办公室门开着，这个小小刘怕又是早到了，拾掇好屋里的卫生，然后为每人泡上一杯酽酽的"碧螺春"，坐下来，老老实实地读书。

小小刘叫刘尚佳，办公室里六个人，只刘大禾跟她俩人姓刘。原本周围的人喊刘大禾老刘，称她为小刘，未尝不可。但在领导和一些老资格的同志那里，刘大禾又被称作小刘了。为了确保无误，刘尚佳就成了别无选择的小小刘。小小刘也不大，别看博士都读了，人家才二十四岁。蕙质兰心呗。

要说这女孩子还真懂事，又勤快。也许是上天弄人，笑脸如花的小小刘小时候竟是个弃婴，被她现在的爹妈从大路边跟捡破烂一般捡回来的。虽然没有好吃好喝地养着，可这女孩子就是聪明，从小学一级没留，直到考入中南政法大学，然后读研、读博，一路绿灯。博士毕业了，本来已在武汉找到了工作，可为了照顾她的一对老爹妈，毅然回到了这个爹妈依然捡着破烂的平原市，并通过了公务员考试，被分到了这里。整天跟"张贪""李贪"打交道，确实都是老爷们儿的事，要这样一个女孩子，纯属像给办公室置一盆花，如此而已。真实的生活哪能都跟演电影似的，凡事都要安排个艳压群芳智压须眉的女孩子掺和其中？偾张着血性的工种无须安插个漂亮妞儿抓人的眼球，它就是真刀真枪地办案子，不必男女搭配整出跌宕起伏的情节，弄得跟影视剧一般花哨。

这也是一种意义上的"潜规则"吧。而小小刘似乎明白这些，似乎又不太明白。你看她的时候，她就跟你花一样地笑笑，你不看她，这女孩子就很安静地坐那儿看书，很少主动惊扰他人。不要看她的业绩，事实上也没谁跟她要业绩。

刘科好。她打招呼，还是沿袭以前的叫法。

不是刘科了，叫老刘吧。刘大禾在位子上坐下来，习惯性地端起茶杯。

就见小小刘略一迟疑，问道，刘科这次没带包啊？别看这丫头平时不大说话，心还真细致，倒是块干刑侦的料儿。带包干啥，是人上班，又不是包上班。刘大禾酸笑着调侃。

可带不带包，有时候心态是不一样的。这就是小小刘，有的时候，她就能说出让你想半天而又不同凡响的话语来。刘科，我今天请教您一个生活问题，行吗？

行。刘大禾一向很敬重这个女孩子，于是爽快地应了。

什么叫做爱？是不是可以这样理解，爱仿佛一道菜，可以用不同的手法做出不同的风味来？就像我们中国的八大菜系，爱也可以做出不同风味的感情系？

刘大禾迅速瞥一眼小小刘，其实压根目光没抚上小小刘的脸，脑袋就狠狠地耷下了。这丫头，刚刚夸她聪明来着，转脸她就整一场混沌不开的戏出来了。刘大禾的脸羞得红了，他一时揣不明白，这女孩子是真不懂，还是装不懂。要是装不懂，她言语背后掩着什么呢？这样想着，刘大禾的身体悄悄地便有些不安分了，一股异样的东西在下体里肆意汹涌、奔流，想要将他瞬间吞噬、消融。该死！刘大禾心下暗暗地"呸"自己，眼神再不敢直视小小刘，手下忙乱地收拾起归整的桌子来。

刘科，您的办公桌我早已收拾过了。

他下意识地扫了小小刘一眼，这次扫着了，这女孩子望他的眼波，清纯得似历经二十七层过滤的纯水，像在竭力表明，就是这样一个问题啊，别的就也没别的。噢，是吗？他装作一时跑神了，对不起，我猛然想起有样东西不知落哪儿了，就把你这茬问题给忘了。

小小刘头一歪，说没关系啊。

咳。刘大禾干咳了一声，其实……也就是你那么个意思。爱可以做出不同风味的情感，比如爱护、爱心、爱好、疼爱、关爱、溺爱、钟爱、抬爱……还有我们的孙中山先生拼尽一生追求的博爱等。一口气罗列了那么多的"爱"以后，他轻轻悠悠地舒出一口气，吹起口哨来，《团结就是力量》，哨音铿锵、流畅。

原来真是这样。小小刘很释然的样子说，我刚处了个男朋友，他总是发信息，要我答应给他做爱。

刘大禾心下一惊，这丫头怕读书读傻了。一曲口哨尽了，刘大禾猛灌几口"碧螺春"，让自己渐渐趋于平静。可傻得像个天使，他叹。由此他不觉联想起外国哪部小说中的一个女孩子来，剃光头，赤身裸体穿一口袋裙，有着令人不安的传奇般的美貌，若是哪个男人须臾间目睹了她的风采，"须臾间"也便成了这男人万劫不复的一瞬。书里断语，这女孩子并不是属于这一世界里的人，她的天性抵制着一切常规习俗，只有最原始、最简单的爱情可以降伏她，并摆脱她的危险。可最终，最原始、最简单的爱情没有出现，这样的一个俏姑娘便乘着一张床单随一阵发光的微风飞升而去。作家也许在暗示，在天使和天使一样的女孩子面前，我们的灵与肉要干净些才好。

电子钟"当当"地报八点的时了，耗子他们陆陆续续才到，一个个还哈欠连天，样子倒不像已休整了一夜，而是再急需一夜休整。这就是他们这些人永远奔波在路上的真实写照。

耗子大嘴张着道：没……没睡凉地板吧？

刘大禾说：你嫂子不是那样的人。

耗子说：我可睡了一夜的冷沙发。

刘大禾说：你老婆不是我老婆你嫂子那样的人。

耗子"嗨嗨"笑了。

刘大禾郑重起来：事情有眉目了吗？他还在关心着案子的进展。

耗子打了个哈哈道：哥哥放心，都尽力在办。

而后几个人轻描淡写地聊了几句与案子无关的话，屁股还没暖热板凳，耗子他们就又被叫去开碰头会了。许久，刘大禾心下怅怅的，不是滋味。耗子经过刘大禾身边时，意味深长地拍了他一下，走了出去。没事。刘大禾高声大嗓地说道，就是把这办公室的地板坐穿，老哥也绝不会不情绪。其实，肠子早都"情绪"得拧劲了。

自己被"拿下"了，一切还是外甥打灯笼——照旧啊！的确，离了谁，地球都照样转动，太阳都照常升起。这样想着，刘大禾心下不免有些悲凉。

　　上午老黄又约了场儿，在"辣妹子"吃火锅。刘大禾忙给老婆挂个电话，说有场儿了，别再又煎又烹又炸又炒地白忙活。

　　你别喝多啊。他老婆切切交代，你这面叶子耳朵，太太的嘱托你咋老是当过耳风呢？来，再温习一遍，少喝酒，多吃菜，够不着，站起端过来。神州行，我看行。他在电话里跟他老婆继续白话，侯姐姐，哥哥这厢温故知新了，你那里于街上吃点儿好的，回家歇息去吧。

　　刘大禾这一通扯淡逗得老黄他们眼泪都下来了。你们两口子还真黏糊得可以，老黄说。黏糊些好，不然就危机了。再说这心里憋屈，你要再不给自个穷开心，真憋死了。

　　这次酒桌上多了一副新面孔，据老黄介绍，是市快报的记者老朱。老朱人长得五大三粗，却也干着报社的细腻活儿，这让刘大禾总不免联想起张飞绣花。大家一阵寒暄后，坐下来。

　　老黄跟刘大禾原本都是"10·12"田副市长专案组的中坚，刘大禾是组长，老黄是副组长，如今一同被从中跟剔除烂果子似的剔除出春天般温暖的革命队伍，原本是难兄难弟，这会儿更难得掰不开了。两人前后脚进的法院，还都是托田丰收的关系，如果说是听到跟田副市长有交情的风声，要他们规避，可以。可平心而论，这一点哪能足以成为拿下他"正科"的充分且必要条件？再有就是人家老黄，差不多是全身而出，他刘大禾是光腚猴撵狼，大太阳下光辉地丢了一回人。不过这事闹到现在，老黄肚子里大致知道个四五，他刘大禾还王母娘娘看闺女，云里雾里的呢。

老哥，是不是单纯喝酒？刘大禾坐下来，就去掏兜。老朱眼快，欠起身子，忙将一盒软包的"黄鹤楼"撕开口，捧给刘大禾。刘大禾客气一下，方抽出一根来，老朱再要给他上火，被他推开了，忙自个掏出打火机，点上。

怎么，哥哥，想不单纯？那咱叫个妞儿！老朱说着就要喊服务员。老黄那里也一个劲儿地给垫砖头，说老刘你只管放胆地扭，咱保证咬碎钢牙不给弟妹吐露半个字。刘大禾连忙制止道，别的，哥哥，咱家那妞儿虽然老了点儿，可比这里面的妞儿会扭。还有，非常时期，咱哥俩再犯不得伟大的错误了，共勉吧。哈哈。刘大禾说完，与老黄他们一同爆笑起来。

几圈酒喝过，老朱红着脸拐弯抹角地说到田副市长的案子上来。刘大禾忙摆摆手，意思是免谈。

黄哥哥，刘哥哥，您看，咱们以前都被老头子的光环照耀过。这不，老头子辛辛苦苦一辈子，到头来没能实现软着陆，可惜了他不是……刘大禾不等老朱说完，连忙让他打住，说，这会儿怕谁的话也递不进去。但有一点，人心都是肉长的，承情是承情，这个请放心，老头子在里面受不着。都是明白人，话可以点到为止。于是，老朱笑着摆手，招呼刘大禾跟老黄说，好，好，咱们吃，咱们只管吃好喝好。

三人说说笑笑，边吃边喝，不觉刘大禾已有些过量了。见他搂酒瓶，老黄赶忙递眼色，那意思，兄弟，罢了，把握住，非常时期非常把握，再山穷水尽的路途，也会有柳暗花明的拐点，是不是？刘大禾却嘴一咧，醉眼迷离地说，老哥，咱谁？咱刘大喝。放心，咱这会儿无事一身轻，脑袋空空，胃肠空空，刚刚好用来装酒。还有，老哥你不知道，靠，兄弟这次想当一回莽撞人，我就差一股子匪气了我。别拦我，让我喝！老黄一听，急眼了，忙上来夺瓶。迟了，刘大禾一个趔身，瓶嘴已含进嘴巴里。刘大禾醉了，醉得顺理成章，却也醉得深，不省人事。老黄要的就是这个度，酒场散后，他将刘大禾扶回他们科室的休息间，泡壶解酒茶，给刘大禾灌下，让他睡觉。

刘大禾突然感到了疼，头疼欲裂。他抱住头四仰八叉地躺在单位门口，准确些说是躺在他呕吐的秽物上，因为头疼难耐，还不断在翻滚。周围站满了人，有同事，有领导，还有行人，男男女女，各色人等，空气中蔓延着难闻的气味。看啊，吐了一地一身。拉链也开了，丢人死了。围观的人们对他指指点点，难听的议论纷纷扰扰。他喉头冒火，羞愧难当。落雪了，盐巴似的雪霰，铜钱大的雪片，又鹅毛般大了。人一忽儿全没了，再看他，置身荒野，积雪如被，已将他覆盖。而环顾四野，皑皑的一个大白世界啊。他一下记起一句诗来，白茫茫一片真干净，他大声朗诵。忽然，有人上来踢他，猛吼一声，丢人回家丢去！细看，是老父亲，已经离世五年的老父亲。他一个激灵，眼睛睁开，只见老黄正忙着为他扫去呕吐物。他紧手去摸拉链和周身，确定是一个梦，遂舒出一口腐气。醒了？见他醒了，老黄放下手里的家什，递茶给他。

我没出丑吧？

这不，都出给我看了。

下午下班的时候，还有些晕乎的刘大禾刚走出单位大门，一扭脸，看到老婆侯红红正冲他耍乖呢。他心下明明一热，却是佯装没看到，自顾自地往前走。

大哥，请问搭便车吗？他老婆一边追着，一边讪讪地请求。大哥，我不收钱，我就图你压压车，可好？

刘大禾竭力板住脸，眼睛直视前方，把话撂过来，请问，怎么收费？按小时还是按天？

侯红红再也忍不住，笑得腰都要折了。大哥，俺不收费，俺就图你人五人六的好模样，可好？

刘大禾说，不行，我这人最讲仁义道德中正廉耻了，大姐还是喊个价儿好。

侯红红说，你这大兄弟，俺耗子偷秤砣，倒贴还不行吗？

这还差不离。刘大禾说笑着，已跨上老婆的电动车。别看侯红红人瘦，手劲还挺大，载上刘大禾这一百六七十斤重的大家伙，车把不带打晃的。嘿，刘大禾想使坏了，脑袋里刚有想法，屁股下已有了动作。再看他老婆侯红红，"嗷嗷"地叫起来，方寸大乱。刘大禾忙作恶地笑着，趁机伸长胳膊，帮老婆把稳方向。

等车子稳稳地跑起来，侯红红脸一偏，幸福地叹道，还是有老公好，有老公就有坚定的方向啊！

两天后的一个傍晚，刘大禾跟老婆进到家里，刚换好拖鞋，手机响了，打开一看，是个陌生的固定电话。他犹豫一下，按下接听键。

老刘，是我。耗子的声音。

是你小子啊。刘大禾释怀地笑起来，你小子有神眼啊，我们两口子刚进家，你电话就威逼而来了。说吧，球事，劳你费心玩神秘？

耗子：案子有突破了。

刘大禾："10·12"的？

耗子：是呀。不过不会对田老头怎么着。他的政绩市民有目共睹，耳熟能详，他年龄也快到杠了，跟他争官的也争上了，事实上没谁想将他的事查个水落石出而后置他于死地。哥哥你也清楚这年头的鸟事，扯动西瓜带动藤，扯到鸡毛鸡骨疼，很多真相错综地纠结着，复杂得很。上边怕也是这个意思，就是查查，等风头一过，给老头子明确一个"拍巴掌"的职，他自己也心照不宣，万事就大吉了。

耗子一番见仁见智的白话，却听得刘大禾心底里陡然增添许多烦，有如三月的飘絮，挥之不去。那事呢？

耗子：哥哥，你听了可要镇静。

刘大禾：痛快点，别娘儿们家家地磨叽。

老刘，耗子那端压低了声音，那事来龙去脉我摸清楚了。是这样，李代理跟城建局的一个"副科"，据说是你的校友，几个人喝完酒，当然都醉了，一块搓麻。那"副科"说，你们单位的"刘大喝"很中啊，当初他读本科，我读重点，他二类，我一类，我比他工作早，比他出成绩，他凭什么已是"正科"，还被记个二等功？据说李代理听后，哈哈一乐，当即爽快拍板，这个容易，明天，顶多后天，我给你老兄一颗"安神丸"……

这边，刘大禾早听得义愤填膺，拳头"咔吧、咔吧"直响。知道了，忙你的去吧。他"啪"地挂断了电话。他从没怀疑过耗子的侦破能力。可很快，他便像泄了气的皮球，四仰八叉地摊在床上。他猛然记起那天李代理很不磊落的眼神，这就是答案了。自己就是这样被"拿下"的，跟戏里编的似的，多么荒唐。这就是某些领导的风范吧，耍你像耍孙子。不想用你，就好比泥瓦匠手起刀落，拦腰一下，你原本好好的一块板砖，就只有乖乖地被他们当砖头使了。

妈的！刘大禾恨恨地骂了一句。手机响了，姨妈打来的，声音都抖了，大禾，乖孩子，你表妹珊珊跟一个秃顶的开发商跑了，她脑残了，脑瘫了，咋唤都唤不回。我叫她气死了。我可咋办啊！

姨夫死得早，姨妈一个人带大了表妹，供她读完大学，刚在市工商局上了班。这丫头，真不懂事，不省事。刚挂了姨妈的手机，母亲的电话紧接着来了，儿子，你姨不容易，你可得替她管管你表妹，让她省省心。很久没听到母亲的声音了，又苍老许多，刘大禾听着听着，眼圈湿了，忙说我刚接了姨妈的电话，我这就去看看。您老身体还好吗？是，天冷，要注意保暖。改天我回去看您。是，我们都好，您不用牵挂我们。那好吧，您老多保重，我这就去，就去。

霉事一波一波地来，葫芦没按下，秃瓢已起来。瞬间，刘大禾觉得身心软瘫下来，胳膊腿散在床上，任一腔的烦躁翻江倒海。不知过了多久，他老婆那里叫他吃饭。先前还饿狼似的，这会儿肚子满脑袋满，任哪儿都满满的，烦得他发昏。侯红红那里又催了，刘大禾被迫踱过去，到了饭桌前，一看又是盘满碟满的肥腻腻的肉块儿肉片儿，他火腾地就上来了，开口骂道，熊娘儿们，你就认准老一套了？你会不会过日子？知不知道钱是挣来的，不是捡来的？

侯红红被骂愣了，睁着一双莫名其妙的眸子辩解道，你不是一直喜欢这老一套吗？

老婆敢这样跟他顶，刘大禾听得特别刺耳，大巴掌举起落下，顿时，侯红红的左腮上暴起五个清晰的指印。侯红红左手捂住五个发烫的指头印，眼睛怒视着刘大禾，委屈的泪水瞬间汹涌而出。突然，她从椅子上跳起来，冲到门口，从衣架上取下羽绒大衣，鞋也顾不得换，摔门而去。

屋里剩下刘大禾孤家寡人的，气再没处撒。其实他巴掌落下的那时候他也一愣，当看到老婆的左脸登时红了，他心间也倏地疼了一下。可那会儿倒霉催的，想道歉来着，性子软不下来。

老婆一怒之下跑了，跑就跑吧，她咋跑的会咋回来。倒是姨妈那边，他得去看看。刘大禾再次穿戴整齐，拉开门，顺手想关灯，手放开关上，又作罢了。还是开着吧，好给老婆照着明，不至于黑咕隆咚的，她一个人害怕。

刘大禾十点钟心情抑郁地回到家，远远地看他们小区三号楼他家的窗口，灯光依然动心地亮着。老婆怕早回家了，只是想跟他赌气，睡下了，待会儿怕还不给他开门。女人都这样，拳头不硬，如此做些力所能及的抗议，表达一下"你惹了我后果很严重"的脆微尊严，罢了。刘大禾如此想着，下意识地摸了一下腰带，很好，钥匙带着呢。待会儿见了老婆，主动亲她一口，服个软儿，有些烦就能风吹云散了。

　　　　　　　　　　　　　　　　　　　　　态度

刘大禾顺利地拧开防盗门，拧开卧室门，房内却空空如也。他连忙侧身看客厅，又轻手轻脚查看了各个房间，他才有些慌神了，老婆压根没回来过。刘大禾意识到事情严重了，忙打老婆的手机，《月亮之上》的彩铃声却在房内响起来。刘大禾循声找去，老婆的手机正在餐桌上鸣叫着。那一巴掌怕真的重了，他是真伤了老婆的心了。刘大禾意识到这些，赶忙到门口换鞋，猛然发现老婆的靴子在鞋架旁呆立着，心下反而释然了，没有穿戴齐整的女人，是不会走远的。

侯红红果然没走远，一个人呆呆地在小区公园的僻静处坐着呢。她当初冲出小区大门上了一辆的士，才意识到自己穿着棉拖，也没带包。她不想去父母家，母亲和弟弟的嘴都够碎的，他们不仅会数落她，怕还要奚落刘大禾，奚落他们的婚姻。数落谁她都不爱听。她想还是去看看闺女，还真想闺女了。可一摸兜，没钱，她只好跟司机师傅道个歉，下了车。

在门口的亲亲超市装着随意溜达了一阵，侯红红就回到了小区，踱进公园的深处，浮想联翩。自己错了吗？显然没有。没有错，他却下这么重的手……哼！侯红红狠狠地"哼"了一声。知道你堵，知道你烦，人家处处赔小心，麻将不打了，美容不做了，街都不逛了，你不领情不说，还打人了你。你个该死的，该挨刀的，你横什么呀你？侯红红对着冰凉的黑夜如此质问的时候，心却随之软了。老公为什么呀，还不是因为烦？在他烦的时候自己干吗顶他呀？周姐不是一再叮嘱自己要处处时时让着他吗？自己那么长时间的小心都赔下来了，那一刻就不能忍了？渐渐地，侯红红的心软下来。

还是自己回家吧。既是要陪他渡难关，何苦要跟他赌气？侯红红站了起来。恰在这时，刘大禾找来了。看到侯红红跺着脚抱紧膀头取暖的可怜样子，他心疼了，上去强行抱住动情地言道，老婆，不要生我的气了，咱这对米面夫妻永远是贴心贴肺的亲哪。

听老公这样说，侯红红眼圈红了。但她却在刘大禾的怀抱里奋力挣脱起来，见挣不脱，便握起拳头照老公胸口上就是一拳，又一拳。

打吧，打是亲。刘大禾涎皮赖脸地狡辩。

混蛋。流氓。死鬼。

骂吧，骂是爱，恼不够了拿脚踹。

这天礼拜四，吃过早饭，刘大禾穿上羽绒服，跟老婆道个别，走出家门。门都带上了，老婆切切的交代还尾巴似的蜿蜒跟着，直到楼下，他拐过单元门。

走到合欢路温馨花苑小区大门口，刘大禾一扭脸，这已成习惯了，就见早前那位跟儿子剑拔弩张的漂亮女人独自抑郁地立在那儿。与刘大禾四目相遇的一瞬，那双寡欢的好看的眼睛猛地一热，像遇到老熟人那样的一热。刘大禾本以为她要跟他招呼了，正准备着接话，没想那猛地一热的眼神迅速一转，转到旁边绿化带中一棵橡皮树的某一片肥厚的叶子上去了。

刘大禾心下一笑，自我调侃道，自作多情了。尴尬了，还真整得他眼神跟影视剧里似的尴尬一番了。刘大禾心下哈哈地笑着往前走，经过老高家铁匠铺时，他心底里突然一亮，很快又迟疑起来。但最终，他走了进去。老高，买把刀，他说。

中年男人正背着身跟老婆孩子在屋子当间吃早饭，听有人喊，忙扭脸朝外看，见是刘大禾，便把碗一推，手拎半根油条"啊啊"着走了出来。他就是老高，是铺子里的当家男人。

菜刀吧？是拿现成的，还是再……打一把？老高嚼着油条说。这个憨厚的汉子，一激动起来，还有些结巴。

都有……啥样的？刘大禾猛然意识到自己说话时有了个小小的顿挫，一看老高，老高果然愣神呢。他忙笑笑，说有的尽管拿来，我挑挑看。此话快得像所有的字一并脱口而出了。

老高"嘿嘿"一笑，一拉柜台玻璃，伸手拿出一木制的刀具盒，介绍道，这菜刀，这水……果刀，这大砍刀。

这刀杀西瓜好使，杀人好不好使？刘大禾拿起一把精致的水果刀开起玩笑。

大哥可真会说笑话啊。这时，老高衣着光鲜的女人走出来接道，就大哥这风度这绵软的手，就是杀鸡，怕你也不敢睁着眼杀。

刘大禾"呵"地笑道，还真叫嫂子给说准了，我杀鸡就是不敢睁着眼。有一次过年杀鸡，一刀下去，我老婆那个笑啊，我说你笑啥？她说你真行，你刀砍地板上了。

哈哈哈。老高的女人一口米汤"哈"地喷了一地。

两分钟后，刘大禾腋下夹着一把用报纸包裹严实据老高说能削铁如泥的菜刀走出了铁匠铺。

上海路上依然是拥堵的车流人流，刘大禾看了几眼，感觉累得眼神疼，遂将目光从卧满各色车辆的大马路上收回来。他这边刚刚扭回头，恰好一个中年男人跟他四目相遇了。他望了对方一眼，感觉眼熟，不觉又望了一眼，确定不认识。但此时对方正嘴角上挑跟他点头，他心上一激动，也赶忙像路遇的老熟人那样跟对方点头招呼。等两人擦肩而过，刘大禾一拍恼门，猛然记起，原来他们不过在这段路上遇见过几次而已。

刘科。

刚拐上大同路，就听身后有个甜美的声音在叫。刘大禾回过头看，惊了一下，小小刘正笑脸如花地望着他。怎么，也步行上班了？刘大禾尽量像个兄长似的笑着问。

是呀，老古人说要见贤思齐，所以我就步行上班喽。小小刘走在刘大禾身边，心底无私地说笑着。有几次她的肩膀擦了刘大禾的肩膀，凉凉的小手擦着了刘大禾的手。

刘大禾忍不住拿余光瞥她。她倒是无意，他心下却是极不自在。

刘大禾越走越不自在了，加之上次小小刘那个疑似暧昧的问题……不好，只一想，刘大禾下体内便又铁水奔流起来。呸！刘大禾私下里狠狠"呸"自己。有些路人在对他们行注目礼了，那眼光溜溜的，落他一脸一身，芒刺一样。刘大禾再次拿余光瞥小小刘，这丫头依旧一副针扎不进水泼不进的冰清样子。刘大禾感觉进退两难了，进，前面不远就是单位；退，无缘无故又怕这女孩子犯疑。突然，刘大禾停下来，掏出手机，打开放在耳朵上，一边跟小小刘挥手示意，那意思是不好意思，有电话，让她先走。这招果然好使，小小刘很快领会，跟刘大禾甜甜地说声"拜拜"，头前走了。

刘大禾看着小小刘扭动着窈窕的身段远去，轻轻舒口气，方才如释重负。其实哪里有谁的电话，他是借故支开小小刘。他如今脸皮厚得可以挡"飞毛腿"，心肠皮实得可以迎"葵花点穴手"，他倒不怕有人对他飞短流长，他是怕有人泼脏水溅到了小小刘。不蹚这女孩的河，没必要脏了她的水。

刘大禾一路招呼着走进单位大门，一抬头，跟夹着包匆匆要出门的李代理迎个正着。真是路窄啊，裤兜里他拳头已握起来了，只是握的是手机不是砖头。但身旁甩着的右拳头正暗暗斗争呢，那把随着他有力的摆臂上下翻飞的菜刀冷光闪烁。

还坚持以步代车呢？李院长一说三笑抢先跟他招呼。

他有些不自在地咧咧嘴道，车躺进大修厂，还没去提。

要不等下班了，我捎你一程？

谢谢李院长，不用。

你这是……？怎么着……带把菜刀上班来了？李院长温和的笑容像突然被冻住了，脸膛上下顿失生动。

我跟前面铁匠铺的老高打个赌。这个老高，他跟我吹，说他能打军刀。我说你就吹吧，我相信草根里出能人，可还不相信你打得出军刀。他说咱赌一把，你能坚持一个月每天买我一把菜刀，一个月以后，我老高保证倾尽所能为你打一把削铁如泥的军刀。这不，这是第一把。

你还真有兴致啊。李院长呵呵笑道。

如果李院长喜欢，我到时送给您当摆件。

呵呵，我不要，不要。好好，祝你好运。李振华眼神讪着拍拍刘大禾，转身走了。

我卸你一条胳膊我。走过去了，刘大禾发起哑巴狠。

下午下班后，在大门口，刘大禾拎着那把菜刀跟李院长又迎个正着。怎么，还宝贝似的拎着哪？李院长红红的脸膛上汪汪的都是笑，美酒一般。

刘大禾谦卑地笑笑说，是啊，为了一把军刀，我得整整一个月这样拎了来拎了去。

坚持，坚持就是胜利。这次李振华说着已经转身走了。

李振华这人见谁都跟笑面弥勒似的，可有啥说啥，他做起事来雷厉风行，办起案来不走寻常道，却又能尽快打通案子的关节，案破人获，有如神助。这些都曾经令他刘大禾佩服得五体投地。至于他李振华跑官、养女人、大胃口那点事，院里有多种版本的戏语，但刘大禾很少搅乎其中。他觉得，他以往对他这个顶头上司，感情上还说得过去，称不上铁，可也不憎恶。但自从知道他就是事情的作梗者，他便受不了了，像突然被冷枪击中了要害一样，他愤怒，他不想原谅，他看他像眼中钉肉中刺了，就也想动动他，想做些努力。可做什么样的努力呢？一菜刀抹了他？自己跟他犯不着。私下里刀架他脖子上？未必唬得住他。众目睽睽下抖他的底儿？几十年跟人犯打交道，他李代理什么样的场面没见过？他刘大禾心里一时还真没谱儿。

真他妈憋屈。刘大禾深吸一口气，很重地吐出来，扩两下胸，可俩腿不行，像灌了铅，迈不动步。手机恰在这时响了，刘大禾打开来看，一条信息，耗子发的：别走了，咱兄弟找一地儿练练！

刘大禾回：不了，你小子回家喝老婆的咪咪得了，纯天然，解渴又营养。耗子的老婆正往市里办调动手续，趁没上班之际两口子打时间差，结果很理想，老婆生了个大胖小子，快一岁了，还没断奶。

耗子回：请你一起喝？

刘大禾回：你喝叫增进感情，我喝叫调戏妇女，不值。

耗子又回：青蛙和袋鼠去找乐子，袋鼠三两下完事，听见隔壁整夜"一二三嘿"，好生羡慕。次日早上刚一照面，袋鼠佩服地说，青蛙，你好棒。不承想青蛙头一耷拉道，操，老子一夜都没跳上床。

刘大禾看完耗子的信息，差点笑喷。无奈在大街上，他忍了，心却难忍，笑得跟皮冻似的颤了半天。之后，他忙返回手机的信息界面，翻找砸向耗子的"催泪弹"。很快，他找到了，回复：一日，部分动物凑一起喝酒，酒过三巡后，把不住话门，开始狂侃。老鼠对猫说，将来你们猫别想再蹂躏我们耗子，我正在跟蝙蝠谈恋爱，将来孩子会飞。猫冷笑后指着猫头鹰对耗子说，你知道吗，它已经怀上了我的孩子。

耗子回：郁闷。小鸡对奶牛说，我们动物别自相残杀了，要一致对着毫无道理的人类，他们实行计划生育，却叫我天天下蛋他们吃，都累死我了。奶牛更气不忿，说道，你还委屈，全人类都喝我的奶，谁管我叫过妈呀？

刘大禾回：你小子，哈哈……

耗子回：哈哈，伤口疼的时候，麻醉一下有好处。

刘大禾回：麻醉多深都会醒啊。

耗子回：一切在预料之中。

耗子那潜台词刘大禾懂。懂虽然懂，可心上并没闪现那种尘埃落定的释放感。他没再跟耗子白话，遂回复道：

回吧，知道了。回完正要将手机装兜里，电话来了，一看号码，他心一咯噔，苏晓晓的，长途。略一迟疑，他按下接听键。

好啊？苏晓晓简简单单问，言简而意丰。

还是老声老调老感觉，没变。刘大禾骨头酥了那么一下，调侃道，很好啊，谢谢假意关心。一个是有夫之妇，一个是有妇之夫，确实，死灰再燃起来，照样热烈。

怎么了嘛，有郁闷也不跟我说说了？很见外了吗？苏晓晓撒娇。

哪敢，只是千里之远，怕这边打包寄过去，那里反是你老公接收了，郁闷不仅不是一分为二，反而是二一添作五，得不偿失，不敢率性而为啊。刘大禾继续扯淡。

样儿！苏晓晓那边情意绵绵地骂他。

过得好吗？刘大禾趁机问道。很久没有听到回话，拿过手机一看，没电了。他摇摇头笑了，有些苦。这是不是冥冥中有一种力量在提示他，两人不来电了，就像感情已不在服务区，不必强求？这样想着，他就也没有心急火燎地找公用电话，给苏晓晓回过去。

这天晚上，侯红红倒了刘大禾的洗脚水坐进被窝里，一看时间，十点半了。此时，刘大禾握住遥控器，正看体育频道的《篮球公园》。

侯红红一向最不爱看体育节目，拼尽吃奶的劲儿跑呀跳呀打呀抢呀你争我夺甚至不择手段吞兴奋剂到头来胜利的笑失败的哭，一点儿也不生活。侯红红就爱看很生活的电视剧，尤其是韩剧，要你哭要你笑，要你恨要你爱，让你觉得你的生活被无限填充了，丰富了，延伸了，如此有滋有味。刘大禾每当看到她跟电视里的人物一起兴奋一起流眼泪，就要骂她弱智。可她就是喜欢弱智。

屏幕上的画面在迅速切换，一个脑袋光秃秃的黑大个抢了人家的球，在一群黑光头中没命地奔跑……

侯红红顺势往刘大禾臂弯里钻，边钻边嗲着声说，我不管他乔丹、皮尔·卡丹还是茶叶蛋、松花蛋，我就知道当初那个飞满烟花的夜晚，我牵上了你的手，从此就走上了你的路，痛苦着你的痛苦，幸福着你的幸福……

为么，说得人皮肉直跳？刘大禾说着低头来瞧他老婆，灯光下，侯红红的眼睛湿漉漉的，一眨一眨，眨得他心上刺刺挠挠的。他知道，老婆要表演点儿啥了。通常都是这样。果然是这样，侯红红眼神巴巴地望着刘大禾，你没生气吧，老公，我妈和我弟那些话都是无心说的，你就当耳边刮了一阵风，好不好？

刚才，他们两口子看完闺女回来，侯红红就硬拖着他去老丈人家吃饭。他说我不想去。侯红红就说，我爸你老岳父电话邀请过的，他老人家可把你这姑爷当半个儿看，你可不能不领情。都说到这份儿上了，就去呗。就去了。不料饭桌上他就被岳母和小舅子奚落上了，说他年纪轻轻的却不识时务，这会儿人样子好不顶啥，工作好也不值啥，学着为自己织网铺路的才是俊杰。工作这么长时间了连这都没弄明白，还想往上攀，往上爬，扯淡吧！岳母跟小舅子那一通抽骨扒皮的奚落，让刘大禾当即就感觉有把刀子在他的脸上"嗖"地刺穿他的尊严，然后再不厌其烦地做着穿刺运动。不过他扛住了，倒是还一个劲儿言听计从般"嗯嗯"着。能咋着？老岳父做过官，正县级，一老一小自以为接受过熏陶，只是想要把"熏陶"表达出来，能有啥错？老岳父一辈子都坚持下来了，他一个正在遭遇"官灾"的小女婿，听一听，还有情绪了？

我吃撑了，生他们的气？刘大禾嘴上说着，心里还真翻腾。被"拿下"心窝处憋出个疙瘩，他们不给消肿不说，又生生地给插上把刀。还真堵得慌啊。

老公，你猜我在给你洗脚的时候想起啥了？侯红红的小脸贴上来，跟刘大禾腻歪。老婆在做化干戈为玉帛的努力呢，他再死扛着就显没劲了。况且她要知道了他跟苏晓晓通过话，说不定怎样闹呢。就这吧，见好就收。刘大禾便将郁闷的目光从乔丹那儿收回来，平心而问，想到啥了？

侯红红即刻眉飞色舞起来，你说，那样一个时候，我咋就牵上了你的手？这一牵我还就不想放了？

你就放一次试试。

不，我不放，就跟那个晚上一样。

老婆提起的那个晚上，是他们阴差阳错稀里糊涂走到一起的那个初见的晚上。结婚十几年，忙得无暇想起它，这会儿被老婆一提，他刘大禾马上就感觉到回去了，回到那个笼着一层说不清道不明的神秘的夜晚。

十六年前的正月十五元宵夜，新认识的女朋友娄嫣子约他到惠民路上看焰火。那时刘大禾大学毕业一年半了，通过田丰收的关系刚进到市中级人民法院上班。田丰收就是现在的田副市长，当时任市法院院长。工作找到了一个不错的落点，可爱情却回到了原点，苏晓晓在找工作无望的情况下，执意去深圳发展，就这，他一腔沸腾的爱恋被车站上那声刺耳的火车鸣笛戛然终结了。

他在还没怎么想重新开始的时候，在耗子的婚宴上，耗子的老婆给介绍认识了娄嫣子。娄嫣子是市职院外语系的老师，到底是学外语的，整个人儿像是被洋文化深深地熏过陶过，大冬天哈出一口白气来，似乎都不白哈，你若细细品来，指不定就被某种域外文化独有的迷人味道给熏陶了。后来刘大禾跟侯红红好上后，出于礼貌，找到娄嫣子，想给个交代。没想娄嫣子朗声一笑，叽里哇啦水一样顺顺溜溜吐了一大串"伦敦音"，跟口吐莲花似的。

刘大禾还是听明白了，那意思是，不，不，你没有错，你不用道歉。咱们中国有句老话，叫强扭的瓜不甜。谢谢你的坦诚，祝福你。那一刻，刘大禾谦谦地笑着，心下却风起云涌地想到了苏晓晓。苏晓晓倒不该去深圳，她外语差。娄嫣子倒很该去，找一家外企，锻炼个一年半载，说

态度

不定会成为一个攻城略地的"白骨精"。记得末了，娄嫣子还向他莞尔一笑，说真的，他的心当时还酸了那么一下。事后，刘大禾跟耗子的老婆这样开罪，我跟她在一起，像中国乡村的柴火耗子遇上英国剑桥某教授家的学者耗子，虽然都是耗子，可文化差异，生存背景，风土民情，吃喝拉撒，不好交融啊。

老公，我常常越想越不可思议呢，你说那晚咋就那么天意呀！侯红红抱着刘大禾的胳膊，粉面贴紧刘大禾胸大肌上，眼神雾腾腾地道。

傻瓜，是你前男友想放手了，那晚那地方热闹，人手多，你好歹牵上一个，别看他抓心挠肝痛心疾首的，他心下乐得拱手奉送呢。刘大禾调侃的目光还在电视上。

嗯，侯红红又发起嗲来，老公，人家那时身后足足有一个排的人追哪，至于那么没人要吗？

哎，那倒也是。刘大禾接着忽悠，莫不是你看上我无穷的魅力，刹那间心有预谋，上来偷偷牵我手的？你说，你当时要牵上个老光棍的手，那情节发展下去会是怎样一个结果？

侯红红恼恼地笑了，上去拧刘大禾的大嘴巴，别恶心好不好？接着又吴侬软语似的说，老公，你不知道我当时发现被一个陌生的男人牵着，有多害怕，眼睛盯着你，脑子一片空白。

刘大禾：说实话，你空白的时候，我已经不空白了。

侯红红：你以前不是说你也紧张得要命，心跳都没了？

刘大禾：我今晚坦白，以前说的假话。其实我早发现被人牵错了手，可偷眼一看，这么天仙似的妹妹，哪还舍得撒手，多牵一会儿是一会儿。

侯红红：人家害羞地低头不语。

刘大禾：我记得后来我就拥抱你了。

侯红红：没这么快嘛，老公，你先问我愿意交朋友吗？

刘大禾：是，你愿意跟我交朋友吗？

侯红红：嗯，我愿意。

刘大禾：是不是就这样的时候抱上的？抱着你就跟抱着面条似的……说着，刘大禾已紧紧地将"面条"拥进怀里。

当刘大禾拿着第七把菜刀在单位出来进去的时候，他的那个打军刀的赌已经张扬得像一篇小说，情节越来越丰富生动，甚至张扬出一些传奇色彩了。比如老高快被说成个会"绝活"的民间艺人，深藏不露的奇人，技艺精湛，不仅能打出军刀，还能在刀把和刀座上打出龙翔云海的花纹。他承诺到时候还要配着军刀用真皮做一精美的刀鞘。

单位里有些人信这个赌，见着刘大禾了，会问，老高祖上是不是日本人，给佐藤、小野他们打过军刀？还有的说，老刘，坚持，不过到时候别忘了让我们赏宝。也有一些人不信，私下里说刘大禾在玩手段，好端端地被"拿下"，谁都气不过，泄泄私愤，可以理解。只是兴许就吓住了鬼，兴许被鬼捣了鬼。为此，有人替刘大禾捏把汗，说这是在玩火，玩不好，自焚了也不是不可能。

当天晚上，耗子请刘大禾与老黄到郊区一家全羊馆吃烧烤，在不怎么敞亮的雅座间，耗子给刘大禾开了一罐"百威"，三人碰碰罐一饮而尽。此后耗子又开了一罐递给刘大禾，低声说，哥哥，你玩的是行为艺术吧？

刘大禾眼一挑，是又怎么了？

老黄递一根烟给刘大禾说，怕他不吃这一套。

刘大禾"嗬"了一声道，他倒是喜欢吃钱，我没有，他喜欢巴结逢迎，我不会。

要不咱给上边递封信？老黄说。

拉倒吧。耗子说，没听说物价局一位仁兄往市委举报箱里投了一封信，没过多久，那位仁兄被投诉的领导叫了去，你猜那领导说什么？平静地大度地望着他，脸不红心不跳地对他说，就这信，每年市委里都压着很多，尤其是到了换届选举的时候。那意思，你的投诉有可能是真的，也有可能是为着泄去不被提拔甚至是某一不可告人的私愤而无中捏造。你傻眼了吧？你没劲了吧？

刘大禾独自灌下一罐"百威"，眼睛红着。

老刘，你不是真的每天要买一把刀吧？老黄问。

刘大禾一笑说，我哪有那闲钱闲工夫。

嫂子知道吗？耗子问。

没给她说，女人嘴快，也怕她担心。

不知不觉，酒又喝深了。唉！又一罐"百威"下肚，刘大禾重重地叹口气，而后猛地深吸两口烟，眼窝湿了。怎么了，兄弟？老黄忙问。刘大禾声音沙哑，告诉你们，兄弟，我有了个新发现。说来听听。耗子和老黄都一副洗耳恭听的样子。你们说中年男人像什么？刘大禾卖个关子，听到耗子和老黄问像什么后，才说，像汉堡包的夹心菜！我那天看到一个小孩子吃汉堡，当即心一咯噔。我们这些不老不嫩的中年男人，上有生命一天比一天脆弱的老人，下有让人操心的孩子，中间就是身陷危机的我们自己，事业的，社会的，家庭的，情感的，压得你喘不过气来。我轻举妄动行吗？我意气用事行吗？如果我年轻十岁，我就能拧住李振华的脖子，让他咋给我拿去的，还咋给我拿回来。

老黄的舌头也有些僵了，他冲刘大禾点点头说，可忍气吞声也难受。老刘，事不能让你一个人……扛，我也得弄出点儿动静。实话告诉你们，我在整"笑面虎"的材料，不给我们个说法，我就托人找个时机交上去。这世道，王法还是能……讲的。咱都是执法人员，知法犯法，罪加一等，但真理永存，不会改变！

说得对！已醉意盎然的刘大禾湿着眼圈道，咱兄弟决不能乱来，但得努力，得表达个态度。不声不响，太软弱了不说，也是对罔顾法纪的纵容。

是，我们是执法人员，更不能容忍他人糟蹋法律。好，咱一起努力表达个态度。

翌日七点三刻，在百合花一样的阳光里，刘大禾拎着寒光灿烂的第八把菜刀在单位大门口与李振华遇上了。

噢，小刘？看到刘大禾，李振华一怔。刘大禾心下有些乐，看我像看到幽灵似的了？我要的就是这个效果啊。您早啊，李院长。他笑着上去搭讪。

早早，还坚持着哪。好，好，胜利在望了。能够看到，李振华脸上的笑容比一开始柔和多了。刘大禾心想，你脸上玩自若吧你，说不准都肾虚了呢。是，李院长，我听您的，坚持就是胜利。刘大禾声音响亮，底气十足。

好好，连我也想一睹军刀的风采了。上班，上班去吧。李振华说完快步头前走了。刘大禾清楚，他这一招直逼他的心理防线了。不过，看领导心虚，自个心间竟会泛上些不忍。不由得，刘大禾放慢了脚步。而正咬得牙疼，手机响了，是不久前认识的市快报记者，让他自然而然地联想起张飞绣花的那个老朱。老哥，我接到你跟一个铁匠打赌的报料了，赌一把军刀。哈，这料儿挺抓人的。你看，我们找地儿聊聊，给你渲染渲染，造造势？

刘大禾一听，这倒是他始料未及的。他急了，随后稳一稳情绪，边跟老朱"嗯啊"地寒暄，边权衡这事的利弊。权衡来权衡去，觉得还是不抖到报纸上为好。这不同于小品的包袱，抖落了，人笑了，完事了；抖落了，人不笑，你完事了。这不是小品，这问题很严肃。玩好了怪好，就着一边倒的呼声那事解决了。玩不好呢？给捅到网上去，众网民给你来个"人肉搜索"，如今好这么着的网民多了去了，真搜索得整个城市鸡飞狗跳墙，到那时，局面怕已跟泥石流似的，他想堵都堵不住。况且打赌那事，老高压根不知情，全是他一人所为。就是说打军刀的赌根本就是他一个人的杜撰，像一个谎。这一个谎现在只有他跟耗子、老黄知道，如果编到快报上，快得全市人民一下就知道了。到时各种声音"乌拉"鹊起，成笑柄倒不怕，怕的是他功亏一篑，说不定搬石头砸了自己的脚，还是不张扬好。于是刘大禾忙"哈哈"一笑说，老哥，你们快报快报，真快得可以，这还没有风，你们已捉到了影儿。忙别的去吧，没有的事。不过，谢谢老哥深情的关注。我今天有事走不开，你回家快报嫂子去，改天我请你吃酒。

老朱还想据理力争，刘大禾又跟一句"真没影儿的事"，他那里便也哈哈一笑，忙说白欢喜了，那好吧，就这样。

节气过了"大雪"不久，天便阴沉下来，灰扑扑的云层一往无前地压下来，铺满郁闷的长空。阴来阴去下大雪，看来真要有一场雪下了。

这天，侯红红早早醒来，缩进刘大禾胸膛里，两口子赖了一会儿床，刘大禾抻手拿过床头柜上的手机，开机一

　　　　　　　　　　　　　　　　态度

看时间，口里大嚷着"晚了、晚了"，忙穿衣下床。侯红红装出一副老气横秋的口吻道，慌啥，这年头，能保住屁股不挨打就已经是好事了，庆幸吧。

刘大禾冷丁一愣，老婆这句话就又戳到了他的痛处。床上无论多么和谐，一旦双脚站到床下，他要面对的那一切就又都汹涌而至了，绝没有随着床上水火交融的运动而减少，也没有随着黑夜的退守而远离。

很快，外面有了起伏的声音，附近早起的人们推开家门被厚厚的积雪惊到的声音，一边惊讶着一边拿扫把扫雪的声音，赶生意的出租车鸣笛的声音，一夜间银装素裹的城市醒来了，揉着惺忪的睡眼喧腾起来。刘大禾站在窗前，盯着这一切，居然有些激动了，恍惚一下子回到了几十年前他们那个挤满茅草房的小村庄，他还年轻的父母在忙着扫雪，各家各户的乡亲在忙着扫雪，他们兴高采烈地打着招呼，热烈地谈论着类似"瑞雪兆丰年"的话。无忧的孩子们，跑着打雪仗啊，堆雪人儿啊……一时，刘大禾那么多的记忆活了，暖暖厚厚，襁褓似的拥裹着他。老婆，他忙催促侯红红穿衣服，快，咱们上街吃早点，然后一起步行上班。寒气透过窗子的鳞隙侵入到房间里来，刘大禾却没有觉得冷不可堪。

跟老公步行上班，侯红红有些不乐意，离单位那么远，迟到了可怎么办。但看老公一脸的热情，她只好抿紧嘴唇，将不乐意给吞回去了。此时大雪停了，只有极其细碎的雪埃，纷纷扬扬，在空中"玩"一样下着，俏皮的，难以落定。

侯红红突然心血来潮，脱掉手套，伸出掌心试着去接一粒雪。老公，你说这会儿下的雪还是六个……哎哟！还不等她话落地，她就打了个趔趄。刘大禾赶忙一个转身，伸手拉住了老婆的胳膊，这才没让侯红红倒地上去。

两口子挎着胳膊，谨慎地走在上班途中。

两人拐入上海路，正调侃，突然，侯红红拿胳膊肘轻轻碰了刘大禾一下。刘大禾一转身，正看到步态高雅的萨摩耶牵着同样气质高贵且戴着大宽边墨镜的女孩子从不远处走过来。

侯红红眼神里飘过一丝嫌恶。嫉妒了？刘大禾贴老婆耳朵上问道，要不你也找个把情人，把你包起来，过足这样风光又闲适的日子？

去你的。侯红红脸一红道。

萨摩耶走近了，两人并排站道边让路。不料在那女孩子走过身边的时候，侯红红出其不意地伸出胳膊，晃两下，之后又闪电似的缩回来。刘大禾猛拉了老婆一把，小声嚷道，干什么？

等女孩子跟她的萨摩耶都走过去了，侯红红晒老公一眼，踮起脚附刘大禾耳朵上说，她是一个盲女孩！

盲女孩？刘大禾惊诧了，目瞪口呆的，许久。的确，老婆打那两下手势，那女孩一点儿反应没有。知道女孩子是个盲人，刘大禾好一阵子没说话。但心底里原有对萨摩耶和那女孩的排斥、嫌恶，有如抽去柴薪的釜底，渐凉渐无。

义犬！他赞道。

侯红红说，这样的狗狗要花不少钱买呢。

刘大禾没接老婆的话茬，脑海里都是先前女孩子跟导盲犬的镜头，跟过电影一般。自己也有走眼的时候哪。刘大禾心间反而热热的，他想起张海迪那句话来——我要能站起来吻你，该多好。残障人员的顽强心志，总能刹那间净化一个人的心灵，乃至灵魂。

心潮激荡间，刘大禾接到了老黄的信息：信递上去了，我满怀信心地等待结果。刘大禾回复：不错，我们懂法执法的，总是相信正义的力量。

此时，雪又渐渐大起来，飘雪花了，足足有铜钱那么大，气势汹涌地下着。

当刘大禾一如既往地拎着第十九把菜刀在单位门口遇到李振华的时候，是一个天空洒满金色阳光的美丽早晨。刘大禾暗暗笑了，他清楚，李振华一准在躲他，甚至算着时间，不愿碰上他。可没用，他总是能在其进出大门的时候与他适时遭遇，像是有神眼，或者说已与他心有"灵犀"了。这感觉很有些令人兴奋。

李振华脚下只一迟疑，便走上来拍着刘大禾说，小刘背包袱了是不是？别有包袱，好好干，机会总会有的，是不是？

哪有，没有的事。刘大禾笑着说，放心李院长，我没背包袱，我努力进步呢。

这就好，这就好，只要努力进步，机会一定会有的。不过，小刘，明天起不要这样子拎把菜刀出来进去的了，好不好？即便是打赌，这个样子也不好，国家公务员嘛。再说这事传出去，人家咋看你？闹情绪？不是也是了。还有咋看咱中院？我这个领导咋当的？给我留点面子，好不好，兄弟？

刘大禾眼神"惊"的一下，说，是吗？而后装作刚刚意识到这些似的说，对不起，李院长，这事……恐怕我想得简单了。

这倒不是，事情倒不复杂，只是人多嘴杂。一千个观众就会有一千个哈姆雷特嘛。不过，兄弟，你相信哥一回，我心里有数，知不知道？李院长再次拍拍刘大禾，完了摆摆手走了。院长到底是院长，口气软下来，也软得仿佛体恤下情。刘大禾肺腑上还是荡起了涟漪。转机来了吗？他不清楚。但他等着。

当夜，月落乌啼，寒星点点，赤裸着臂膊的刘大禾手拿一把菜刀与手拿一把匕首的李振华在护城河尾的芦苇荡边怒目对峙。刘大禾拳头紧握，眼露凶光。李振华开口便笑，一副笑天下可笑之事的度量。这笑激怒了刘大禾，只

态度

是这次他没有手起刀落，也没再从噩梦中惊坐而起，甚至没有醒过来。

第二天，刘大禾神清气爽地进到单位，发现办公桌上有张纸条，要他八点半到李院长办公室。有戏要上演了？刘大禾正浮想联翩，正巧见小小刘提着暖瓶打外面进来。

刘科，刚才李院长打电话要您去一趟。小小刘说着拿过刘大禾的茶杯，要给他泡杯新茶。

我来吧。刘大禾心不在焉地拿住杯子。

我来，刘科要留着精力全心全意为人民服务呢。小小刘笑脸如花地说完，愉快地忙活去了。很快，一杯酽酽的"碧螺春"新茶推到了刘大禾手边，清新的热气袅袅蒸腾，氤氲了刘大禾的眼睛。

八点半，刘大禾准时敲响了李院长的门。

进来。

刘大禾一颗心七上八下地站在院长办公室门口，又站了那么几秒钟，方推门进去。

小刘，来来，坐下说话。李院长正看一份材料，见刘大禾进来，忙把材料一推，招呼刘大禾坐。刘大禾坐下来，没等说话，李院长已将一杯热茶推到他面前，开门见山地说，小刘，是这样，院里要去北京带个人，任务相当严峻，极度保密。你看，有困难吗？

刘大禾听完李振华简短的嘱托，心下却有些犯嘀咕了，这是一出什么戏？葫芦戏吗？他李院长给自己垫起一个漂

态度

亮的台阶?

不管咋说,这是信号,这信号让他看到了重新"上科"的曙光。刘大禾眼神亮着,说请李院长放心,没有困难。

李振华春风满面地笑着站起来,握住刘大禾的双手说道,疑人不用,用人不疑,我相信自己的判断。那就这样小刘,你先回去准备,明天八点在咱院里集合,由你带队出发。

悄无声息地,一场干戈就这样化为玉帛了吗?当晚,吃过饭,刘大禾眼睛紧紧盯着电视画面,脑袋里尽是信马由缰的猜想。旁边,他老婆侯红红在为他准备着出远门的随身物品。老公,你这次真的是出去散心的?

是啊,刘大禾说,这段时间积压了太多的烦闷,都丢出去了,才好开始工作。

你不一直在坚持工作,一天班都没少上过?

傻娘儿们,可能会态度不同啊。

翌日一大早,刘大禾拎着行李包,胳膊上挎着老婆侯红红,一道走在出发的路上。这当口,耗子发来一条信息:李突然接受审查,但原有安排没变。努力而为。

老黄也跟了一条:又要同舟共济。共勉。

他正要依次回复,又一条信息,苏晓晓的:干吗总不回电话?他扭脸望望老婆,笑笑回道:我请示你嫂子了,她很吃醋。觉着不够严肃,又加上两个暖字:珍重!信息

　　　　　　　　　　　　　　　　　态度

刚发走，一旁的侯红红嘴一撇道，你可真够忙的。

哈哈，是吗？刘大禾朗声笑着反问老婆，脚步跨出去，更是轻松、豪迈了。

路上的行人多起来，不断有渐渐熟悉起来的面孔在快要擦肩而过时，浅浅一笑，点头招呼。"下科"这段时间，他坚持步行上班，起初的擦肩而过，渐渐就都演化成了这样温暖的路遇。刘大禾不免心间一热，突然记起两句诗来：给每一条河每一座山取一个温暖的名字，陌生人，我也为你祝福。

多好。刘大禾用力拥一下老婆。这就是千头万绪的人生吧。前行中，无论是一些无意义的重，或一些有意义的轻，骤然如大兵压境，让人难以承受。而活着的魅力，恰恰是，谁把稳了风口浪尖的舵，谁就扛住了始料不及的浊浪狂风。

这就是态度吧。人生多变故，无论怎样开始，重要的是用什么样的态度迎接结束。很多时候，那些突如其来的变故，真的不取决于一个人承不承受，而是决定于这个人接不接受、如何接受的态度。任何人，任何时候，拥有了滚烫的胸怀，有理有节的态度，才可以像扇贝拿血肉磨砺入侵的细沙那样，将所有难以承受的无意义的重和有意义的轻，磨砺成给未来提供可无限怀想的珍珠。

出太阳了，红红的一轮太阳在灰的楼群和白的积雪间，奋力升拔。一切像涅槃了一样，金色的光芒虽然还不太彰显明媚、炽热，但打在身上，已经暖暖得富有了灼魂荡魄的温度。

（原载《莽原》2016 年第 5 期）

最后的告别

仿佛预感到了什么，他开始频繁地走动和告别。

——写在前面

两年前的一天，是个午后，也许是在夜里，他合衣躺在床上，像忽然得到了神谕，天亮后，他想到打自己的棺材。

他是村里的丧葬师，一生没娶，与黑子狗相依为命。如今已老，牙齿掉光了，拿起馒头，居然有了多年前那个放工前的黄昏，被一个女人强按头皮吃下土块的恐慌。

七年前，他胃切除了一半，五年前，肝的一多半也切除了，身体早已不再像岩石一样结实。更深人静时，他甚至听到疏松的骨头像，使用了劣质水泥的墙体，大块大块地在脱落。

预兆越来越清晰。

东集西市，他开始跑着选料。像个难缠的主儿，百般挑剔，等到一车上好的柏木板儿拉回家来，竟已用去了小半年。早年为爹娘打棺材，现在打他自己的棺材，越发细细地为每一块板儿刨面，反复吊线，有时一块板儿的一个平面，能刨上十天半个月。

合棺之前的那个上午，他说不出当时的心情，已经大半年没跟人正经说过话了，他觉得身体里哪儿都堵，就想听到点动静，一个人在院子里放起鞭炮来。砰砰啪啪的声音响起来时，有一刻，他恍惚回到了童年的春节，爹娘忙着煮饺子，他和幺妹跑着捡哑炮。此刻，他半合着眼睛，嘴唇上泛起惯常的浅笑，当最后的炮声落下，内心居然出奇地平静下来。"合棺了。"他对自己喊了一声。

他开始想象一场葬礼，一场属于他的葬礼。火焰清洗过的他，躺进这口锦匣里……

记不得从哪一天开始，蚂蚁成群结队，聚集到这个院子里。不是阴天，蚯蚓却成条成条地钻出地面。

起初他很烦，蚯蚓日夜搬运东西的声音，像车轮震颤着大地。渐渐地，他喜欢起这样的情景来，像在他的眼皮底下，活着千军万马，他开始向它们撒馍屑。

他越来越频繁梦到死去的人，爹娘、村上所有走了的人，还有她。他年轻时有过女人，他很想与她躺在一起，像新婚一样。

也许是昨天，也许是更早的某一个清晨，身体里那种顽固的折磨完全消失，身子开始变轻，脚手有力，连年轻那会儿的冲动和血气，也一股脑儿地返回。那个时刻，她

　　　　　　　　　　　　　　　　　　　　　态度

恰在他怀里，外面下着雨，他拥紧她，她说"喘不出气了"。他笑了，朗声笑，笑着笑着失声痛哭。

他开始祷告，再给他一些日子，他想给一些事情做最后的了断，至少有个了断。在尘世犯下的，就在尘世了，他不想留给身后。

开始了。

翌日一早，一切还在夜里安然沉睡，他便带上黑子，走在了告别的路上。

这是他踏上告别之路的第一天。他决定先去母亲的娘家坡上村，那里有一件事情，六十多年了，还压在心上。他曾经想像洗去胎记一样，将这般如同神明烙下的印记从心底里剜去，却办不到。

出村的路开始在晨光里越来越清晰。这条路，他熟得很，闭着眼睛都能走到要去的地方。出村一直走，拐两个弯，下挡马河坡，上挡马河坡，再走上七里路，就是坡上村了。坡上村又称七里坡。

走到挡马河时，天大亮了。他觉到身上有些乏，便在岸边坐了下来。黑子紧紧挨着他卧下来。黑子也老了，腿脚也不灵便了。小时候的它，毛皮水光顺滑，小眼睛闪亮着，在他怀里撒起娇来，像顽皮的她。现在的它，又聋又瞎，像他了。

他爱怜地抚弄着黑子的头，黑子就像个迟钝的老女人一般，眯着眼睛冲着他"呜呜"。

眼前的挡马河早在三十多年前就干了，只有一河两岸的老柳树还立着，绿了，黄了。宽阔的河床沉默着，里面躺满大大小小的石头，每一个石头里都仿佛藏有一件追不回来的前尘往事。

他突然像个孩子似的，有一种强烈的冲动，下到河床上，找找看，是否藏着他与她当年盟誓的石头。他站了几站，没站起来，叹口气作罢了。一群乌鸦"嘎嘎"地飞过他，飞过河道，隐在对岸的柳林里。

挡马河在他脚下拐了个弯。自他成年以来，这儿发生过太多的事，他是忘不掉的。他摸出烟，点上一根，早年的那些事开始像当年的河水涌过来。

他跟她青梅竹马。从情窦初开，到以身相许，挡马河成了他们的伊甸园。那时的挡马河滩里全是芦苇，每到秋天，秋风飒飒，一河洁白的芦花，像天空落下的温暖的云带。约会的他和她，躲在一团一团的洁白里，就是什么也不做，已很美好。

在外漂了十几年，回到村里，仍会在这儿见到她。那时，她已嫁给了同村的跛子，心上没有距离，身子却已隔着比这条挡马河还宽还深的河道了。跛子干不了地里的重活儿，让她一个女人干。他不忍，替她难受，就想帮她把她家所有的活儿都干了。白天他不能，怕跛子知道了记恨她，他就晚上帮。晚上来到她家地里，锄地，浇庄稼，或

　　　　　　　　　　　　　　　　　　态度

大雨过后排去水涝。她后来知道了，傍黑后会不声不响到地头上给他放罐水，放些葱油饼啥的。有次，半道上遇到了，她站下来，他也站下来。

"去地里?"她声音低低地说，呼吸瞬间急促。

他说："哦。"呼吸有些粗重。

她有些期待，却矜持着不动。夜风吹过，尺把高的玉米苗回应着"沙沙"的声响。他抬了抬手，又放下了。风吹在脸上，凉凉的。

黑子蹭过去舔她的手。她蹲下来，一把抱紧黑子。她说："黑子有情有义。"

他应："嗯，像你。"

她说："也像你。"说完站起来，丢下一句"别太晚"，急急走去，步子踉踉跄跄的。

他心上一阵难受，看她走出很远了，才唤了声"黑子"，朝地里走。

坡上村已经没有人认识他。他反复向遇到的人提及外祖父和舅舅的名字，没人说认识。难道他走错村子了? 看看四周的房子和路，也都已面目全非。他不断地向人求证，问的人都告诉他，是坡上村。他又问村里有没有一个叫花狗的，竟也没有一个人说认识。他在坡上村来来回回穿行了几趟，才停了下来。怎么了? 他问自己，难道他被一个六十多年的记忆欺骗了? 退一步说，就是记忆欺骗了他，那花狗的名字何以记得这么清晰? 六十多年了，有时周围人的名字都叫不出了，这样一个不常叫的名字，突然说到，仍能脱口而出。为什么？他想不明白了，怔怔地呆立许久，直到黑子冲他"呜呜"，他才像从一个一切都已不可预知的迷境走了出来。他原本想找到花狗的家人，向他们深深鞠上一躬，告诉他们花狗死的真相。既然村上没人记起花狗，没人认识他，没人认识他的外祖父和舅舅，他也就不想说出心底里这个六十多年的"魔"了。

他踉踉跄跄地走出村子，人已没有了力气，他想坐下来，又不敢坐，怕坐下去再也起不来。

十月的天短，日头不觉已转到西南，他转身，与黑子慢慢向坡下村走。四野的风吹到身上，有了凉意，身子和脚步都开始打战。而他还是裹紧夹袄，裹紧自己，坚持向坡下村走去。

外祖父死得早，当年外祖母带着母亲、唯一的舅舅改嫁坡下村。舅舅仇视自己拖油瓶的身世，十五岁时离开坡下村，至今音讯杳无。外祖母改嫁坡下村，没再要孩子。就是说，他在坡下村也没有亲人了。但是，心里还是想走一走坡下村。他童年不少的记忆，跟坡下村有关。

舅舅不仅仇视坡上村，也仇视坡下村。舅舅的仇恨传染给了幼小的他，他那时常常跟着舅舅与人打架，打遍坡上村，打遍坡下村。偷他们自以为是仇家的东西，毒死他们家的鸡鸭猫狗。母亲是一个菩萨心肠的女人，也是一个极其要脸面的人，她每次回坡下村，都有人来向她告他的状。母亲羞怒，而他那时恰是个硬骨头的孩子，他母亲管不了他，一怒之下，把他赶出家门。一次，他三四天没吃东西，差点饿死在外面。

到了坡下村，他愣了，他不知道来坡下村干什么了。当年外祖母被送回坡上村安葬，继外祖父早逝，母亲就没再回过坡下村。如今的坡下村，除了那些他跟着一个愤愤不平的少年终日打架报复的记忆，已经没有什么是跟他有关的了。

"走吧。"他唤黑子。

天已完全黑下来了。

第二天上，他起得晚了。感觉这一晚他睡得从没有过的沉，直到蚂蚁搬动东西的声音将他吵醒。

太阳东南了，他赶紧起床，和黑子草草吃了东西，在院子里撒些馍屑，而后出村子向北走，那是幺妹家的方向。

幺妹家在五里外的歇马庄，猛然想起，与幺妹几年不见了。他们兄妹四人，老大和老三都早他一步走了，现在只剩下一个老幺妹。他七十六岁，幺妹小他六岁，也七十岁的人了。这些年，幺妹的孩子，孩子的孩子，全去外地打工了，天南地北，撒豆子似的，撒得哪儿都是，留下一个又瞎又聋的婆子，独自在家里摸索着度日。

路上，他跟黑子慢慢走。走到村外的六角坑，他停下，路边正有一块石头，他坐了下来。这个地方他一下走不过去，不知道是不是因为当年的那一件事情，仍让他耿耿于怀。

黑子靠着他卧下来。他抱住黑子，羞愧地说："黑子啊，老伙计，我对不住你，对不住啊！"老眼阵阵浑浊。

黑子是一条重情重义的公狗，长到两岁上时，身子高大威猛，像头永不屈服的狮子；眼神深邃，有一些骄傲，有一些谦和，就是眯着眼，里面也像有一个远方，有一份担当。她说过，黑子仿主，像他这个人。黑子走在村街上，像个不怒自威的王者，从不目光旁落。这反而招引全村的狗追随它，向它示好。

黑子无论多么荣耀，仍是一条狗，村上恋它的母狗多起来，它开始一两天不回家。他出门找黑子，会听到些风凉话："别到时候也风流成性。"他有些恼，但会装作没听到。

这些流言她是听到了的，那次路上遇到了她，他站下，她也就站下了。她瘦了，人憔悴得多。他心疼地问："他还打你吗？"她摇头，而后小声说："村上人的话，听听就算了，别当真。"说完快步走了。他应了一声"好"，钉子一样立在原地，看着她离去。

黑子开始像个玩野的少年，不仅不归，而且野到周边村了。一个秋日的午后，后庄村几个男人示众似的将黑子抬进村。那是黑子跟他们村一条母狗交合，被他们一块抬了来，后面跟着一群看热闹的人。

态度

他被喊到现场，看到这一幕，肺都要炸了。黑子哀哀地望着他，让他的心滴血。他发疯地东瞅西望，猛地从秋生手里夺过一把铁叉，"啊啊"地吼着，朝这群"嗷嗷"哄叫的人一阵乱扫。人群吓傻了，惶惶地丢下黑子和那条母狗，鸟兽一样散去。

这羞辱让他受不了，这不只是羞辱黑子，也是羞辱他。他恨那群失掉人性的烂人，怎么能把一条狗仅仅当作一条狗看待呢？它们也是生命，也有尊严。然而，那一刻，他决定阉了黑子。这念头一出，他心上一紧，一阵抽动。但想想那示众一般的羞辱，他心肠硬下来。

此后几天，他什么也不做，养黑子的身体。一周后，他等来镇上跑私活儿的兽医，把黑子阉了。"黑子，老伙计，别怨我。"那天晚上，他难受地守着黑子，抱着它的头，整整一夜。黑子哀哀地望着他，像个做错事乞他原谅的女人。伤口疼，黑子的身子不时地颤抖一下。它颤抖一下，他就抱紧它一次，说一句"黑子，别怨我"。整整一夜，黑子任他搂抱在怀里。

黑子似还记得当年发生在这里的一切，拿头羞愧地蹭他。他抚弄着黑子的头，望着远方的某一个地方。宽恕也是要有底线的。当年他和黑子在这个地方受的屈辱，他仍不想宽恕。那些人，在那样的情况下，只有石头一样冷硬的心，做出那事来才一点都不感觉到羞愧。

幺妹家的村子，两年前因高铁选址被拆迁了，而他循着记忆，竟然找到了幺妹原来的家。因为离得远，幺妹的小院子幸运地留了下来。

幺妹一个人坐在院墙快要倒塌的院子里，空洞的眼睛警觉地四望。他过去握住她枯柴似的手，喊着她的小名"榆钱儿"，眼里流下老泪。他坐在幺妹面前，兴奋得像个孩子。幺妹却一再问："你是谁？从哪里来的？"他兴奋地告诉幺妹，他是她二哥，并一件件说起小的时候，爹打她，他护着不让打，棍子都打到了他身上。说她受男人的气，三兄弟来给她出气，她却护住她男人，不让三个哥哥打。还说爹先给娘打的棺材，最后爹先用上了。他絮絮叨叨说了很多，一会儿哭，一会儿笑。直到太阳将隐，天快要黑了，他起身要走，幺妹仍紧紧地攥住他的手，还是问："你是谁？从哪里来的？你是过路的，讨碗水喝?"他"嗨嗨"地叹气，要离开。幺妹这才像意识到什么，声声问着"你是谁"，深井似的眼睛中流下泪来。

出幺妹家的门，他与黑子郁郁地往回走。铅色的云块从天边一点点向头顶聚拢，要阴天了，也该阴天了。麦喜八十三场雨，八月的一场透地雨，麦子赶上了好墒情。三月还远。十月这一场，无论雨，无论雪，痛痛快快下了才好。

天完全黑透的时候，他依然在路上走着，却是越走越迷失。他很着急，又没了力气，阴天，没有月亮，天地间只有隐隐约约的光亮。

他知道，他迷路了。

他和黑子又走了一会儿，走到一个地方，发觉前面彻底没有路了。他重重地叹了一口气，扶着黑子坐了下来。

他点着一根烟，慢慢吸。黑子靠紧他卧，他将黑子的头揽进怀里。

第三根烟的时候，眼睛适应了周围的环境，他突然发现身边不远处的一棵柳树特别眼熟。他自下而上数了数，五个树冠，想起来了，五头柳，这棵柳树叫五头柳，这个地方叫三道河。怎么到这儿来了？突然感觉身上水淋淋地难受。

他来过，十几年前了，不止他一个人，有黑子，还有她的男人李德喜。那一晚，他是准备在这儿弄死李德喜的。

他帮她干活儿，她送他吃的，这不声不响的来往，打破了跛子内心很长时间以来故作的平静，他的疑心开始一天比一天重，开始借酒浇愁，喝醉了冲她发火，折磨她。村里人像传说稀罕事一样，传说着李德喜各种折磨她的损招。他听得心都要炸了。起初，他会在夜里带上黑子去她家院前院后转悠。遇上他们吵架，他会半夜半夜不离开，担心她。他愤怒地攥紧拳头，喉咙里发出像黑子一样"呜呜"的怒吼。黑子似懂他，挣着要冲进院子里去，他死死地按住它。

偶尔遇上她惨叫，他就不饶他了，狠狠地踹开她家大门，放黑子冲进院子里去。黑子狮子一样的怒吼，能吓破跛子的胆。

那些年，他很为她难受，常像被人卡住脖子，拧，拧。一次，他实在忍无可忍，踹开门，一下将跛子扛在肩上，任她在后面喊，任跛子在肩上哭求，他只管出村子往北走。黑子紧紧地跟着他，不时地怒吼一声。不知走了多久，就来到了五头柳这儿，他狠狠地将跛子摔在地上，一阵拳脚，跛子喊爹叫娘地求饶。

打累了，他一脚踩着跛子的脖子说："我今天就将你整死到这儿，说吧，你想咋死，我满足你。"

跛子哭了，痛哭失声。跛子老狗一样咳嗽着问他："为什么让我死？"

他咬牙切齿地说："你该死。"

跛子万分痛苦地说："我该死吗？我祖宗一样供着她，她却不给我她的身子。"

他突然难受地坐到地上，热泪夺眶而出。

此后，跛子像一个懦夫一样地哭，一个怨妇一样地叨唠，同时也像一个失去了气焰的恶棍，狡猾又心虚。

他大步离开。

"亲爷，我不能死，没了我，她就没家了。"

他心上一宕，仍狠着心，大步流星地离开。

"没家了，她一个人带大四个孩子，咋活？"

他脚步一下慢下来，可心肠仍硬着不回头。

那个夜晚，月光很暗，风凉凉地吹拂着身边的白杨和庄稼。他与黑子往回走，走出大约三里地，站下来，许久，转回身，往回赶。到了五头柳那儿，一句话没有，扛起吓傻了的跛子回村。

蚂蚁成群结队地往他的家里赶，他大开着门，这是第三天。他走进村东头第一家，开始领着黑子，一家家告别。

这些年，村里人老老少少外出打工，村子快走空了，只剩老弱病残的，死了人，抬棺的都已找不够了。村子空了，家家的院落还在，他仍一家一家都走到，不在家的，就拍拍他们的门，喊一声"来过了啊"。

人们对他这一举动都很吃惊，要知道，他已很多年不跟村上的人走动，更别说这样一家家地走到。在家的，说上几句无关痛痒的话，他自己就已转身，喊着"走了，走了"，留下那家的主人，望着他深深驼下去的背，说不出话来。

村街上，好奇的人们咬起了耳朵，看他继续出东户，进西户，他们盯住他离去的方向，小声谈论着他的反常。人们说得大同小异，都说没说什么话啊，就几句寒暄，就是翻翻陈年的旧事。人们纷纷猜想他到底在做什么。后来，人们刻意问他，是不是有说不出口的事，要大家做？他说没有。再问，他仍说没有。

连着一个星期，他一家家领着黑子向人们告别。那些天，天空云层越聚越浓密，一种神秘的气氛，笼罩着挡马河村，只有女人孩子在家的，天不黑便关门闭户。孩子们不再出来玩，这更加剧了村庄的寂静。大人们则聚在月亮地里，说庄稼，说老戏，说鬼。

这一个星期，他白天与村人告别，晚上会与黑子一起往她家走，像黑子一个月大时，他频繁地送它去她家。他与黑子都好像回到黑子一个月大时的那段日子了，几乎是天天，不是她的虎子来他家寻黑子，就是他抱了黑子往她家送。

黑子是一条德国黑，他家的狼狗阿贵生下的。农村人家的狗，无论拥有多高贵的血统，都不会被看得有多金贵。黑子生下来时，跟它的几个弟弟妹妹一样，还没满月就被她的儿子虎子拿根红绳认领下了。挡马河村的人在这般小节上是很守规矩的，一根红绳一系，这意思多了，一是这只狗崽专属于虎子了；二是再远再近的人，都不能再打这只狗崽的主意；三是这一根红绳就是虎子与主家的约定，无论他什么时候抱走，主家都要负责喂养好看护好。

那时候，虎子天天来他家看黑子。她偶尔也来，多是被儿子胁迫着来。他若在家，她说句话就走，急急地出门。他看着她离开，一步一颤地踩着他的心。

黑子满月当天，虎子就抱黑子回了家。黑子在虎子家待了两天，第三天一早，他刚打开大门，见黑子委屈地卧在地上。他眼窝一热，这小东西，说不定怎样折腾呢，脖子里的胎毛磨掉不少，露出鲜红的肉。那边，虎子哭着找

　　　　　　　　　　　　　态度

上门来。他忍不住发脾气了，难受地说："你们怎么搞的，连一只刚断奶的小狗都看不住，让它偷跑回来？"虎子愣愣地说："我爹说了，再跑给它上铁链子，我让我爹这就去买。"他大喝一声，说："你小子蠢啊，它吃奶的小狗，哪用得了铁链子拴？回家看紧点，好好待它。"

这几天，黑子没再往回跑，倒是他更早地起床，第一件事就是打开大门，看看黑子是不是就卧在门外。又一天一早，他失落落地打开大门，却见黑子气息奄奄地卧在门外，四条腿拴着自行车链子，拴链子的地方血淋淋的。"这都……这都……"他气得说不出话来，在院子里抱着黑子捶胸顿足。这小东西哀哀地望着他，无助的眼神像一根扎进他心上的刺。他像个女人似的跟黑子婆婆妈妈地说："你怎么搞的啊，何苦又挣扎着跑回来，你傻啊？"黑子只是望着他，任他给它解了链子絮絮叨叨地处理伤口。伤口处理好了，他把黑子拿在手上，而后揣进怀里，像那时跟她似的拿下巴磨蹭它的头，声音像被老泪打湿了一般说："你这个小狗东西，他们好吃好喝待你，用链子拴你，都是想留住你，你咋还偷着往回跑呢？"

这次，不等虎子来找，他亲自抱着黑子给他送回了家。到了他们家，她讪讪地迎上来，说："这小东西，这么小，性子却烈。"那一刻，他的心疼了一下，针扎一样。怀里的黑子，让他想起当初誓死不愿离开他的她。他躲开她的眼神，闷着头一只手抱着黑子，一只手用院子里的砖头给黑子垒出一个半人多高的窝。

她在一边赔着小心说："不留个门啊？"

他说："傻瓜，有门它不是能跑吗？不封顶，你们从上面喂它吃喝吧。"

她软声说："跟他说，养狗要像养孩子，不是养狼崽子，他愣是给它四条腿都拴上链子。"

他心上又一疼，老东西李德喜待她，不也像养狼一样凶吗？她递上毛巾，他擦擦汗。她又递上茶，他接过喝下。

就这样，黑子被他亲自送回她家，还给它垒了窝，安了家。他自我宽慰，这下好了，不拴它，它不遭罪了，窝垒得高，它跑不出来了，慢慢地，它会认下那个家的。

不承想，三天刚过，她领着虎子把黑子送回来了。她低着眉跟他软声说："黑子恋你，让它跟着你长大吧。"

听她这样说，他心上一抖，望望她，从她怀里抱过黑子，难受得说不出话。黑子的头无力地低垂着，身上已没有多少热量。他忙解开怀，让黑子贴紧他的肚皮取暖。

她不安地说："它是饿的，它还是不吃不喝。"

他又望了她一眼，把黑子塞进母狗鼓胀的肚皮下。他说："回吧，想了来看看。"

自此，黑子似成了他的孩子，或者说一个贴身的她。他上地去，它寸步不离地跟着。他干完活儿回家，它在身边默默地跑前跑后。他赶集上会，它送他出村。他回来，它准提前等在村口，盯住进村的路。他那边一出现，它准撒开腿飞快地迎上去，小身子蹭着他的腿和脚，而后默默地跟着回家来。

一个星期后，第十天上，村里在家不在家的人家，他都走到了，他开始待在家里。树上落满叫不出名字的鸟，一队队蚂蚁往各自的洞穴搬东西。他也不闲着，将长期不用的坏掉的家具农具搬出来修修补补。院子里的地坪，坑洼处补平整，院墙塌的地方补得严丝合缝。他慢慢地做着这一切，像时间还充裕得很。再看他手上，突然像个有活儿的大工匠，将凡能找出的一切家什，凡看着不顺眼的墙墙角角，都修补得有模有样，甚至比当初的新模样还要耐看些，耐得住从任何一个角度的挑剔。

接下来的五天，他家的大门日夜敞开着，像随时有人进来，有人出去。他却半步不曾走出门去了，黑子也不。村子渐渐平静下来，他闹出的动静，有些像闹剧，最终看，也只是个闹得有些过了的动静。他就是老了，一个人闷久了，闷得慌，这一切，他脑子清不清醒都还难说。就这样，人们都松了一口气，不再议论他的人，也不再关注他的事。

两天后，第十七天上，他再次领着黑子走出家门，这次是走出村子，走向他家的坟地。

她的坟与他们家的坟地一个方向，一块坡地上的两个角。他先是去了自家坟地，几十个坟头走了一遍。每一个坟头埋的都是先人，他有必要都走到，都拜一拜。最后，他在爹娘坟上坐下来，点着烟，缓缓劲儿。

按照携子抱孙的埋葬法儿，他将来的坟就在爹娘坟头的前怀里。他眯着眼，目测着大致的位置。

一根烟之后，他起身给爹娘的坟拔草。秋后的草早都枯了，不难拔，倒是一些藤啊条的，根扎得深了，拔不掉。他是有备而来的，带了镰刀。半个时辰后，他将爹娘的坟收拾得干干净净，培了土。越干越兴起，他索性在坟地与大路之间清理出一条道。他这时无论如何还不会想到，这条又宽又平整的路，几天后他就再次"走"在了上面。

整整一个上午，他在自家坟地里忙，最后快站不起来了。但他还是喊一声"黑子，走了"，领着黑子向坡地对角她的坟走去。

她的几个孩子也都外出打工了，爹娘不在了，就都不回来了。亏得他时常来她这儿坐坐，帮她打理打理，她的坟还像她年轻那会儿，眉目清秀。他一边拔着草一边说着："李德喜，你这个老东西，你是在沾她的光，你哪配我给你拔草修坟？"别看李德喜是她的男人，可几乎没给过她福享。他眼睛忍不住泛酸，就流下泪来，惹得身边的黑子冲着他"呜呜"。拔去枯草，她的坟头便被修整一新。他站开两步，打量一番，才蹲下来捡拾坟头周边的石子。他知道，她不是一般地爱干净，爱美。他蹲下来捡拾她坟头周边犁耙地时被扔在这儿的石子瓦片，一边捡一边说："李德喜，你这个老东西，你是在沾她的光，你哪配我给你捡石子，真硌了你的跛脚，我幸灾乐祸还来不及呢。"

等她坟头周围的石子瓦片都捡净了，土也平整好了，他扶住黑子在她坟脚坐下来，点着烟，跟她说话。

他"哈哈"苦笑了两声，说："别怨我没戒烟啊，我也快来这里了，医生的吩咐不听了。"

"我答应你的，经常来你坟上坐坐，拔拔草，说说话，这怕是最后一次了。"

东一句，西一句，他说啊说，没有头绪地说，想到哪儿说到哪儿。眼前，远远地望开去，不曾覆盖地皮的麦苗，在风里簌簌地摇动。

天快黑的时候，他从她坟上艰难地站起身，拍一拍黑子，佝偻着身子，倒剪了双手，深一脚浅一脚地往村里走。黑子脚下跟他一样，也似没了根，深一脚浅一脚地贴着他走。

半道上，起风了，云块压得更低，快压到树梢了。他和黑子往村里走，身后的风横冲直撞的，像发怒的刀斧手，在道路两边光秃秃的树林子里，弄出很大的动静，耳根处净是咔吧咔吧骨头折断的声音。

他与黑子踉踉跄跄地走着，任凭风在身后怒吼。

这是第十七天上一个越来越寂静的夜晚，他与黑子走回村子的时候，大部分人家都已关门闭户，唯一的春妞饭店也已停止营业。

在春妞饭店门口，黑子斜过去嗅了嗅，折回来。这地儿它熟，它曾经在这儿被三条德国黑同时咬住，差点送了命。

黑子仁义，容不得村上的人被外人欺负，更容不得村上的狗被外村的狗欺负，不管局势对它是否有利，都会奋不顾身地往上冲。黑子六岁上，一个冰雪天的下午，外村一个赖子，牵着三条德国黑来春妞饭店催账。春妞男人还不上钱，躲了。春妞好言相求，说快年节了，村子外出的人都要回了，生意会好起来，欠的钱容他们节后还。那赖子不依，放狗进春妞饭店。春妞往外轰，它们一起扑春妞。那时他带黑子正经过那里，黑子见三条大狗围着一个女人咬，"吼"的一声，似一道黑色的闪电冲上去。那赖子一脸得意，他相信他的三条德国黑不会吃亏，这条不自量力的家伙，等着吧，你很快就会被撕成一堆肉块。老实说，他也怕黑子吃亏，以一敌三，况且它们的个头都不比黑子小。他暗暗为黑子捏把汗。

围观的村人也多起来，多数人替黑子担心，让他唤回黑子。人的事，用人的方式坦荡荡地解决，别搭上一条好狗的命。他有些犹豫了，但看那赖子，更加一脸的不可一世。那时刻，他忘掉了村里人对他非议，他想争这一口气，为春妞和她男人，为挡马河村的脸面。他硬着心，冷着脸，把话甩给那赖子，说："你听明白了，我的狗死了，我厚葬。你的狗死了，留下吃肉，你也赶紧滚回去。"那赖子仍不示弱，连说："好，好，就这样，这样最好。"

他暗暗地咬牙切齿骂了句："杂种!"

春妞已安全地躲到一边，三斤、麻三各自回家拿来了棍子、铁叉。四条狗摆开架式，黑子立在中间，三条狗前后左三面包围着它。黑子不惧，目光威严地盯着它们，气势勇猛得像只投入战斗的狮子。前面的一只，要咬黑子的喉咙，黑子漂亮地一闪，它只咬住了黑子的耳朵。另外两只狗咬住了黑子的肋骨和屁股。三条德国黑尖利的牙齿不断深入，黑子忍住疼，仍不惧，瞅准眼前咬住它耳朵的死敌，张开大口，准确无误地咬住它的喉咙，尖利的牙齿，粉碎机一般使着狠劲儿，就听那条德国黑发出哀嚎的讨饶的惨叫。这惨叫让另外两只目露惊恐，松了口，节节后退。

赖子惊慌起来，嘴上却强硬地喊着："上，上。"

围观的人听到黑子口里敌人的惨叫，挥着拳头喊："咬死它，咬死它。"

败局已定，那赖子终于不再猖狂，喊出一声"不好"，转身一把抓住他的手，求他制止黑子。他便严厉地唤了一声"黑子"，只这一声，黑子便松了口，它嘴里的敌人随即瘫在地上。

他抱住黑子，黑子全身都在抖。黑子的屁股和耳朵都在汩汩流血，他知道它也快耗尽了力气。他泪脸亲着它的脸。那赖子也正抱紧他倒地的狗，号啕大哭。

那一次，他与黑子回家的路，似乎一下长了不少，沿路不断有村人向黑子伸出大拇指，为黑子叫好。黑子挨紧他，像接受欢呼的勇士一样。只有他知道，黑子的步子有些踉跄，所以，他配合着它，走得很慢。

　　这是第十七天夜里的后半夜了，十月的夜一点一点深去，冷也一点一点地饱满起来。经过她家时，他仍不自觉地站下来。黑子见他站下来，也站了下来，嘴上先是冲着院子"呜呜"，转身又冲着他"呜呜"。

　　已不知什么时辰，他推开虚掩的家门，黑，像个无底的黑风洞，将他和黑子吸了进去。恍惚间，他与她躺在一张墓床上，她眼睛石子一样亮亮地望着他，像那些年痴心地望着他一样。

　　那事发生在他十七岁那年，两人的命运自此陡转，不可挽回。

　　他在县里读重点高中，她在邻镇读普通高中。那年夏天，一个周末，他放学回来，在村后看到一群起哄的邻村男孩，他好奇地走过去，拨开人群看，发现两条狗在野合，一个女孩子吓得蹲在地上，抱着头哭。等看清是她，他立刻红了眼，挥拳砸向那些笑得最凶的人。人群哄地四散，他朝着散去的人群怒吼，并一再挥动拳头。人跑远了，他蹲下来，扳起她的头，心疼地给她擦泪。她见是他，更委屈了，放声大哭。他扶起她，给她擦着泪，像小时候，领她回家。她被吓得腿软，走不了路。他蹲下身子，说："走，我背你回家。"

他们的家挨着。当天夜里，下起雨。晚饭后，他早早回屋躺下，不为睡，是为听她的动静。她家里先是很静，不久就听到她娘大声吵她，而她在哭。他难受得躺不住，可又不便过去，心上烦躁不安。停了停，不行，他告诉自己，得过去，看看情况。他从床上爬起来，顶着雨，去了她家。他敲门，开门的是她爹。他说："叔，八月睡了吗？我向她借本书。"她爹说："睡了，明天来吧。"他"哦"了一声，悻悻地回了。他回了，可是睡不着。她那边声音倒是息了，他这边的心却悬得更高了。他拿出书，翻不下去，床单捂了头，睡不着。又停了停，他听听爹娘屋里没动静了，开了门，见两家院里都熄了灯，他蹑手蹑脚搬出凳子，放在墙根。墙头很滑，耐不住他身子长成了，他扒住墙头，试了试手劲，轻轻一起身，翻过去了。她屋里虽没了灯光，他相信她没睡。他轻手轻脚过去，轻轻敲她的窗。她像有感应，知道是他，也忙轻手轻脚开了门。刚一闪进门里，她便抱住了他，头脸在他胸口亲昵。他更加心疼地拥着她，压低声音安抚她。他们紧紧地拥抱着，拥抱着，正值青春期的身子，像被突然点起火。还真起火了，两团火烧到床上，烧遍屋子，外面的暴雨都不足以浇灭。

灯影暗黄，他坐在饭桌一角，对面是她，是这样，他确定是这样。一阵更大的风摇响门扇，"咣咣"作响。黑子昂起头，冲外面"呜呜"地叫。他拍了拍黑子，不让它叫。随后又一阵风，桌上，盘盘碟碟晃动起来，像一通醉舞，掉地上碎了，碎的声音，刺耳，响亮，像当年她爹甩在他脸上的耳光。

"哈哈哈……"他笑了，大手在脸上划拉，一脸的泪。

那晚，她爹听到了女儿屋里的动静，掂着牛鞭冲了进来，那一幕，被他全看进眼里。

愤怒的鞭子，像那夜的雨，密集抽在他年轻而赤裸的身子上。她上来护他，柔弱的身子也接满了道道鞭痕。

那次之后，他发觉自己不再有男人的冲动。他偷偷告诉了她。她那时正在他怀里，她更紧地拥抱他，异常坚定地说："娶我吧，我们结婚。"他哭了，拥紧她哭，说不出话来。

他们瞒着两家大人，一边上学，一边做贼似的四处求医。不敢去正规医院，全是小诊所，药也吃了不少，却也不见好。

他很痛苦。她也很痛苦。两人就抱头痛哭。她就安慰他，信誓旦旦，这一生，无论好无论歹，非他不嫁。

起初他还答应，后来心死了，就不吐口了。他怕误她一辈子。

这事也误了两人的前程，高考都落榜了。她却毋庸置疑地告诉他，让他向她爹求婚。她说那话时，望着他的眼睛，星星一样闪亮，他至今记得。他拗不过她，就央告爹娘托媒人去她家提亲。媒人带上厚礼上门了，不承想她爹站在她家院里，大声骂，当然是骂给他听："我闺女嫁人，

　　　　　　　　　　　　　　　　　　　　态度

不嫁畜生不如的狗崽子，就死了这份心吧。"

不知什么时候，看热闹的人围在两家门外，铁桶一样，水泄不通，交头接耳，说三道四。他羞愧，他窒息，他愤怒，他无地自容。无奈，他那时自卑，落榜的自卑，不再是男人的自卑，层层重重压迫着他。最终，他爆发了，红了眼，冲进厨房，掂把菜刀，冲出门来，见人砍人，见鸡鸭砍鸡鸭。人躲得快，没咋伤亡，鸡鸭猫狗躲不开的，被砍了不少。

后来，他被爹娘上来抱住，拽回家。他被锁进屋里，爹娘出去给生灵被砍的人家一家家道歉，下跪，求人家原谅，不追究他。

一个星期后，心灰意冷的他谁都没告诉，偷偷离开了家。

"我是自私的，"他拥住她，抹着老泪说，"我一走了之，压根没想你怎样面对，怎样活人……"

是的，那样一个年代，她要面对的，嫁人与活人都令她不堪。她自然铁了心嫁他，可他去了哪里？媒人三天两头地登门，她拗着不见。她爹拿鞭子抽她，她那么软个人，却不惧鞭子。她说："我是要嫁他的人，谁也挡不了。"一个软人，性子烈起来，跟黑子一个样儿。

他在外飘着，手上没技术，找不下活儿。跑去深圳，听人说下海捕鱼不要手艺，有力气就行，便投了一家远洋公司，随人家出海打鱼。两年下来，他活得越来越丧气，对自己也越来越失望。他日夜想着她，处境越是潦倒越想她，想得身心颤抖。惶恐，迷茫，无望，每天里，他自暴自弃地活着。他不知道，每天里，她是怎样过的。她要不屈不挠地对抗她爹，对抗外面的冷言冷语。她一样无望，跟他一样，惶恐，迷茫。可她一次比一次更加坚定地告诉跟她相亲的每一个男孩："我是顺子哥的女人，你还娶吗?"

在船上的第二年，在丝毫看不到未来的日子里，他给她写信，让她嫁人，怕她不信，又写他已在外安家，今生不再回挡马河村。他的信没地址，让她连一个求证都发不出。她又等了几年，见真的等不回他，她也真的大了，就应了同村大她十多岁的跛子李德喜。李德喜是个粗人，也是个蛮人，他家穷，爹去山西挖煤，死到小煤窑里了，他顶了他爹的岗，继续挖，三十大几的人了，一直说不上媳妇。他挖煤倒是攒下些钱，听说她愿意嫁人了，便带了重礼上门提亲。

她问李德喜："我是顺子哥的人，你还娶吗?"

李德喜讨好地说："我腿跛，你不在意，还求什么?再说，都过去了，以后好好过日子，谁都不提。"

她说："我等顺子哥，身子是他的。我嫁给你，身子就是你的，再无二心。将来你若在意，就说出来，你若要离婚，我决不为难你。"

李德喜说："说啥离婚，不离，好好过日子。"

态度

她嫁人了，她嫁人的第四年他回的家。年关，他在家仅待了两天。他忍着不见她，心上不知是个啥滋味。她也忍着不见他，跟李德喜有话在先，心上却油煎水煮的。第三天，他将身上的钱全掏给爹娘，让他们补偿当初那些生灵被砍的人家，再次灰溜溜地离开村子。

两年后，他从深圳去了珠海，进了一家工厂。那时，他手上已有了存款，说话与活人都渐渐找回些底气。可碍于身上难言的病，他一再拒绝向他表白的女人。后来，一个湖北的已婚女人愿意跟着他过。他先是拒绝，实在寂寞，就忍不住住到一起。半年后，那女人哭着离开他。就这样，不下十个女人跟他分分合合。到后来，他就倦了，不再跟任何女人发生暧昧。

为了躲避活着的尴尬，他还曾跑到殡仪馆找了份工作。

四十岁上，他还是耐不住殡仪馆里噬心的寂寞、孤独，开始想回家。那些哭孝的人，让他想回家，守着爹娘，尽尽为人子的孝道。自然，他更想守护她。他听说她给李德喜的那个承诺了，回到村里，他不会打扰她的生活，让她难做人。他想，能远远地关注着她的生活，她的冷暖悲喜，也比这样无限期地将自己流放在外好。

他回村了，尽量夹起尾巴做人。毕竟，低头不见抬头见，渐渐地，李德喜开始不安，越来越不安。

已是第十八天的凌晨两点，夜仍在深去，院子里除了蚂蚁搬动东西发出的"嗨哟嗨哟"声，整个村子陷入更大的寂静。他跟她躺在白云似的芦苇中，躺在金黄的麦子上，躺在火红的高粱上。身边，黑子欢快的"呜呜"声，蚂蚁搬运东西的"嗨哟"声，像喊响的劳动号子。

老实说，他盼着李德喜早死，死在他和她前面。他每时每刻都想与她厮守，哪怕一天、一个时辰。他做了村里的丧葬师，不管男女老少还是得病的、车祸的，他体体面面地送走他们。他日夜盼着，经他的手，送走李德喜。不承想，她走在了李德喜前头。她走的那天，他仍被李德喜叫去，操持她的后事。他以为他会撕心裂肺，可没有，眼里一滴泪也没有。净身，洁面，穿衣，成殓，他在李德喜面前，在她的孩子们面前，在全村人面前，极其平静地按部就班地做着这一切，身心里却不断地听到脏腑深处的崩塌声。

那天之后，他只求速死。

不久后的一天，他与李德喜在她坟上遇见了。老了，内心的敌对随着她的离去，全都风流云散了。那一次，他们心平气和地说着她，说的都是她的好。说到激动处，李德喜会忍不住大骂自己，他也跟着骂。他们都会哭，偶尔会大放悲声。哭完了，李德喜告诉他，让他知足吧，说她一辈子的心都在他身上。她走的那天，那眼神，绝望又滚烫。他李德喜懂，可他硬起心肠，直到她咽下最后一口气，他才央人把他喊去。

人生充满遗憾啊。他忍不住老泪纵横。

　　　　　　　　　　　　　　　　　　　态度

现在是墓床上，他们终于躺在了一起，像新婚一样。她望着他，眼睛石子一样羞涩，闪亮。他说："知足了，这一生有你有黑子，你们跟我好了一辈子，也暖了我一辈子。"

她说："知足了，这一生你有黑子，我有你。"

外面，下雪了，雪花满世界有情有义地飘，有情有义地白。雪花之外，夜色里，有新鲜的身体和生活不断浮出。"可以了，可以了。"尘世的一切都已完美如新。他拥紧她，拥紧她，隐进雪的白，挡马河里芦花的白，无边无际的白。"八月啊。"他喊。而就在他喊出声的那一刻，他意外地发现，自己在十几天前走上告别之路的时候，已经死去。

（原载《莽原》2018 年第 4 期）

来生不要错过我

安小雅走在上班的人群中，不直直地眺望远方，也不左顾右盼，顾盼生辉更不喜欢，也不敢喜欢了。一个人走路，生的哪门子辉？老公就警告过她，女人一个人走在街上，千万不要旁若无人咧嘴一笑，那样会让人觉得她一准在想床上那些事，那就不叫失态，叫女人的失误了！尽管安小雅那一肩亚麻黄的大波浪，自由浪漫地铺展开来垂至腰际，摇曳生姿的。

在人生的礼仪上，母亲也没少教导过她。她不记得自己小时候，是不是走路常昂着头，反正不少听母亲叨唠她，说低头的汉子仰脸的婆，这种类型的男人女人多半不招人待见。低头的汉子城府太深，不好交往；仰脸的婆城府不深，却难伺候。女人走路不是不让抬头，而是稍微低着头，视线在二十米之内的扇面上，脚下不至于被绊着，前面不至于撞上树或电线杆，也不至于撞上人或被人撞上，这就行了。安小雅很注意这一点，所以走起路来，既不风风火火，像前面有什么急事就等她去化小化了，也不慢慢悠悠，像什么事都不放在心上。她安静地走着她的路，"嗒嗒嗒"地扭动着无与伦比的高傲和优雅。周遭明艳的万物于她是不尽的景致，她被它们滋润，但不贪婪。

这就是人们所谓的做人要有度吧。有度不说明一个人做事谨慎过了头令人生厌，而是表明一个人待人接物懂得自律、内敛。安小雅凡事就喜欢有个度，这让她感觉很踏实，也很安全。至于在老公那里，于"度"上左一下、右一下，很可以啊。而且那不叫出格，叫情调。即便反过来叫调情，也未尝不可，夫妻嘛，一切皆被允许。

见过安小雅的人，都说安小雅很女人，很小女人。安小雅的确很女人。她很安静，周身自然散发出一种安静、可人的温婉，混合着目光中隐隐的冷艳，就能那样令人着迷。

安小雅很小女人，而且是个很自恋的幸福小女人。已嫁到香港去的安小雅的闺密罗惜惜对安小雅这种自恋，老爱"啧啧"一番。她说："安小雅，你实在自恋得可以哦。不过倒也是，不苛求不奢望，再就是摊上个知冷知热的老公疼着宠着，你自恋得起哦。"

安小雅还是那样若有若无地笑笑，说："是吗?"安小雅爱这样对人若有若无地笑笑，之后问是吗。那意思，是吗，我很自恋吗？或者说是吗，我怎么没觉得？也或者说对啊，喜欢了就喜欢得起啊。其实，喜欢跟喜欢得起是两码事，喜欢是心情，喜欢得起是拥有。像女人喜欢珠宝，男人喜欢车，喜欢是一回事，拥有就是另一回事了。

不过，安小雅的自恋跟一般意义上的自恋又有不同。大千世界百杂碎，在这个百般杂碎的世界里，安小雅式的自恋一贯表现为随时随地她都能给自己一个世界，把自己装进去，谁也休想伤到她。在别人眼里，安小雅脚下踩的是云彩，而不是纷纷扰扰的凡尘和流俗。

这没办法，似乎女人能赶上的好事，都让安小雅赶上了。安小雅人长得好看，清清爽爽中透着一股子让人想多看几眼的优雅和贵气。安小雅还很会装扮，不少跟安小雅相熟的姐妹就常常羡慕她会淘衣服，能让自己只是自己，不是别人。有闲逛服装屋了，总想拉上安小雅，说要借她一双慧眼用用。只是这样的时候，安小雅仍旧多半笑笑，借故推托。女人如花，各有各的姿态和芬芳，怎能因为别人而是自己呢？安小雅之所以不愿意被拉去逛街，答案就在这里，不想被别人左右，不想左右别人。

在冷艳外表下有着一副菩萨心肠的、温柔又善解人意的安小雅，还享有一份体面而闲适的工作——市外事办，平时帮人办办签证。她很满足于这样一个位子和高度，工作是工作，生活是生活。工作时她是公务员，做好工作是天职。生活中她是女人，是母亲，经营好老公和儿子是本分。安小雅一向以为女人工作不必像男人那样充满杀气，不必于名利场上跟男人寸土必争。女人家嘛，为的就是给自己在社会中找准一个位置，或是一个坐标，不至于让自己在茫茫人海中，像浮萍一样扎不下根，或像水草一样随波逐流，仅此而已。因此，安小雅姿态万千的生活不在工作上，而在八小时之外。在属于她的时空里，她有的是兴趣和爱好供她打发大把大把的时间，比如看看书、听听歌、插插花、弹弹古筝、练练瑜伽、设计设计服装等。

安小雅什么都想喜欢，唯独不喜欢钱。女人结婚后，多半爱独掌家里的财权。安小雅不爱这些，凡事她听老公的，家里的财政也交给老公打理。她就想让老公施展，家里外头任老公铺排，这样老公反而对她更呵护备至。打打哈欠，伸伸懒腰，乖乖缩进老公大男人般的胸膛里，过着纯粹的、快乐的，在别人看来甚至有些傻傻的小女人的生活，她很知足。

安小雅不喜欢钱，可她总有钱花。哪一天她觉得钱包里要空了，而在用钱的时候打开来看，里面总就又有钱了，而且足够她开销的。钱自然是老公放进去的，不是钱包自个偷偷怀胎一朝生产的。而且这样的时刻，依然会令安小雅有如品尝初吻时一样，在拘谨地耸起肩膀，在紧紧闭起眼睛的刹那，心潮翻滚，心旌摇荡。

安小雅眼下的生活很充实，她想要的疼爱，她不说，老公便做了；她不想插手的事情，她不说，老公也便做了，就像歌里唱的"工作不错，生活不错，心情也不错"。常听身边的女人在抱怨，爱情不保鲜了，婚姻遭遇沉默症了，老公酗酒不着家，就是着家了，臭袜子臭鞋到处扔、脚不洗就上床、头一挨枕头就呼噜等习惯坏得人无法容忍了……可安小雅不，至今晚上睡觉的时候，老公还会像燕尔新婚那阵，与她十指紧扣着睡觉。即便半夜醒来，迷迷瞪瞪中，他也要寻到她的手，仿佛十指紧紧扣住了，那觉才睡得踏实。

曾经，罗惜惜乜着眼神这样问过安小雅："安小雅，我就不信，你对你的婚姻就一丁点儿的不满都没有，想没想过离婚，哪怕就一次，哪怕就一个一闪而过的念头？"这问题一经问出来，还着实令安小雅一怔。是呀，她对她的婚姻就一丁点儿的不满都没有吗？就一次也没想过要离婚？就如今离婚率攀高比春藤还快的现状里，这样说给谁谁信呀。

"让我说准了，嗯，是不是？"罗惜惜追问。

"你居心就那么叵测呀。"安小雅猛地点住罗惜惜日渐富贵张扬的额头，笑眼哂着，"不满，有过啊。至于离婚的念头，也动过啊。不过呢，我跟我老公就如同这一个巴掌上的指头，分不开了呀。"可是不过呢，那之后安小雅还真把罗惜惜的问题当问题想了。一个巴掌上的指头是分不开，可就是这五个指头，伸出来却就有了三长两短。就是，再自恋的心胸，也难做到十足的平衡啊。何况她安小雅的婚姻，哪能就那么满月似的完美无缺呢？可她不满什么呢？又不满老公什么呢？倒是话又说回来，她又怎能一丁点儿的不满也没有呢？自己的牙还咬自己的唇呢，何况是从陌路走到知根知底的一对男女。婚姻如同鞋子，舒不舒服只有脚知道。不过呢谁都知道，新鞋子穿上脚紧，穿穿不紧脚了，新意却日渐淡去，到最后脚在鞋子里几乎没啥不适的感觉了。可鞋子也旧了，旧就旧了呗，旧的不去新的不来，换吧。就这换了，还换得心安理得了。是的，她安小雅的婚姻美不美满，只有她安小雅知道，即便是婚姻另一端的她老公，也有摸不准她心思的时候。这样一说，就像愣在鸡蛋里头挑骨头，她安小雅瞬间还真就挑不出点不满的意思来。她记得她曾跟老公说，老公，我饿。她老公说，走，长安街上新开的一家巴湘情傻儿焖锅，还没带你去吃过。她嗲着声说，不是肠胃。的确不是肠胃。她老公蒙了，问那是哪儿？她嗲着声再说，我也不知道。她老公"呵"地笑了，说等你知道哪儿饿，我再领你去吃。别说，她有时的确有这种感觉，偶尔会没来由地觉到饿，不是肠胃，而是藏匿在身心深处的某一个地方。她也不能清楚那是个什么所在，只是觉得它绝对存在着，就像你不必看到空气的存在，而它无时无刻无处不自由自在地流淌着一样。

然而思量来思量去，到最后，安小雅又会问自己，这叫什么事？这又怎能叫作对婚姻或者说对老公的不满呢？

空气中月季花的清香淡淡洋溢，风里微微飘散着法国梧桐的甜腥味道。亭亭玉立的安小雅走在人群里，神态冷艳，目不旁落。这让她在与一位迎面走来的中年男人快要擦肩而过的时候，才猛然触到一种感觉，男人在看她。她也下意识地回望男人，因为一刹那的感觉，似曾相识。她不能肯定，却很强烈。

男人是在看她，从在熙攘的人群里一眼发现她的那一刻起。

男人梳着精神的板寸，体态挺拔，着装休闲，步履如军人般稳健、自信。男人脸上架一副宽边太阳镜，墨色镜片有如隐蔽而安全的军事掩体，这让男人于近在咫尺的距离内投向安小雅的目光，也能如此从容，而且无所顾忌。

的确如此，从远远地看到安小雅起，这个男人就在细细地打量她。他觉得，从眼睛到心灵有突然被女人照亮的愉悦感。女人的样子真是唯美，似乎左右得了一条街的喜怒哀乐。男人很遗憾，他喜欢摄影，一切美的有个性的人事风物，他都喜欢收录到他的镜头里去。今天他却没带上相机。男人遗憾地摇摇头，自顾赶路，心间却开始晃动女人令人迷醉的样子，尤其是女人波浪如瀑的背影。有这么个女人走在街上，一条街都仿佛黯然失色了呢。男人想。

整整一个上午，除了一个学生模样的小伙子来拿去新加坡的签证，别的时间都在闲着。墙壁上一抬头就能看到几框框的规定，其中一条，工作时间不准聊天。不是说安小雅压根不喜欢扎堆聊天，而是她不喜欢热闹。这样说来，也并非安小雅不能跟人坐下来聊天，事实是很多姐妹就愿意找安小雅聊天。安小雅是个好听众呢，你只管说，只管聊，说什么都行，聊什么都成。安小雅能够自始至终微笑着，胳膊肘支在桌沿上，左手攀着右手臂，右手托腮，眼神闪亮，样子专注。而且她还很会倾听，比如你话说到节骨眼上，说到需要调动情绪处，她就能一句"哦，是吗"或者"难怪啊""倒也是"等，轻易便做到了有力有序地激发你说的欲望。

安小雅似乎跟谁都谈得来，跟谁都做得朋友。可你想，好多人都跟你是朋友，那朋友还称得上朋友？所以好多人都把安小雅当朋友，安小雅却没几个称得上朋友的朋友。朋友是奢侈品，不在于多，而在于好。朋友其实就是一对一的组合，平白点说，如同家具中的组合柜，合适了肩并肩摆一块，不合适了就分开，不存在合不拢，也不存在掰不开。往郑重了说，朋友就如同"二人转"中男角跟女角搭的一副架，彼此不能交换的唯有肉体，此外什么都可以托付给彼此。朋友是相互的，光知根知底不行，是要交心交肝胆的。多半情况是，人家跟安小雅"相"，安小雅不跟人家"互"。并不是说安小雅不真诚、不坦荡、不善良，而是她不喜欢说人和被说。俗话说，谁人背后不说人，谁人背后无人说。聊天聊多了，极有可能聊到别人。别人聊天聊多了，就没有可能聊到自己？说别人、被人说，安小雅都不喜欢。人各有活法，谁是谁的判官？谁也不是谁的判官，因此安小雅即便听别人说别人，她也只笑笑，不掺和。让自己成为别人的谈资——当然，这个难免——她更不喜欢。而事情往往是，别人嘴里的自己，都是自己无意间给泄露出去的。既然防人之口甚于防川，不妨自己防自己之口好了。就这，做人低调的安小雅就能很成功地防紧自己的嘴巴，不说人，也不说己。她总是能将自己的心思捂在脏腑里，自己想自己的。像今天，她偶尔会想起，那个似曾相识的男人端的是谁呢？

话往回说，安小雅也有尽可以交付心思的朋友，像罗惜惜，再有就是老公。罗惜惜嫁到香港后，两人离得远了，想见个面再没有抬脚就到那么便捷，再没有一个电话煲一两个小时那么容易，她们的见面越来越少。好在安小雅有啥话，可以一股脑儿倒给老公。那个似曾相识的男人是谁呢？当天晚上，安小雅就把那男人说道给老公了。当晚老公应酬完回到家，安小雅接好水，递上，聊上几句后，便跟老公描述起早上遇到的那个男人来。她说："真怪，那感觉，就那样似曾相识。"

朋友中有这样一个人吗？她老公认真想想，说没有。而后他跟安小雅开起玩笑说："似曾相识极有可能是一见钟情，贾宝玉初见林黛玉那感觉不就是似曾相识。哈哈，傻老婆，说，是不是那男人让你一见钟情了？真是这样，小心我把你用铁链子拴在家里。"

安小雅冲她老公傻傻地笑着说："人家要真动心了，你纵然拴得住脚，拴得住心吗？"

她老公又说："傻老婆，你敢。"

她就再次傻傻地笑着冲她老公说：“你的傻老婆不敢，是至今没有一个像你一样让她敢的男人。如果某一天真的遇到一个，她会一头撞进那人的怀抱里去，你信不信？”

　　此后很长一段时间，安小雅与男人几乎每天的那个时刻，在第一次邂逅的那个地方，迎面走来，擦肩而过。明明似曾相识啊，怎么就想不起在哪儿见过呢？这感觉常常令安小雅不能释怀，就像内心里生生地多出一个角落，她掸啊，拂啊，努力清扫，却怎么也不见明朗。不明朗的感觉，不见得恼人，却总是伤神。

　　因了这种心情，安小雅在与男人迎面走来的时候，会忍不住瞟男人，刻意地装出漫不经心，心有旁骛。而男人看安小雅就无须刻意，墨色的镜片像个能挺胸为他挡刀子的同谋，他安全着呢。有时男人也会不戴墨镜，或许是忘了，或许是别的原因。这样的时候，两人的目光就难免撞上。起初他们目光撞上了，会迅速闪开，装作被别处的风物吸引了，定定地看去，直到擦肩而过了，才将各自的心情放下，将向右转或向左转的目光收回，向前看，稍息。

　　两人的目光也有胶着不开的时候。四目相遇了，心思会迅速纷纷扰扰开来——看你了就看你了，我无意看的，真要忙着闪开，就是有意的了。有意而为，如同缺陷，越掩饰越彰显。我不掩饰，我就是无意间看你一眼，别猜想，也不要心生波澜哦。事实上，彼此心间早波澜起伏了，心思全在心思上，因为无暇顾念，撞上的眼神压根就不曾分开，就胶着了。眼神胶着不开的时候，他们就相视笑笑。

后来的某一天，两人在温暖的晨曦里迎面走近，相视笑笑后，男人站下来，安小雅就也不由自主地站下来。

"您好。"

"您好。"

两人跟对方打着招呼，空气里凝结着丁香般的尴尬。两人再次笑笑。

"这么巧，总在这儿遇见你。"男人率先说。男人的声音很厚，低沉，富有磁性，听了让人感觉温暖，让人如同瞬间获得希望一样，安定、坦然。

"总在这儿遇见才叫巧啊。"安小雅笑笑回答。

"家离单位不远吧，总步行上班?"男人笑着问。男人的笑跟他的声音一样温暖、自持。

"不远，三站路。"安小雅也笑着答，笑得很浅、很矜持。

那之后，安小雅与男人迎面走来，多半会站下来，聊上三五句，聊的多是些面子上的话，从不深入到里子里去，轻松、简单、纯粹，有如风的相遇，只为相遇过，从没想过拥有。他们渐渐像熟人似的热络起来，只是从不过问对方的名字，让对方或给对方留下电话号码。他们就这样交往着，像彼此严守一道法则，矜持、内敛、温暖，陌生的熟人一般。

态度

直到一个月后的一天。

那天快下晚班的时候，安小雅的老公给她打电话，要她打扮漂亮些，带她去吃饭。饭局是老公安排的，在位于青藏路上的香格里拉酒店。老公最要好的同学孟闻达从美国回来了，他电话召集了一大帮同学来市里聚会，理应他来安排。老公接了安小雅到达酒店三楼的布达拉厅时，厅里已坐满了人，闹哄哄，吵吵嚷嚷，热闹得像误闯了某新人的洞房。老公给安小雅找了个空位子，她坐下来，一扭头，正看到男人惊讶的眼神。

"这么巧!"男人说。

"是呀，这么巧!"安小雅说，目光亮亮的。

"你们认识?"一旁的老公有些莫名其妙。

"认识。"这话安小雅脱口而出。

"他是谁?"老公紧着问。那意思，我老婆认识的男人我都知道得一清二楚，这一个我不知道你认识，你咋就认识了，况且还是我的熟人。

是的，他是谁呢? 安小雅难为情地笑了。相识这么久，还真不知道他是谁。她再次笑笑，摇摇头，老实作答："不知道。"此后，她压低声音告诉她老公："这个大哥就是那次我跟你提及的那个似曾相识的男人。"

她老公"哦"了一声大笑道："不是生人，是熟人，这下我可以高枕无忧了。"

等男人和一桌子的人弄明白事情的原委，全都放胆地大笑起来。笑声过后，老公隔着安小雅握住男人的手，而后将男人指给安小雅，说："我同学陈克的大哥，陈述。上学那会儿我们都佩服他，你说是写的画的拉的弹的，还是唱的演的，没大哥不行的。用宋丹丹的话说，他太有才了。"

"嗨，嗨，别夸得无边无际，没那么神乎。"男人朗声笑过，转向安小雅，从名片夹里掏出一张印刷精美的名片递过来，"陈述，陈述的陈，叙述的述，以后喊大哥好了。这是我的名片，策划师，如有需要，请随时联系。"

"我说呢，大哥与陈克很像啊。"安小雅边说边接过名片，放进包里。

"那是，亲哥热弟，不仅像，而且像。"陈述笑着说，而后问安小雅是否有名片。

安小雅一指已与别人交头接耳的她老公，说："我老公，我的活名片。"

"哈哈，有趣。"陈述大笑。

席间，老公陪着孟闻达不时跟这个同学喝"哥俩好"，跟某个女同学喝"多年同学成兄妹"，满场儿串，忙得胜似孟闻达。安小雅端着水杯，落落地盯着老公和孟闻达他们一大帮子人闹。他们真能闹，真敢闹，特别是跟女同学，都闹得嘴上无德了。安小雅看着老公紧紧搂着一个女同学眉飞色舞地说，当初要不是猴子横插一腿，你铁定是我的了；而后指定另一个女同学，说这酒你喝不喝，不喝倒头上了，话还在舌尖上打转，酒已在那女同学长长地秀发上飞流直下。

一屋子的人都在闹，狂放、妄为、纵情，却是亲密无间。

见安小雅眼神落落的，陈述忙给她的杯子续些水，说："来来，弟妹，人家男同学、女同学，统统都同学，看来只有咱俩是局外人。君子之交淡如水，看来酒不如水。这样吧，大哥陪你喝杯水，喝吧，都在水里了。"

安小雅回头冲陈述笑笑，说："谢谢大哥。"而后举起水杯。

"你老公是个人物啊，想当年也是个大才子。"

"他啊，嘴上花，心一本正经得很呢。"

"这就是男人本色吧，理解就好。"

就这样，两人很投缘地聊起天来，从安小雅的老公聊到孩子，聊到工作，聊到音乐，聊到影视，聊到安小雅的老公红着脸从后面扳住安小雅。老公满嘴喷着酒气说："我亲爱的老婆，你要小心，别看陈哥大我们几岁，他可依然是少女杀手啊。"

"是吗？可我不是少女了，是少妇，就是大哥有戏，怕也没我的份儿了。"老公可回来了，安小雅盯着老公的眼波，瞬间柔情荡漾。

"陈哥，杀手由少女版升级为少妇版了，对不对？"老公边说边冲陈述使眼色。

"对，这会儿啥都讲升级，不升级就落后，落后就遭淘汰。"陈述幽默地作出他的一番陈述。

此时，老公的一大帮同学也上来起哄。安小雅一时不知接什么好，脸顿时红了，红透了。

这事过后，安小雅再与陈述迎面走来，远远地，他们已相视笑笑，打起招呼。两人开始习惯与对方迎面走来，相视一笑后，站下来聊两句，而后挥手告别。

他们聊的话，已从大众话面子话深入到生活的里子里去了。

"今天天气不错，心情好吗？"

"昨晚酒喝多了？眼里的醉意还没全消呢？"

他们的语气不再因为要竭力委婉而变得生疏，而是亲和多了，兄妹般的亲和。安小雅发现陈述很健谈，睿智，有思想。陈述也发现，冷艳的安小雅，其实是一个很有情调、情趣的女人。

班上闲置下来的时间依然充裕得多，姐妹们会在头头们眼力洞察不到的角落里穿针引线，大绣各种十字绣品。这种绣活儿平民得很，只要掂得动针，都绣得。大人绣得，小孩绣得，女人绣得，男人绣得，怕三国时那个猛张飞都能像模像样地绣得。价格又不贵，从似乎是一夜间开满全城的任何一家十字绣品店拿来，你尽可以绣了，紧锣密鼓，或者随意而为，都由你，而后绣好了裱，裱好了往墙上一挂，哎，别说，还蛮像那么一回事，花小钱，换得赏心悦目，值得。只是要赔精力、赔时间，安小雅也喜欢，可她觉得把时间和精力赔给一件绣品，她赔不起，也不想赔。

班上大把大把的富裕时间，安小雅有时会拿来看书，像最近，她有时会拿来想陈述。陈述很男人，很有男人味道，如一坛老酒，陈酿的时日够了，味道也够了。陈述的一举手一投足，一个眼神一句话，都透着成功男人成熟、稳重、沧桑、憨直大气等等耐人寻味的味道。成功的男人不一定成熟，但成熟的男人一定稳重，稳重的男人一定历经沧桑，历经沧桑的男人一定憨直大气。男人的神情里尤其应该透着些沧桑，不能太多，太多了就老气横秋了，就无趣了。也不能少，沧桑感少了，就如同一杯水，会显得沉淀还不够。男人够不够男人，不在于长相，而在于气质、气度。而倜傥的气质和轩昂的气度，还要靠装扮才表达得出。成熟男人的装扮最讲细节，特别是衣服穿在身上的细节，休闲不能太过随意，正装不能太过花哨，色系、款型不能乱搭，裤腿踩在脚下不优雅，裤缝偏了裤腰外翻就显邋遢。

陈述似乎很懂这些，不是刻意而为，而是自然从容。只有被生活历练够了的男人，才会拥有这样的自然和从容，放松而不放纵，即便放纵，也不颓靡。

这样的陈述，安小雅很欣赏。所以回到家里，安小雅会时不时跟老公说起陈述来，言语间自然流露出对陈述的欣赏。陈述这陈述那的，老公会冷不丁地问一声："你是不是已经中陈述的魔了，怎么整天叨唠的都是他?"

安小雅猛地一惊，说："是吗? 怎么会? 笑话吧?"

老公又问："是不是对他有意思了? 抗拒从严。"

安小雅的脑子一下弯过来了，她倒是跟老公装傻充愣，一下吊在老公脖子上，说："坦白更严是不是? 嗯，老公，女人要喜欢谁，压根就把他藏心里了，哪还愿意到处说哦。尤其是跟最爱的老公说，是不是?"

可过后静下来想想，就是，自己怎么老是在提陈述，是自己并不知情的时候，已经在心里接纳他了? 这样一想，让安小雅自己吓自己一跳。随即，她宽解自己，爱上一个人，哪有那么容易? 况且她跟老公，幸福得不知让多少人羡慕呢。不会不会，尤其是跟陈述，不会发生什么的。

可接下来的半个月，安小雅在那段路上再遇不到陈述了。陈述有些像她安小雅做过的一个梦，虽然不曾遗忘，不好遗忘，但却消失了，找不见了。

老公发现，安小雅不再提陈述，可也不再怎么爱说话，更爱抱着书读了，却有时会一个人发呆。老公很担心她，就前来扳住她的肩头，眼睛盯住眼睛，问她怎么了，要不要去医院看医生。她轻轻舒口闷气，幽幽地说："工作上出差错了，挨领导批了。"

老公"哦"了一声将她拥进怀里，大声嚷道："亲爱的，告诉老公，哪个领导批你的，我明天就去狠狠批他。

领导嘛，要讲批评和自我批评，我倒要问问，他先自我批评了吗？"

盯住老公疼爱的样子，安小雅会突然一惊，自己是不是太过了，而且莫名其妙。于是，她吊住老公的脖子，吻住老公嚷："还是老公疼我。老公，你赶紧做一把手吧，我跟着你上班。"

"那还用得着你上班，到时候我让你做全职太太。"

"老公，咱旅游去好不好？"

"暂时还不行，等忙完了手里这个项目再说。"

"老公，我想去。"

"不行，等下次。"

"老公，我饿。"

"走，一块接了儿子，去吃廖排骨。"

"老公，你真好！"

安小雅吊住老公的脖子说："老公，你真好。"她使劲撒着娇，身体里却骤然攫住了那种"饿"，就是那次罗惜惜跟她对话起她的婚姻后，她反复思量出来的那种没来由的饥饿感，它依然在身心深处的某一个地方藏匿着，她依然不能清楚那是个什么所在。可她依然会清楚，她纵然吃到胃满肠满，也慰安不了它。

怎么了？自己怎么了？安小雅在老公的脖子上暗暗问自己。以往这样的时候，请求不见得有效果的时候，多半不知为何突然栓堵的心绪会被自己近似于无理的取闹慢慢稀释掉，这次怎么有些异样了呢?

直到那个阳光如百合花般普照的早上，再次跟陈述迎面走来，安小雅犹如坠石的身心才突然觉得一爽，身轻如燕。病来如山倒，病走如抽丝，连日来的感觉，就像一场病啊。

陈述望着她，温暖地笑笑，称自己到外地出差了，然后问她: "一切都好吗?"

她笑脸如花，语调欣喜地说: "好啊，一切都好着。"

日子就这样平静如水地往前铺展，安小雅跟陈述之间没有发生什么，也好像有什么正在发生。犹如深深埋藏在地层下的滚烫的岩溶，你看不到它们，而它们一刻也没停止涌动。

两个月后的一天，老公突然告诉安小雅，他被领导临时抽调去摩洛哥，到那里去搞一项工程援助。

"出国吗?"安小雅有些难以相信自己的耳朵。

"是的，出国。"老公说得豪情满怀，"亲爱的，我很珍惜这个机会!我知道你和儿子离不开我，但这样的机会我或许一辈子就遇到这一回，放我去吧。"

"什么时候回来?"安小雅潮着眼神，未起程先问归期。

"三个月后就能回来。领导说了，回来后不仅给加薪，还给晋级，这好事梦都梦不到啊。"

看着老公喜出望外喜不自禁还差点就喜极而泣的样子，她还能说什么呢，放他走呗。贤内助贤内助，不就是不怕你闲在家里只要你能于老公需要时默默站到他身边为他振臂高呼从而助他一臂之力的及时雨一样的内人吗？连日来，安小雅湿着眼睛给老公收拾起行囊来，什么都想给他带上，带双份，怕到那儿再发觉东西短缺了，尤其是手底下常用的这些小东小西，可去哪里买？在家千般好，出门一时难，还是有备无患好。

没几天了，安小雅就要泪水涟涟地将老公送上远行的列车了。想想那样一个时刻，手一挥，从此就要天各一方，安小雅总忍不住兴奋得难受。老实说，她为老公高兴，周围的人听说她老公要出国，对她羡慕得不行呢。可另一方面，她却为即将到来的万里之别心生愁绪。第一次这样跟老公远别、久别，光相思之苦就能杀了她啊。她满心里赞成老公出国，又满心里舍不得老公走。这种矛盾心理，让安小雅的心情在老公给予的极度自豪中变得糟糕起来。

生活总是令人难以捉摸，总是爱在好事临头的时候出些端节。这天，安小雅在班上接到一个匿名电话，问她认不认识一个叫吴莉莉的女孩子。她听得莫名其妙，但她老实说不认识。那人说你不认识就对了，说完电话就挂了。

自从接了那个莫名其妙的电话，一向冷静、理性的安小雅内心就难以平静了。那人话说得不甚明白，可越含糊其词，越让人忍不住深思。这事如同一个箱子，你大敞着让人看，里面即便是金银珠宝，别人不一定稀罕。你若要紧紧地锁着包着，里面就是破铜烂铁，别人也难忍一窥究竟的好奇了。

不过一开始，她是想不信来着，她的老公是啥样一个人，她最清楚。可最终，她忍不住想打听，尽管想法很漂亮——整明白事情的真相，才更能还老公一个清白。谁知事情不受打听，结果更云山雾罩的，不仅有个吴莉莉，还是老公带过的实习生，还不见得有啥突出成绩，这次她竟获得跟着去的资格了。

凡事掰开来想，你的是你的，他的是他的，也没什么。可就怕把事情搅到一起想，思虑来思虑去，越要再掰开它们，它们就越发疑似事实了。事情令安小雅更难以释怀，但她还是极力劝慰自己，要保持清醒，疑似事实，可并没有证实是事实。这样的事是啥事？可不是说着闹着就能好收场的。这事弄不好，毁的可不是吴莉莉，而是她的家庭，她和儿子的幸福。天大地大，其实对一个女人来说，家最大。这会儿似乎什么都可以花钱买到，但唯有幸福的家庭花多少钱都买不到了。她要理智。

尽管这样想、这样劝，安小雅原本很明白事的心，还是被看不清的真相搅扰得六神无主了。当天中午午休的时候，安小雅做了个梦，那情景真的就跟现实中正在发生的一样。她指着一个虚拟出的吴莉莉，像怒斥恶人似的义正词严，他爱你吗？你以为他会爱上你吗？不会！他爱的是我！是我们儿子！是家庭！你信吗，别说三个月，就是给你们一年，你也无法让他爱上你！这样一个梦，在她醒来后，依然闭紧眼睛，想了好久。她骨子里爱着老公，她珍惜这个家。像出国、加薪、晋级，大不了不就是名利吗？家都没了，还要名利干吗呀？

可这事怎么跟老公开口呢？安小雅一时竟不得主意。她一向很维护老公人前人后的面子，她也很爱护自己的体面。她也想过私下里装作无意间撞见吴莉莉，看看她的反应。女孩子多半城府不深，不善掩饰，尤其是这事。但她压根不认识吴莉莉，务必要通过别人指点。可让别人掺和到家事中来，这不是她处事的风格，她也没这么弱智。终觉得这方式不妥，就放弃了。可没有真凭实据，她更不能贸然指责老公什么，夫妻间最起码的信任出现裂痕，她怕看到，更怕是自己一手导致。但郁闷难免像冷风似的袭来，令她委屈、难受。

老公已经不上班了，在做着出国前的准备和培训。应酬也多起来，多半是去赴老乡或是同学摆给他的饯行宴。回来的时候多半已经烂醉如泥，想要他说明白话都难。你怎么了，怎么神经兮兮地乱猜疑？逮不住老公，安小雅就逮住自己问。而她也不知自己怎么了，就觉得烦躁，觉得委屈，觉得愤懑。后来还是逮住了一机会，她按捺不住，却竭力装作漫不经心冲正翻看摩洛哥地图的老公问："老公，听说跟你实习的吴莉莉也去？"

"是啊，她挺能干的，被选上了。"老公答得干脆。

"也得有女孩子去，要不有人想唱《蝶恋花》就要找非洲黑女人了。语言不通，该多麻烦。"安小雅跟老公开着玩笑，心里却刻意地警觉着老公的眼神和用语。

"怎么，听到啥风声了?"老公笑着扭头盯过来。

"是呀，不只是风声，还有风言风语。"安小雅笑着，故意让语调轻巧些，笑盈盈的眼神却充满挑衅。

老公哈哈大笑着快步走到安小雅面前，像以往那样紧紧拥住她说："亲爱的，没有的事，别信人家的话，坏自家的事。"

但看老公轻描淡写的态度，安小雅却有些恼了。这一切他明明知道啊，干吗要跟她隐瞒呢? 先前她还想，或许是没争上的人从中作梗，想借此出一口恶气。可这会儿，她倒想，怕是真的被老公蒙在鼓里了。还有三天他就要远走高飞了，他跟她吃醋的心情还是会有的。

安小雅突然之间就着了魔了。

老公似乎没时间顾及安小雅极端郁闷的情绪，天天奔波在推杯换盏的答酬中，直到离别当天。

要说安小雅的郁闷老公没发觉，那是假的，只是他错将老婆这种情绪理解为舍不得他了。他唯有拥抱安小雅，一再哄劝，一再讨好。可下药了，不能对症，就没用。最终，老公恼了，他大声喝道："安小雅，你还有完没完?"

态度

第一次被老公大声呵斥，安小雅哭了，眼泪轰然而至，可她不吵不闹。她闭着眼睛，在想老公当初跟她卿卿我我耳鬓厮磨的时候于她耳根处呢喃的话："老婆，我爱你。在我们今后执手偕老的日子里，我愿与你坦诚面对。如果有一天你厌倦了，不爱我了，只要你说一声，即便离不开你，我也会含泪看你离开。"头抵着头，眼睛盯着眼睛，语调温婉，弄得跟台词一样一样的。她那会儿多感动啊，唯有紧紧吊在老公的脖子上说："我只爱你！永远只爱你！"不承想七年之痒刚过，那个"有一天"来了。不过不是她厌了倦了，而是当初信誓旦旦的老公。可他却是在欺瞒她，用那么一个弥天大谎羞辱她。她想笑来着，是不是他还要一个响亮的耳光打在她的脸上，而后还要她笑容可掬地回答他，疼，还是不疼。

　　"你看，你怎么哭了？"见安小雅哭得那么痛，老公忙上来给她擦泪。她一挥手，给挡了回去。

　　"离婚，离婚还来得及！"安小雅闭起眼睛，声音歇斯底里起来，"你们不就是这个意思吗？等这边一离，你们就好牵手远走高飞了。我成全你们好不好？即便同床，也是异梦，还坚持什么呢？"

　　"嗬，离婚？因为吴莉莉吗？多大的事，能严重到要你提离婚？安小雅，我明明白白告诉你，我跟你没过够呢。"老公话说得像逗趣。

"你个大骗子，你要骗我到什么时候？你以为离不离婚必须以你为转移吗？"安小雅喊。

"水落石头总会出来，你等着看好不好？"

老公的话让安小雅的心抖了一下，但没用，依然委屈，依然难受，依然痛。不痛吗？原本跟比翼鸟似的，双飞双宿，贴心贴肉，举案齐眉，恩爱有加，这会儿像被人生生地劈掉一半去……而且是被曾经跟她相亲相爱的爱人，似乎是不相干地轻轻一下，便从"他们"这个整体上，将属于他的部分生生地撕裂掉。她仿佛听得到身心分崩离析的痛苦呻吟，以及血光淋淋的滴答声。原来，美好的一切，就能这么轻而易举地被撕得粉碎，彻彻底底。

突然看着安小雅一副撕破天都无所谓的样子，她老公脸都气紫了："你要干吗，安小雅？原本多好的事，你非要这样搅和得不欢而散吗？我这就要上火车了，你还这样不依不饶吗？"

安小雅眼睛湿着，可样子依然不妥协。结果，她老公不是给她一个难舍难分的吻，而是愤愤然丢给她一句话"日久见人心"，言毕气呼呼拎起大包小包，摔门而去。如此响亮的关门声惊得安小雅一震，脏腑猛然疼了一下，却居然没有软下来。

安小雅本是个很有涵养很内敛的女人，通常喜怒不形于色。可她这会儿真的魔怔了，那事竟搅得她不再会笑了，嘴巴冷漠地闭着，原本冷艳的一张脸更似冰冻一般了。就这，她还常常告诫自己，千万别在儿子面前带出样子来。事实是，她办不到。儿子不解她的这般变化，常仰起脸蛋小大人似的问她："妈妈，你不高兴吗？是想爸爸了，还是挨领导批评了？"她会冷不丁地被儿子的问话惊扰到。为了掩饰，她就笑，努力地笑，可那笑容僵硬得像个蜡人。

婆婆一向很疼她。那事婆婆不说信，也不说不信，只告诉安小雅："孩子，去外面散散心吧。"

"孩子咋办？"她不放心儿子。

"放心，我和你爸保证给你带好。"

"外面"就是呼伦贝尔草原，五日游。那天登上旅游团的大巴，寻到自己的位子，一抬眼，安小雅便望到了陈述，正跟几个女孩子玩牌。刹那间，两人的眼神都惊了一跳。可随即，安小雅的心又"咚"地一下沉到谷底。

"又那么巧。"陈述说。

"是巧。"她淡淡地说。

"怎么了，那么忧郁？"

不等她说话，几个女孩子摇着陈述的胳膊嚷："来来，哥哥，我们玩牌嘛，我们玩牌。"

安小雅冲陈述艰难地笑笑，没再说什么。他们是前后座。陈述赶紧站起来，接过她手里的包，帮她塞进座位上面的支架里。"谢谢。"她再次冲陈述笑笑，而后坐下来，身子深深缩进位子的腔膛内，闭起眼睛，任一腔芜杂的心情风起云涌。

　　自己究竟怎么了？她再一次追问自己。跟老公闹个不欢而散，见到陈述，又跟他使起性子来。当然都不是无缘无故，老公那里是一个吴莉莉闹的，陈述这里是什么？是这些无惧无畏没大没小没远没近的女孩子突然惹她嫉妒？她恨老公守不住底线，可她又恨陈述什么？又嫉妒女孩们什么？她跟老公依然是夫妻关系，可她跟陈述是什么关系？

　　她想平静下来，可无论如何难以平静。

　　呼伦贝尔草原位于内蒙古呼伦贝尔，因境内的呼伦湖和贝尔湖而得名。是内蒙古主要的畜牧区，出产著名的三河马、三河牛。这儿没有黄土高原上的深沟、墚、峁等地貌，大部分是平缓的原野，绿波千里，一望无垠，微风拂过，羊群如流云飞絮点缀其间，草原风光极为绮丽，令人心旷神怡。

　　安小雅他们所要到达的旅游点叫呼和诺尔，是呼伦贝尔草原风光的经典去处。坦荡无垠的草原环抱着波光潋滟的呼和诺尔湖。在零星散落的蒙古包映衬下，天空纯净明亮，草地辽阔壮丽，空气清新，牛羊成群，鲜花烂漫。对久居都市的人来说，这一切都是那么遥远而亲切。

　　旅游点上的活动项目丰富多彩。到达呼和诺尔，已近午夜，十多个蒙古包沉浸在无边的夜色中，亮起的白炽灯光给人以宾至如归的归属感。呵欠连天的人们，陆陆续续从豪华大巴上下来，拎着大包小包向各个包房散开去。草原上的夜色真美，扑面而来的夜风稍稍透着凉意，空气里散发出青草的味道，混合着淡淡的花香，沁人心脾，一切像被银色的月光浸透了一样，安静而安详。

安小雅住七号包。她扯起行李箱往七号包走去的时候，陈述也拎着大号的旅游包往二号包走。

"累不累？"陈述问。

"还行。"安小雅懒懒地答。

"做个好梦。"

"谢谢。"

猛然，陈述站下来，冲着安小雅的背影，莫名地摇了摇头。

到了呼伦贝尔草原，骑马是少不了的，骑在马上，感受"天苍苍，野茫茫，风吹草低见牛羊"的诱人画面，那感觉，很令人陶醉。正好，旅游点第一天安排下的游览项目，就是让这些在大都市住惯了水泥房子的游客，在一碧万顷坦荡无限的大草原上，骑马或骑骆驼，尽情倘徉观光，然后享受野餐、野营的乐趣。

游客多半已换上颜色各异但都鲜艳无比的蒙古袍。导游小青快步穿梭在兴高采烈的人群中，不时给这个、那个指点一下，嘴上不忘讲解着蒙古袍中的穿着文化："蒙古袍的穿着是一件正经、严肃的事情，整洁端正的穿戴无论对自己还是对别人都是一种尊重。穿袍子时，一定要穿靴子戴帽子。景点上无法为每一位游客准备一双合脚的靴子，所以咱们帽子一定要戴，靴子可以不穿。但要知道，尤其到祭祀的时候，蒙古族朋友必须是袍子、靴子、帽子配套，这样才显得整体协调，严肃庄重。此外，蒙古族人家在礼节上特别有讲究。穿着蒙古袍，在端茶敬酒的时候，不能捋袖，不能袒胸露颈，袍子的下摆不能从锅碗瓢盆上扫过。收拾存放袍子时，前襟要朝上，死人的衣服才朝下。领子冲西北放置，不能冲门。在缝制袍子时，忌讳留下线头。还有，男子扎腰带时，要把袍子向上提，束得很短，骑乘方便，又显得精悍潇洒。女子则相反，扎腰带时要将袍子向下拉展，以显示出娇美的身段……"

安小雅到底没有换。

陈述倒是换上一件蓝色绣着金色团花的蒙古袍，腰里束一条鲜橙色绸缎腰带，腰带上还挂把蒙古腰刀。他个子高大、挺拔，又肥又大的蒙古袍穿在他身上，不仅没给人张冠李戴的生硬感，倒彰显出了不少蒙古族汉子的粗犷气度。

陈述是个很讨人喜欢，尤其讨女孩子喜欢的活跃分子，胸前吊着相机，不停地摆出各样舒服的拍摄姿势，那些女孩子也不时围到他身边去，要他立此存照。有短暂休息的时刻，她们也不让他闲着。

"哥哥，会看手相吧?"

"会啊。"他答应得很爽快。所有围在他身边的女孩子就都齐刷刷地将手伸给他。

"这么多双可爱的小手，我都不知道先看哪个了。"陈述牵过这个看看，牵过那个看看。

"哥哥，帮我看看我的爱情什么时候开始好不好?"

"哥哥，我要你看看我一生有几个情人。"

"哥哥，看看我的这一个男朋友是不是我的真命天子。"

女孩们兴奋地吵吵嚷嚷，没个完了。

"好了，都看过了。"一番装模作样后，陈述稍稍坐正了说。

"哥哥，快说，快说。"

"啊，你们还让说?"陈述装作不明就里，而后无可奈何地摊摊手，"那我只会看，不会说。"说完哈哈大笑。

感觉被戏弄了，女孩们纷纷扑到陈述身上佯装捶打，边打边嚷："你真坏! 叫你坏!"

安小雅酸酸地看着这一切。当陈述问询的眼神飘过来的时候，她迅速地躲开了。

落日西沉的时候，驼队在一片相对平坦的地面上停了下来，这儿就是野营地了。"快快，搭帐篷了。"向导老王率先从马背上一跃而下，高声大嗓地吆喝。

陈述一看就像经常出游的，三下五除二便把帐篷搭好了。这时导游小青和一群女孩子再次叽叽喳喳围住陈述，要他帮忙。陈述跨着大步，一会儿到这里，一会儿到那里，一脸的乐此不疲。

"哥哥，我们的帐篷跟你的搭在一起好不好？"小青摇着陈述的胳膊央求。小青是个很会讨乖的女孩子，二十出头，梳着高高的马尾巴，笑起来的样子甜美，笑声有如荡在风中的银铃一般脆响，说起话来很有感染力。

"怎样搭算在一起，搭我帐篷上去，还是搭我帐篷里面去？"

"能吗？能了就最好。"小青歪着头说。

"可惜不能啊。"陈述摊摊手表示遗憾。

"那就做我们的护花使者好不好，我们怕啊，怕狼来了。"一个画着彩妆的女孩子伸伸舌头装可怜。

"就不怕我这条大灰狼半夜三更钻你们帐篷里去使坏？"陈述坏坏地笑着。

"不怕啊，我们求之不得。"女孩子们嘻嘻地乐，说出话来一点不脸红、不气短。

安小雅的心就又莫名地有些酸。她忍不住想，自己年轻十岁，跟那些女孩子那般大小，是不是也能像她们一样，大庭广众之下，也能放肆地摇着陈述的胳膊求他这求他那？放肆地跟他说一些可以不着边际的没心没肺的话？在这样胡思乱想的时候，她眼睛依然盯着手上图解模糊的说明书。不是说她什么也没看进心里去，而是她真的不会搭帐篷。过去出游，帐篷都是老公搭，她从没插过手，老公也不让

　　　　　　　　　　　　　　　态度

她插手，怕蹭着她，或是弄脏她的衣服，总说一边去玩，她就乖乖地一边去玩了。她压根不曾搭过帐篷。她倒是想求陈述，想得迫不及待，以至别人的帐篷都快搭好了，她还在看说明书。

想陈述，陈述就大步流星地走了过来。"要帮忙吗？"陈述说，语调兴奋。

她偷眼瞥过去，就瞥见陈述紧绷在牛仔裤下面的双腿和一双自然错开站立的大脚，给人一种稳健和坚实的无限让人可依赖的踏实感。她忽然心慌得厉害，她感觉到了陈述跟她站得很近，她听到了他粗重的呼吸。"不要，谢谢。"她却是头也不抬，一副拒人千里的口吻。

"你压根没干过这活儿。去吧，先到我帐篷里去休息一下，大哥为你搭帐篷。"

她的脸瞬间滚烫如沸。她真的想就这样到陈述的帐篷里躺一会儿，原本单薄的身子，在驼背上颠了大半天，快颠散架了。老实说，她想依赖陈述，跟那群女孩子一样，将柔弱的一面表达给他，等他双臂张开，强行将她揽入怀抱，轻轻吻住她的额头，呵护备至。那份温情，足以融化掉她的伤、她的痛，重新唤得她在轰然而至的泪水中，变得滋润、柔软。她却突然想忍了。那群目光如炬的女孩子此刻正往这边看呢，说不定她们已经对她说三道四。她眼睛依然盯住说明书，低声说道："谢谢，不用。"

"怎么，像变了个人似的，出什么事了吗？是家里的，还是你自己的?"陈述问得焦急。

"没怎么,我自己来。"她语调缓和些了。

"那好吧,要帮忙,叫一声。"陈述神情有些茫然,不过最终冲她一笑,而后挥挥手走开了。

她眼睛还在说明书上。其实只有她自己清楚,她此刻的心情如投进一粒石子的湖面,很不平静。

安小雅的帐篷是在野餐前搭好的。

野餐吃的是草原上有名的烤羊腿、手抓肉、奶食等。空气里摇曳着浓郁的膻腥味道,这让她一点胃口也没有了。她倒很想吃些东西,比如一碟清淡的闪烁着绿意的小青菜,哪怕就是一块馒头。她饿了,空荡荡的胃肠早在跟她闹情绪,要她打发,要她抚慰,就是胡乱一些也好。最终,她胡乱也咽不下东西。

繁星已缀满无垠的天幕,月亮还迟迟没能出来。夜色中,白天里广袤无际的呼伦贝尔草原,此刻仿佛一位宽衣解带的男人,在游弋着青草混合龙胆花淡淡清香的大地上,卸下他的高傲和坦荡无羁,仰面躺下,用他的坚忍和温暖成就一方温情的篝火台。强劲的沙风已将火堆燃得火光熊熊,四溅的火星也在亢奋的群情中恣意地纷纷扬扬。

野餐是围着一大堆篝火进行的。野餐后是篝火晚会,由导游小青主持。小青是谁,一个训练有素的导游!她的脑袋瓜里一准装有不少有趣的或是搞怪的活动项目,足以

态度

将联欢的气氛搅到火热。没有事先敲定好的节目单，没有敲定非得谁谁表演节目，你乐意了，歌一个，弹一曲，说一段，或正经八百，或幽默搞笑，在兹言兹，听凭心灵。虽然共同来自一个地区或城市，除了夫妻档，或三口之家，此外彼此不认得。有激情尽管释放，有才情尽管表达，即便表演得肆意妄为、狂放不羁，只要你敢，人家就敢看敢听。张大嘴巴笑出来，扯着嗓子喊出来，使劲拍响巴掌为人喝彩。在城市里，你还真不敢这样疯。

郁郁寡欢的安小雅突然觉得自己有些与将要进入狂欢的人群格格不入了，加上胃里不怎么舒服，就偷偷回到帐篷里，裹紧自己躺下来。

此时，外面响起了歌声，深情，舒缓，昂扬，音色纯正，音域宽广。歌是腾格尔的《天堂》。这样的时候，唱它正合适。如果是白天，头顶是蓝蓝的天空，就是牧人所膜拜的长生天，天上白云朵朵，身边是牛羊群自在地啃食青草，马背上是哼着长调的蒙古族汉子，样子剽悍豪迈，声音浑厚悠长，三两条牧羊犬在马前马后或更远的地方奔跑着守护牛羊，尽职尽责……那就更有意境了。安小雅一直竖起耳朵听，不用辨析，是陈述的声音。此刻，安小雅想起老公给她介绍陈述时的那番话来。的确，他很有才啊。

歌声落下不久，安小雅的手机短信提示音响了。是儿子，她一阵激动。还真想儿子了，爸爸妈妈突然都不在身边，真不知道他是吵闹个没完，还是像个小大人似的乖乖

来生不要错过我

听话。安小雅匆忙间摸出手机，打开来看，却不是，号码很陌生，她异常失望。不过片刻的工夫，安小雅惊讶地瞪大眼睛，发来的是条彩信，一张照片，分明是她的照片——背景是壮美的草原和蓝天，她骑在高大的神态安详的双峰驼上，身后亚麻黄的瀑布随风扬起，尤其是她仰望着一碧如洗的长生天上一片被风扯碎的云彩，眼神沉静，心神笃定，像个女神。

她马上想到了陈述，原本冷硬的心头，一忽儿软软地震了一下。

此后是第二张、第三张。第二张是她托腮凝思的样子，她都不记得是在哪里的哪个瞬间了。第三张是她被燃烧的篝火映红了的抑郁样子。看到第三张，她不免惊了一下，自己就那么抑郁吗？

陈述可真懂得抓拍的时机和角度，她喜欢。

接着是一条文字短信：还要看吗？她断定是陈述，但没有回复。

陈述的又一条短信追来了：有什么不顺心的事，怎么那么忧郁？

此后又一条：如果你愿意，大哥是个好听众！

她依然没有回复，但眼泪已汹涌着来了。她想象得到，此刻的她泪水涟涟的痛样子。只是怕连她自己也说不清，这开闸的泪水是所谓老公给予她的巨大屈辱让她顷刻寻到的宣泄，还是陈述一句"怎么那么忧郁"让她感到了被关怀的委屈。

任眼泪静静地肆意流淌，她将拇指按在回复键上，这样几次后，她还是作罢了。她这会儿倒突然异常清醒了，怕这样的时候，真的跟陈述发生点什么。她能明白自己此时的心，依恋上陈述了。但这份依恋，能够说就是深到无法割舍的爱吗？可以说，她很可能已经背叛了她的老公，毕竟两人没离婚，在法律上，她还是个有夫之妇。退一步，老公真的伤害了她，伤得她痛彻脏腑，痛断肝肠，然而以牙还牙，一报还一报，就有意思吗？

第二天的旅游项目，上午是坐着原始的勒勒车在一望无际的呼伦贝尔草原上漫游，下午观看牧人们为让游客一饱眼福而举行的那达慕大会。游客可以尽情观赏，可以参与其中，也可以于散落在周围的摊点上，选购些有民族风情以及草原特色的纪念品。

一整天，安小雅都在躲避陈述，不回应他探询的注视，甚至不往有他的地方观望。可她的脏腑里，无时无刻不在思考陈述，寻觅陈述。

跟她一样，陈述的心也跟投了石子似的，难以平静，他很想知道安小雅怎么了。以前她不这样，一准是有事，令人不快的事。他很想问明白是啥事，然后好开导她。出来了，就是高兴来了，纵然有不愉快，丢掉"不"就是愉快了。大老远地跑这儿一趟，岂是容易的？再说，哪有过不去的火焰山？就是过不去，不还可以绕远吗？

"哥哥，那个很有女人味的姐姐是谁？"有女孩子问陈述。

"我表妹。"陈述答。

"她不高兴啊。"

"好像家里出了点事。"

下午，那达慕大会上，陈述和团里的另两名体格健壮些的男人，一同参与了一个节目，与一拨儿蒙古族汉子一起，飞马拾羊，就是一群人在飞奔的俊马上抢拾一只死羊。看着与那么威猛的蒙古族汉子一道打马飞奔的陈述，安小雅紧张得心都揪了起来。陈述倒是劲头十足，双脚蹬紧马镫，小腿夹紧马腹，左手抓紧马缰绳，身子侧伏在奔马的一侧，全力以赴，与那群训练有素的壮汉拼抢在一起。但到底是久居城市，难像牧人们这样，腿脚常常被紧迫的生活操练得异常强劲，陈述的速度渐渐慢了下来，脸上大汗淋淋。安小雅有些心疼了，可又不知道怎么去帮他。

很快，胜负决出，一位精瘦但模样特别干练的牧人小伙子拔得头筹，正接受欢呼。而此时，戏剧的一幕出现了，于马上急速驰骋的陈述，在经过一个女孩子的时候，一个漂亮的侧翻，已身手敏捷地将那女孩抱到了马上。

欢呼的人群再次沸腾了。安小雅的心也在沸腾，她拼命拍起巴掌，为陈述喝彩。再看陈述他们，并没有停下，而是继续飞奔。大约奔出十步远的路，陈述在空中如同魔术师那样潇洒地挥了挥手。场面顿时一片寂静，人群屏住呼吸。安小雅也紧张地瞪大眼睛，眼神一刻不敢离开陈述，双手合十，竖在唇上。再看陈述，蓦然间，快速在女孩头上抓了一把，更戏剧性的一个包袱"哗啦"抖开——原本花枝招展的女孩子，眨眼间变成了一个大小伙子。所有在场的人们忍俊不禁，一时"啊、喔"的欢呼声如同浊浪排空。

一向无比矜持的安小雅也"啊"地喊出来，忍不住笑啊，笑得一脸灿烂。

晚上，在蒙古包里躺下来，不久，安小雅便接到陈述的一条彩信。打开，是她的照片，正是她忍不住笑容灿烂的那个时刻。他可抓拍得真快！真及时！她笑了，心上有暖暖的东西荡漾开来，滋润得五脏六腑一塌糊涂。可他什么时间抓拍的，她竟一点也没觉察到。

安小雅将手机屏往心口处贴了贴，而后又举在眼前，心潮澎湃地盯着看了许久。

此后是陈述的一条文字信息：这样笑出来多好！

安小雅悠悠地轻舒一口气，默默地笑了。稍一迟疑，她回复道：谢谢！

陈述：不用谢，只要你高兴！

"不用谢，只要你高兴！"安小雅静静地看着这条信息，一遍又一遍，脸上不觉洋溢出幸福的笑靥。而后她将存有该条信息的页面留在手机屏上，安静地闭上眼睛，任

来生不要错过我

一腔的温暖在纷飞的泪光中，潮起潮涌，翻卷蒸腾……

在草原上逗留的最后一天，一部分人选择背着猎枪到附近的树林中草地上狩猎，一部分人选择划着小舟在呼和诺尔湖中垂钓。以导游小青为首的女孩子非要拉着陈述去小树林里抓狼。陈述冲女孩们眨眨眼睛，摊开手，耸耸肩说："不行啊，今天说啥我也得陪我表妹。就这三天的时间，我咋能对她不管不顾。嗨，我说你们这帮丫头，是不是真想让我回家就被我的老姨妈大骂一通？"

陈述管不了那么多了，这最后一天，他想陪安小雅，以后怕没属于两个人的可以无所顾忌的机会了。他想听安小雅笑，想看她开心的样子，像昨晚他梦到的她的那个样子，最好。

陈述很少做梦，可昨晚突然做起梦来，梦到安小雅了。在舒展着如丝绸般柔滑和坦荡的草甸子上，安小雅身着一袭洁白的曳地长裙，光着脚，迎着酒红的夕阳，双臂张开，如瀑的长发被风渐渐扯成舞动的水袖一般。她笑啊跑啊，那酣畅而曼妙的样子，如同一位正在享受热恋的少女。他的镜头紧紧追着她，不时按动快门。后来的后来，安小雅便湿漉漉地吊在他脖子上了，这令他想起海子的一首诗来着，《写给脖子上的菩萨》：

呼吸，呼吸/我们是装满热气的/两只小瓶/被菩萨放在

　　　　　　　　　　　　　　　　　态度

一起//菩萨是一位很愿意/帮忙的/东方女人/一生只帮你一次//这也足够了/通过她/也通过我自己/双手碰到了你，你的/呼吸//两片抖动的小红帆/含在我的唇间/菩萨知道/菩萨住在竹林里/她什么都知道/知道今晚/知道一切恩情/知道海水是我/洗着你的眉/知道你就在我身上/呼吸，呼吸//菩萨愿意/菩萨心里非常愿意/就让我出生/让我长成的身体上/挂着潮湿的你

　　如此的一个梦境，他被吓了一跳，等眼睛张开，发觉是梦，才长长地舒了口气，心下稍稍释然。

　　日头在高远的长生天上滚滚升腾，云淡风轻。在明镜似的呼和诺尔湖里，陈述与安小雅并肩坐在一条撑着凉篷的小船上。陈述架着一根长长的钓竿在垂钓，安小雅在一旁安静地盯着看。此刻的呼和诺尔湖，安静得像个处子，湖面平静，波光潋滟，悠然地开着三五云朵的长生天静静地投影湖心，那样自然、安详，那样神性。仰起头来，便有混合着青草味以及野菊花淡淡芳香的和风扑面而来。

　　"多美的去处啊，直让人心胸开阔，胸怀坦荡！"陈述抬头望向远方，深沉的眼神微微眯起，"这儿很美，可我们能带走什么？唯一能带走的，怕只有我们被陶冶后的好心情。你说呢？"言毕，陈述以征询的目光盯住安小雅。

　　"但愿吧。"安小雅冲陈述一笑，点点头。

　　"嗬，什么叫但愿吧，就是说你希望心情好，却还没

有好心情。能告诉我为什么吗？"陈述趁机追问。

安小雅盯一眼远方，侧过身去将手伸进水里，轻轻划了两下。而后稳稳情绪，她给陈述讲述起一直困扰在她心头的那件事。"我不能确定那是不是就是事实，可也无法否定那一定不是事实。"安小雅说。

"依我说，没什么嘛，或许真的是你多虑了。"陈述话说得那么一针见血，"人在离别的时候，尤其是大的离别，往往都会不知不觉地患上一种焦虑症。它让人郁闷，让人无缘无故地发脾气，让人胡思乱想，严重时甚至出现歇斯底里等症状。但处在这个境况里的人多半这个时候意识不到这些，心境越是不平静，越爱挑起事端，激化矛盾。要不说时间是最高明的心理大师，它往往先由着事态发展，但最终它会将事实的真相摆给你看。所以我说，你可能是患上这种焦虑症了。不过，话说回来，也没啥大不了的，闹过了，和好也就好了。听没听过那首诗，一坨黄泥，捏一个你，捏一个我，然后将他们打碎，用水调和，再捏一个你，再捏一个我，我中有你，你中有我。婚姻就是这样走过来的，吵也好闹也好，好也好歹也好，到后来你中有我，我中有你，掰都掰不开了。"

陈述一口气说了那么多，把安小雅说乐了："大哥学过医吗？"

陈述也被安小雅感染得乐了，他哈哈一笑说："不学医，就不能看《本草纲目》了吗？学以致用，这不，有人病了，就派上用场了。"

安小雅脸微微红了。

"记住大哥的话，等你老公回来了，那边下车来，你这边扑上去，吊住他的脖子，一声老公喊下来，保准一天的愁云都散了。"

"是吗?"安小雅说。

"不是吗?"陈述说。

突然，浮漂在急速下沉，陈述伸手将指头竖在安小雅唇上。安小雅会意，随即屏住呼吸。

车不停转，从草原上一路奔回家，已是夜里十一点。曲终人散，很快，熙攘的人群便被浓郁的夜色消化到各条归途上去了，急速得犹如退潮一般。

不会有谁来接车，这一点安小雅很清楚。所以离开大巴，她便拉着行李箱，来到马路牙子上，一个人立在转凉的夜风里，准备打出租回家。

"你一个人吗?"一辆私家车停在安小雅面前，车窗摇落，飘出男人的声音。是陈述，当初把车停在车场里的。"上车吧，我送你。"说着，陈述已经走下车，接过安小雅的大包小包，塞进车后座里。

"谢谢，不用。"安小雅还在说着推辞的话。

"能不能不说谢谢。"陈述笑着揶揄她，而后扶住车门，让她上车。

安小雅顺从地上了车。

"住哪里?"陈述问。

"清华路,梅园新区。"安小雅说。

"顺路,不算送你,算你搭上了顺风车。"陈述笑声爽朗。

十五分钟后,车子到达了安小雅指定的小区门口。此刻,两扇镂空的大铁门威严地关闭着。

"进得去吗?"

"我有钥匙。"

陈述比安小雅先从车上下来,帮她提包。安小雅赶紧上前来接,接包的瞬间,指尖无意间触碰到陈述握包的手,不觉肺腑一阵战栗,猛地抬头,正与陈述四目相遇。看陈述那眼神,是早已看穿了她心底里最真实的那点秘密。

"进去吧。多多珍重。"陈述声音低沉。

"你也多多珍重。"安小雅眼帘垂着,向陈述轻轻挥起手。

等载有陈述的车子渐渐驶进无边的暗夜,安小雅方抬起头,眼睛潮红。突然,她觉得,有一种情愫刹那间从脏腑的深处喷涌出来,让她难以自已。有一种情愫叫思念,此刻,安小雅心间云蒸霞蔚般蒸腾起来的,就是这种叫思念的情愫。而且从那样一个送别的时刻起,她就这样开始思念起陈述了。陈述……陈述……安小雅心底里轻轻呼唤着这个一时令她耳热心跳的名字来。

自此，进入安小雅视线的一切物事，她意识里的一切思绪，都开始仿佛融进了陈述的元素。她洗脸的时候，陈述温热的眼神在清水里。她装扮的时候，陈述俊朗的笑貌在衣镜里。她翻书的时候，陈述的名字在字里行间里。她看电视的时候，陈述的声音切换在每一幅画面里。她叹息着，无奈而甜蜜。俨然，陈述的一切一切，已在渐渐盘踞她原本自以为专一而幸福的心灵。思念那么深，而且很痛，仿佛自己卡住自己的脖子，不让吃饭。

　　怎么办啊？她问自己。她不糊涂，她能明白自己为什么痛——没有资格去争，去表达。否则就不那么痛了。此时的家有些像一条搁浅的船，可搁浅了，并没有沉没。她还是一个妻子，一个母亲，一个有夫之妇。她很清楚，她与陈述之间横着一堵墙，她不害怕头破血流，而是不敢贸然撞上去。她似乎什么都明白，可她难受。前行的路让她一片茫然，跟陈述她不敢爱，害怕爱。可后退的路不知道还能否重走。

　　思念分秒俱增，一起俱增的还有不知所以的痛，纷纷扬扬，纷纷扰扰，如乱风中无力主宰自己命运的飘絮。这种错乱的心情令她无法上班，无心照顾儿子，她只好又向单位续了半个月的假。其间表妹正好要出国陪读，她便一个人搬过去住了。等搬去了，才知道一个人住，没有儿子牵绊着，没有工作劳心劳力，更难耐。那种进退维谷的难耐，是能够杀人的啊。

安小雅开始成夜成夜地失眠，因胡思乱想而失眠。反过来，失眠更是让安小雅无时无刻不沦陷进无边的胡思乱想中。安小雅再不能优雅地生活，书、音乐、瑜伽、服装设计等，她原本用来装点人生的一切，似乎是突然之间便失掉了它们固有的色彩和意义。渐渐地，这让她感觉到，错乱的自己在崩溃，一切都在走向无意义的蛮荒。

一个星期后的一个午夜，在表妹家的客厅里，实在找不出生活最佳答案的安小雅，在失意、迷惘的错乱中，在交织着极大的痛苦和惆怅的思绪中，拿起水果刀，毫不犹豫向自己日益纤细的手腕划去……

及至看着鲜血不可遏止地喷涌，安小雅"啊"的一个激灵，自己在干吗？父母只她一个女儿，儿子只她一个亲妈，她哪有资格先死？她哪能死得安然？不能，我还不能死！于是她忙抖抖索索给陈述发去信息：我割腕了！

不知过了多久，安小雅醒来了，艰难地睁开眼睛，发觉自己躺在医院里，病床一侧，陈述双手握紧她没扎针的那只手，眼神焦虑。见她醒来，他一连声说："干吗傻？干吗傻？"

她不顾手上还扎着针，一下扑上来，两只胳膊用力扣紧陈述，眼泪奔流。

出院后，安小雅坚持还住表妹那儿。

几天后的一个傍晚，安小雅弱弱地缩在沙发上，看着

态度

陈述围着围裙在厨房内外像模像样地忙活。她忽然触到了一种汹涌而至的暖，如同滴水成冰的隆冬里哈着寒气乖乖缩进一个滚烫的怀抱般，暖暖的，不想自拔。

陈述将几样精致的小菜摆好，喊安小雅吃饭。

"说说你的故事好吗?"安小雅在桌前坐下来盯一眼陈述，轻声央求。

"我哪有什么故事可讲，平凡男人的故事，平平凡凡。"陈述说。

"歌里唱的，平平淡淡才是真嘛。"

"平平淡淡的也听?"

"嗯，想听。"

"那我就给你讲一个平淡无奇的。"

陈述一边给安小雅夹菜，一边说着他平淡无奇的故事。陈述是有家室的，有一对冰雪聪明的儿女，媳妇虽然风韵犹存，可他们一路走来，激情不在，亲情还在。"她很理解我，从来只过问我的生活，不过问我的生活之外。我懂她的意思，可生活之外哪能就那么随便自由。"

安小雅很矜持地倾听，可脏腑里却是大浪滔天地翻腾。陈述不会不觉察到这些，安小雅一副兴趣盎然的倾听样子，事实是眼睛早湿润了。那是爱的泄密，是她不想泄露给他的秘密，可又不能自已地都和盘端给了他。其实，他脏腑里也在桎梏他的情感。他发觉，他越来越爱上这个小他十多岁的小女人了。可一种全新的未知的开始，他不敢想，也不能想。

两人四目相遇，都想表现得心无杂念，自然而然。然而，眼神总是胶着在一起，似乎难以分开。

"你眼睛怎么了，那么红？疼吗？要不要滴些眼药水？"

"可能辣的吧，别管它，没关系了。"

"来，尝尝这个玫瑰鸡翅怎么样，这可是我的拿手好菜。"陈述不由自主就把夹起的鸡翅送往安小雅嘴里去了。轻轻捉住眼前这个男人送上来的体贴，安小雅哭了，她无论如何再也难以矜持。

陈述一时竟也有些无措了。他从纸巾盒里抽了一张纸巾递过去，一张一张地递过去，安小雅还是止不住哭。

这晚的月光真好。白白的月亮在幽远的天幕上静静地贴着，月光晶莹剔透，水一般，从夜空深处漫下来，漫下来，将一个怒放在霓虹中的不夜城，轻轻暖暖地拢在怀中。

夜在深去，城却了无睡意。远远近近的汽车鸣笛，以及各种各样驳杂的混响，犹如梦境里怪怪的天籁之音。

陈述与安小雅面对面坐在阳台上的茶桌旁看月亮。陈述燃起一根烟，深深吸了一口，恍然看向安小雅。

"抽吧，我不介意。"安小雅笑笑。

陈述哈哈一乐，说："我应该介意，你身体还没完全康复。"说着，把烟掐了。"给你讲个笑话。"陈述说着已讲起来，说是一所学校里有几个小男生吸烟被告密了，老师——把他们叫来谈心。老师问男生 A，老实说，你吸烟吗？男生 A 说，不吸。老师说不吸？嗯，吃根薯条吧。男生 A 很自然地伸出两根手指夹着接过来。老师说真不吸？叫家长来！此后男生 B 上场了。老师依然问，吸烟吗？男生 B 答不吸。老师说不吸？嗯，吃根薯条吧。B 由于听了 A 的告诫，所以很小心的用手掌接过了薯条。老师问，不蘸点番茄酱吗？B 盛情难却，不想一不小心蘸多了，于是马上用手指弹了弹。老师笑了说，弹烟灰的姿势很熟练嘛。叫家长来！因为有了前面两个例子，所以男生 C 更加小心翼翼了。老辣的老师还是那老一套，问吸烟吗？男生 C 答不吸。老师说不吸，好，吃根薯条吧。C 很小心地流着汗吃完了薯条。老师问，不给同学带根回去吗？这下 C 接过薯条，顺手就夹在了耳朵上。老师哈哈一乐说，不吸？叫家长来！

安小雅早笑得难以自持起来，连说："是吗？笑死人了，还会有 DEFG 的吗？"

浴一身银色月光的安小雅笑靥如花，陈述看得不免怔了。安小雅这回真乐了，陈述有些动情了。能让这个小女人这样笑起来，他也开心啊。他笑着说："有啊，男生 D 信心满满地来见老师，老师问，吸烟吗？男生 D 说不吸。老师依旧说，很好，吃根薯条吧。D 就吃薯条。完了老师问，不给同学带根回去吗？D 这回小心地将薯条放到了上衣袋里。不想老师突然大喊一声，校长来了！就见 D 赶忙从口袋里取出薯条扔在地上，用脚使劲地踩。老师说，叫家长来！最后男生 E 登场了。老师问，你到底吸不吸烟？男生 E 说，向上帝保证，绝对不吸。老师又问，真的不吸？好，来吃根薯条吧。E 非常自然接过薯条，吃个干净。老师说，真是个好孩子，你一般喜欢什么牌子的薯条呢？E 有点得意忘形了，脱口便说，大中华……"

"别讲了，我要笑死了。"安小雅一手捂住胸口，一手冲陈述轻摇。

陈述笑说："我也要口干死了，喝口水。"说完，端起茶桌上的水杯，一阵豪饮。

再抬起头时，陈述正与安小雅四目相对，一时的尴尬让两人很不自在。他们彼此很明白，他们之间那条微妙的沟坎，似乎一个火星，便能燃起一沟的烈火，所以各自在小心退避，再退避。

"今晚的月光真好。"安小雅忙说。

"是啊。"陈述说，"这份闲情真是久违了。"于是也盯住月光看起来。

"嫂子是个很懂浪漫的人吧？"安小雅说，语调急促，"信不信，女人是男人的镜子，女人身上读得出男人。"

陈述笑说："是吗？那我回去从她那儿照照，看看我是不是老之将至了。"

回陈述一个笑，安小雅迅速侧转身去看月亮了。"今晚的月亮也好看。"安小雅大声说，眼睛竭力睁得大大的，因为有水一样的东西正肆意地漫过心灵的矮篱笆，向眼角处冲决。

这一切全被陈述看在眼里，心下就有些酸。眼前这个柔弱得令人心疼的小女人，分明也在压抑自己。他懂她，而且一股源自身心深处的冲动，一再蛊惑他，想要他用力将她拥进怀里，亲着她，吻着她，给她想要的温存和炽烈。可一个声音一再告诫他，你不能！你不能！他想，他该找个理由赶紧离开了。

这一刻，不知从对面高楼上哪扇窗口里，飘来一阵阵沉郁的歌声。

"这歌是苏曼的《夜晚》。"安小雅说着，将目光收回来，盯在陈述脸上，"我唱给你，要不要听?"

陈述努力爽快地笑了，说："唱吧，我洗耳恭听。"

听风儿正轻轻地拂过窗台/看月光正悄悄地挥洒下来/这静谧的夜，和这无眠的夜/不经意又思念满载/信你我的邂逅是上苍安排/在繁星下背对背时光太快/那温暖的夜，和那难忘的夜/是永恒当偎在你怀……

安小雅唱着唱着，乍然失声了。

"怎么不唱了?"陈述问。安小雅唱歌很好听，声音醇厚、深情，犹如心灵絮语。

"后半太过悲情。"安小雅说完，竭力想要跟陈述莞尔一笑，不想眼泪已从眼角腮边处汹汹地滑落。月光下，安小雅一脸晶莹。

陈述轻说："快别伤感了，你身体还没全好。"

"天晚了，你走吧。"安小雅催促陈述早些走，声音有些抖，身子也在微微发抖。

"好，外面凉，你回房睡下，我就走。"旁边一张椅子上正有安小雅的披肩，陈述伸手拿过来，递给安小雅。安小雅接披肩的一瞬间，陈述触到了她的手，冰凉凉的，像隆冬时节刚刚洗过冷水似的凉。

"你先走吧，带上门好了。路上小心。"安小雅一边切切叮嘱，一边将披肩披在肩上，这儿拉拉，那儿扯扯。

"早点睡。我走了。"陈述说，声音极轻。

"嗯，再见。"安小雅应，依旧低着头拉扯披肩的一角，似乎那儿让她很不舒服。

"走了，再见。"陈述说着立起身，大步走去。将要转过阳台门的那一刻，他忍不住回头，正看到安小雅泪流满面的脸，还有她泪水涌动的眸光中深深闪耀着的期许与怨怼。刹那间的迟疑过后，陈述一个转身，一步跨到安小雅近前，一弓身，将安小雅拖进怀里抱起，向卧室急切地走去……

这晚，陈述直到午夜时分才离开。

"居室的灯开着吧？灭灯了怕不怕？"临走的时候，陈述深深盯一眼安小雅。安小雅眼波里充满依恋，她乖乖点着头，手却伸向陈述。手指上的期待让刚迈出脚步的陈述又折了回来。"知道你舍不得我走。"陈述将安小雅再次揽进怀里，咬着她耳朵说。

安小雅"嗯嗯"着哭了，哭出声来，泪水恣肆滑落。

"干吗哭？不够幸福吗？"

"幸福！我幸福！"

安小雅说着往陈述怀里一缩再缩，陈述将她拥得更紧了。

等安小雅情绪平静下来，陈述深情地吻过她之后，才放心离开。

安小雅一个人静静地于床上躺下来，十指轻轻扣拥，放在胸口，闭起眼睛，看到的全是刚刚发生的一切——陈述将她有力地托起，抱进卧室。他们眼睛盯住眼睛，热烈而期待地盯住，呼吸急促，空气也急促起来。当外面纷扰、喧嚣的世界被遥远地隔挡在卧室外的那一刻起，一个只属于他们的世界静静地在雷霆炸响的呼吸中，呼啸着怒放开来。她羞涩地仰躺在床上，身下如同波涛汹涌的深海。她在打开，像一本情节充满神秘和诱惑的奇书，被陈述打开，先是扉页，然后一页一页……剔透的文字战栗了，因为突然裸露在急迫而炽烈的阅读里，一阵一阵地战栗，惊恐地，想要退缩地，却又新奇地等待着，等待着……

温暖的灯光水一样漾满整个房间，依然了无睡意的安小雅整个被淹没在里面，一种柔软的被无限滋润的全新感觉，牢牢将她攫住，将她拥裹。稍稍迟疑了一下后，她将指端略略叉开的右手慢慢探向饱满而波动的小腹。那儿的里面，她觉到了一块崭新的和平域度，被陈述开垦出来，且从此只属于他了。连她自己，那之前，她也不清楚，她身体的深处居然还有那么一片荒芜的域度，只为一个叫陈述的男人默默等待着。

幸福地闭起眼睛，安小雅再一次看到陈述连同滚烫的眼神一起俯过来，俯过来。须臾，那种长驱直入的瞬间穿越身体直达她灵魂的痛的震撼感，让她貌似平静的身体顿然一阵战栗，犹如电击。这已经不是第一次了，而是一次又一次来临，在她幸福地闭起眼睛，在看到陈述连同滚烫的眼神一起俯过来、俯过来的那种时刻。

"哥！"

"嗯！"

"哥！"

"怕吗？"

"怕！"

"我也紧张！"

"哥！"

"嗯！"

"爱你！"

"拿什么爱？"

态度

"我的灵肉!"

陈述在富商大道上开着一家创意公司。尽管有几个属下,可好多活儿还得他亲自做,即便是分发下去的,他务必要把关,有时这一把关,那活儿就又回到他手上来了。也是啊,顾客之所以络绎不绝,人家除冲着他头脑中那些独出心裁令中兴的企业绵长令濒死的企业回生的创意外,还冲着他的为人。陈述做人坦诚、大度,交际广,朋友多;做事苛求完美、精益求精,诚信度高,生意就越发多。陈述忙啊,常常跟拼命三郎似的,忙得夜以继日。因此,那夜之后安小雅跟陈述的交往,多半就只是在网上聊聊天。

安小雅:你很好吗?

陈述:好!别牵挂我!你呢?

安小雅:我也好!你也别牵挂我!

陈述:可我很牵挂!好好照顾自己!记得一定要愉快!

安小雅:记下了!闭上眼睛!

陈述:闭上了!

安小雅:看到什么了?

陈述:你在想我!

这边安小雅"嗯"了一声,眼睛湿了,原本绷紧的整个人,瞬间变得柔软、熨帖。

许久,安小雅:还那么忙吗?

陈述:是啊。

陈述的回复，让安小雅顿时触到了如丝如缕的不安。她内疚了，因为打扰了陈述。可她总那么想打扰他啊，跟他说说话，听他说说话。最终，她告诫自己，还他安静。

　　安小雅：太吵了，丢掉她算了！

　　陈述：别这样说，宝贝，我喜欢！

　　安小雅痴了，静静地趴在电脑前，静静地盯住陈述的回复，泪水大滴大滴地滑落。文字是有温度的，安小雅静静盯着，就觉得陈述的笑貌陈述的声音陈述的疼爱陈述的一切瞬间破屏而出，顷刻将她拥裹、融化……不能再这样坐下去了，否则不知道还要怎样打扰陈述。跟陈述道声别，安小雅强行拉起自己，收拾好所带的东西，去"欧莱雅"女子会所做护理去了。

　　"来了，美女？""欧莱雅"的老板洪姐见安小雅来了，即刻热情地迎上来。

　　"来了，洪姐。"安小雅灿烂地应。

　　"噢，安小雅，我第一次这样见你笑脸如花。说，是不是找情人了？"洪姐说着朝安小雅凑过来，"肤色这么水灵，笑得这么甜。老实说，是不是有情人了？"

　　这话听得安小雅心下一慌，即刻变得语无伦次起来："情人？没有啊？哪里……就找了？洪姐以为，找情人就像找饭吃？我咋觉得……不那么容易呀。"

　　洪姐笑得很有内容："找没找，你脸上可都写着哪！"

被陈述深深爱恋着的安小雅，感觉被幸福温暖地拥裹其中，更大的幸福，洪流一样，有力，坚定，奔流不息。

　　但在感觉幸福拥裹的同时，安小雅也在品味一种挥之不去的痛。她爱陈述。爱是自私的，没有不想独自拥有的爱。但她明白，她跟陈述只能是情人。像一个妻子那样等陈述回家，然后为他做饭、洗衣服等平平淡淡中见真情的事情，她一件也无法做给他看。

　　可她想。她就那样想像一个妻子似的疼陈述，操心他吃，操心他穿，操心他起居。像头天晚上帮他熨烫好第二天穿的衣服，翌日早早起来悄然放在他一侧，然后轻手轻脚帮他去厨房煮粥。煮桂花莲子粥好，男人应酬多，这粥早上喝清淡，安神、养胃。一切在摆上餐桌的时候，他醒了，穿戴齐整，一番洗刷，神清气爽地站到她面前，表情夸张地盯住她，或许还会说，宝贝，这么能干！她会很开心，说是啊，或者佯作婆婆妈妈地叨唠，我想疼你啊，你自己不知道疼你，我再不疼你，你的肝胆脾胃跟你闹点情绪、使点性子，我会难受，等等。然后两人头抵头吃饭，说着恩爱的话，或者说些有趣的事。等他那里吃好了，吃舒心了，她先送他上班，或者一同去上班……每天每天，就这样对他迎来送往，知冷知热，贴心贴肉，会多好啊！

　　但她知道，她不能，她必须压抑自己，否则，就会让陈述难做，甚至是让他有负疚感。安小雅不愿意因为她让陈述难做，更不愿意让他对她生有负疚感。那会让他压抑，压抑多了会不愉快。她更不想让他不愉快。她爱他，就是想让他从她的爱中获得愉快，获得幸福，让所有在因漫长而沉默的婚姻中锈了钝了的感觉，重新焕发色彩和激情。就为这些，她也不愿意让陈述觉着爱她是一种负担。

安小雅：这回真要叫你哥了！

陈述：喜欢听你喊哥！

安小雅：哥！

陈述：嗯！

安小雅：我想疼你！

陈述：有你这句话，我知足了！

安小雅：我想做一个你喜欢的好女人！可我是吗？

陈述：你是挂在我脖子上的菩萨！

安小雅：我却想要拥有另一个女人的老公……哥，我们做坏人吧？坏人做坏事，就心安理得了。

陈述：你自责了？不要这样！

安小雅：我看到我的"灵"了！

陈述：灵？

安小雅：她不同于一个人的肉体，她只是一个人肉体的孪生体。我以前没发觉她的存在。她提醒过我，以饥饿的感觉。是的，以往我会偶尔觉到没来由的饿感，我不清楚她来自肉体里的哪个地方，就知道她像空气一样存在，她属于我。是你让她从我的肉体中诞生出来，成为一个独立的世界，而且关照到她的喜怒哀乐。她只属于你，只属于"我们"！她不再觉得空无，不再饥饿，而且变得充盈。因为，她满足于被你静静地守望。我突然明白，她就是觉悟的人们通常叫作的"灵"。人是灵肉一体的。灵跟肉的不同，就是她是天使般的，圣洁、纯粹。今后我们就用天使的灵相爱，用魔鬼的肉纵情。一半天使一半魔鬼！

陈述：哈哈，你真能突发奇想！

安小雅：知道你和我现在叫什么吗？叫"我们"！"我们"谁都不是坏人，可这样的事无论如何不能称为好事。"我们"爱得纯粹，没有一点杂尘，是真感情！伤他们也伤得纯粹，没有一点可辩诉的借口。"我们"已难以自拔！"我们"想永远相爱！最理性的存在是，一半天使一半魔鬼，做天使让我们感觉圣洁！做魔鬼让我们感觉心安理得！

陈述：别太自责！

安小雅：我不自责，也不想让你自责，所以才这样想，这样说。想象得到你的工作量和工作强度，所以只想让你心境愉快。被你的爱包裹着，我感觉自己更像小女人了，怕疼，怕忧伤，爱委屈，动不动眼泪就来了。哥是个敢担当能担当的好男人，孝道、顾家、宽阔、坚毅。我就想和你一起爱你所爱的，即便是你的媳妇。其实就是多想到她一些。我们的爱不能在中心，只能在边缘，或是类似于真空的世界里。所以你的态度和所做，我理解。我能要到什么，要多少，我能知道，尽管想贪得更多。我努力隐忍思念，努力压抑盼望，努力按下想要疼你照顾你被你拥进怀抱里温存厮磨纠缠交融跟你贴心贴肉知冷知热的心情……

陈述：你说得我心里很酸。

安小雅：这份爱好像注定是一种辛酸的幸福，是吗？

陈述：好像是！我幸福！

安小雅：我也幸福，痛得幸福！

陈述发回一颗示爱的"心"来。

安小雅回发去同样一颗"心"，而后打上：心心相印。

这天老公打来越洋电话，告诉安小雅到家的时间。老公他们援助摩洛哥的工程完工了，算下来正好三个月。

"是吗？真的要回来了吗？老公，你给我捎什么礼物了，人家很期待嘛。"安小雅电话中跟老公撒着娇，当初的不快似一笔勾销了，有些像拿到糖块即能忘却前嫌的孩子。但只有她自己清楚，她心里隐隐地不安，还有那么些诸如惆怅、慌乱和沉痛的驳杂情愫搅扰其间。

"我要把我漂亮的老婆，打扮成一个最迷人的摩洛哥女人。"

"老公，拜托，我是中国女人。"

"最具摩洛哥风情的中国女人，这样说好了吧？"

挂断电话，安小雅深深地缩进沙发一角，呆呆地愣神。她想起老公临走时甩给她的那句话"日久见人心"，三个月不算太久，她已经见到老公的真心。而她的真心，已表达给陈述了。

安小雅就这样心怀忐忑地等待着老公回家的时刻。而这样一个时刻，来得那么步履矫健啊。当天，婆婆很理解他们小两口久别重逢，早早便把孙子哄骗到他们老两口那儿去了，把火烫的时间和炽烈的空间全都留给了她和老公。

　　当天接站的时间是凌晨两点一刻。或许因为太晚了，接站的人很少。老公原本也不让安小雅来接，只在家等他就好。安小雅还是坚持要接。的确是晚了，站台上的穿堂风袭在身上，很有些凉意。安小雅手捧一大束火玫瑰，想着陈述在呼和诺尔湖的那番叮嘱，立在稀稀落落的人群里，轻轻拥住自己，禁不住微微战栗。

　　终于，火车进站了。安小雅紧张地屏息以待。而当车门打开，第一眼看到老公，她还是身不由己扑上去吊住老公的脖子，一声"老公"喊出，眼泪已潸然滂沱。此后，二人便紧紧牵着手，快步走出车站，拦了一辆出租。二十分钟后，安小雅拧开家门。刚一进门，老公东西一丢，一把便箍住她，嘴唇已捉住她的嘴唇："亲爱的，快想死我了！"

　　安小雅手里的东西也哗啦掉落一地，她僵硬了一下，即刻拥住老公："这话用摩洛哥语言怎么说？"

　　老公刹那间愣了一下，方说："忘了找个摩洛哥女人问问了。"

　　"吴莉莉不会说吗？"

　　"我没问。"

"她可能会。"

"你个傻瓜！我从来就只爱你一个傻瓜！"

老公说着将安小雅扳倒在床上，急切地将她剥开，俯过来，深情款款。

"想我吗？"

"想！"

"哪儿想？"

"……我的灵肉！"

似乎是前所未有的一番激烈的缱绻过后，老公依然像以往那样，捉住她的手，与她十指相扣，而在一句话刚刚说到一半的时候，张扬着幸福的鼾声已然响起。

此刻的安小雅，轻轻熄灭灯，在光斑雪花一样耀眼的暗夜中，眼泪骤然成行了。躺在满足了的老公身边，却为另一个男人流泪……恣肆的泪水汹汹地滑过腮颊，滴在夜的肢体上，如同盐巴在火炭上瞬间发出的"刺刺啦啦"的疼痛呻吟……

足足有一个星期那么久，安小雅没联系陈述，陈述也没联系她。老公回家的消息，她事先告诉陈述了。

不是不想，是在克制。

安小雅跟老公搬回家住了，儿子也从婆婆那里接了回来。三口人重新生活在一起，一切的一切似乎像抽刀后的水流，又恢复到原来的样子。

努力也好，自觉也罢，安小雅常常会笑了，跟老公笑，跟儿子笑。安小雅鼓动老公从超市重又购得微波炉、烤箱、榨汁机等，还跑书店买来了八大菜系的菜谱书，她很憧憬地宣布，她从此要为老公和儿子，甘愿从社会退回锅台，老老实实做煮饭婆了。小家庭的气氛一时欢畅起来，温馨起来。稠密的日子仿佛在一场昏梦里稍稍跑偏之后，入轨了。

安小雅谨小慎微地生活着。她不再走着上下班了，而是听从老公车接车送。不过在车子经过她与陈述经常迎面走来的那个路段时，她会不经意间便扭过头看。坐在车里的时间，总赶不上她步行能经过的那个时间点，她一次也没看到过陈述了。于老公身边重又目视前方，睁大眼睛，竭力装出若无其事的样子。五脏六腑却在翻腾，一个又一个的缠绵时刻，须臾间纷至沓来。

安小雅时时刻刻像在等待什么意外。尽管她不想这样，可总是不得不这样，总是就提心吊胆起来。她实在害怕在老公面前有大把大把空起来的时间，于是就也学着时下不少女人，在单位附近的一家十字绣品店，拿了一幅足有一块匾额大的"爱"字绣起来。一针一线，也小媳妇似的认真。其实难以认真，常常会扎了手，或是绣着绣着发起呆来。但到底，这样在老公面前，做糖不甜，做醋总还算酸些。

"嗨，算了吧，亲爱的，你就不是干这活儿的人。"老公多次抓起她渗出血粒的手指肚含进嘴里，急急吮吸。

"我就要做嘛，将来我还要为我的儿子媳妇绣鸳鸯枕、鸳鸯被呢。"她望住老公，说着笑着，心下却酸了。

有时也穿针引线，绣得蛮像那么回事。那是在想陈述的时候，想着表达给陈述的爱与思念，一针一线，针眼里，针脚里，针缝里，密密匝匝，绣的全是。可绣着绣着，泪水在撕心裂肺的沉痛中，已夺眶而出。

想陈述，越压抑越想，越克制越热烈。晚上与老公同枕共眠，安小雅的身子会想得滚烫滚烫的，如同火铁一般。老公触到了，便会欣喜如狂，一个翻身，就要将她覆盖。她不拒绝，而是热烈地迎合，放声地呻吟。只是跟以往不同了，她会闭起眼睛，在老公唇上、发际以及猛烈的撞击中，寻觅陈述的感觉陈述的味道陈述的温存陈述的一切……而等老公沉沉睡去，等屋里的一切在最后的灯光中华丽谢幕，她会在突然如絮的黑暗里，静静重温与陈述走过的一幕一幕，静静垂泪，伴着灵肉深处想要冲出体外的狂想和钝响……

老公不好吗？陈述就好吗？这问题时时困扰着她，让她感觉如同绳捆索绑。可她回答不了自己。如果非要寻出答案，她不是没这样考量过，考量的结果是，老公的爱在漫长的婚姻中渐渐被一成不变的岁月设定得程式化起来，犹如一条溪流，流经什么样的河床，在哪儿转弯，在哪儿激起浪花，一年年，一月月，从始就能看到终。老公爱她，非常非常爱她，她很清楚。可老公越来越以他自己的方式爱她。这种爱的方式，总让人觉着他是想着怎样爱她，却没有想着她想怎样被爱。爱对方，是要爱进对方的灵里去的。老公的至爱却渐渐偏离了她的灵之需。而她，因为是爱，唯有享受，不抱怨。但难免会有被老公因爱不到灵里去而心生淡淡的落寞。这落寞沉睡在她的脏腑里，就成了美食也难以慰安的饥饿感。而陈述的出现，让她顿然感觉，她那种以往难以慰安的饥饿感没有了，而且知道了，那是源自她一个叫"灵"的所在，它就那样从她的肉上诞生出来，不是隶属的，而是精神的，是振奋的，是激情洋溢的。

可考量来考量去，那意思最终仍然像说陈述的爱很新鲜，老公的爱已不新鲜。而安小雅心底里无论如何不能赞成这样貌似有理的搪塞，因此就又沦陷进无解的困厄中。很痛，痛得像被人拧断了脖子；很闷，闷得像时常忘了呼吸。

再一次，安小雅沦陷进无边的痛楚里，水深火热。她想喊出来，想哭出来，可没有安全的时机。一个双休日，趁着儿子不在家，老公一个人陪她。她想发作了，就眼神挑衅语调冷硬地盯住老公："老公，你要骗我到几时？你和吴莉莉不仅有事，还压根没断。"

"怎么，又来了？"老公一脸的莫名其妙。

"有人说见你们成双成对地进出单位，你们太不要脸了。"明明没有的事，安小雅说得底气十足，而且怒不可遏。

"谁血口喷人?"

"你们明明无耻,还怪别人血口喷人?!"

"没有影儿的事给传出来,就是血口喷人!"

"能传出来就是有影儿!遮遮掩掩最是无耻!"

"安小雅!你就这么不可理喻吗?就想这样无理取闹吗?就想这样揪住不放吗?"老公越说越恼,实在气不忿,"啪"地扇了她一个响亮的耳光。她哭了,痛痛地哭了出来。她清楚啊,只有她自己清楚,她就是找茬,就是找抽。她终于惹老公愤怒了,终于惹得一个响亮的耳光抽在她日益消瘦的脸上。她心里委屈,很委屈,不过不是因为挨老公打了。她不恼老公。她为的就是给老公一个理由,让他明白她为什么痛哭失声,仅此而已。

当一场骤雨迎来又一个燠热的傍晚的时候,早早下班的安小雅已系上围裙,下到厨房为老公和儿子煲汤,桂花牛排汤,最补身体了。刚刚看过,牛排肉已然离骨,这样的时候,味道和营养差不多已全留在汤里。就说这煲汤,啧,眼下的人们真是不知道怎么浪费好了,好端端的肉不吃,只喝汤,还愣要告诉自己,这就叫营养学,叫饮食文化,是一种吃的时尚。其实说透了,不就是给自己一个浪费而不心疼的理由吗?安小雅想想,真是可笑。安小雅刚刚尝过,不差味道了。她想象着待会儿老公和儿子喝汤的样子，急于品尝的表情极尽夸张，噙着碗沿的嘴巴尽情呼噜。老公或许还会反复向她竖拇指："我老婆的手艺越发精湛了，啊?!"

但随即，安小雅的眼神暗了一下，眼圈红了。她想到了陈述，她想象汤煲给陈述喝，他会是怎样的高兴样子呢……

门响了，动静很大，一准是老公回来了。安小雅稳稳情绪，用指端轻轻擦过眼睛，伸出头来，大声叫："老公!"

"安小雅!"不想老公那里一声断喝。随后，安小雅便看到怒冲冲的老公跌跌撞撞闯进厨房，一把撅住她的头发，咬牙切齿："安小雅，你可真会伪装啊! 你可真会伪装啊! 说，你都背着我干了什么? 干了什么都?"

强劲的风头过后，呼啸的山雨还是来了，而此刻的安小雅却是异常冷静。从老公怒冲冲撞进来，她就明白，那个时常令她提心吊胆的意外终于来了，继之而来的，还有羞辱和审判。可她都得承受。她躲不开，就像突如其来的灾难，她已置身其中，只有承受和面对。

"你不羞耻吗? 你不忏悔吗? 你不求我可怜你吗?"老公愤怒得目光如炬。

"谢谢提醒，我不!"安小雅眼神如死水般平静。

"那个男人就那样好吗? 就那样值得你魂不守舍? 值得你奋不顾身? 值得你飞蛾扑火? 我还要怎样对你? 怎样

爱你？你就这么不安分守己吗？"

"请不要指责他！"

"哈哈，你还要为他辩护吗？"

"是的，一切与他无关！不要羞辱他！不要迁怒他！他从来不愿伤害人，包括你！一切都是我自作多情，是我一厢情愿。如果不够贤良，那也是我，不是他。有愤怒冲我发吧，我做下的，我承担后果！"安小雅流着眼泪，异常冷静地盯住老公，异常得可怕。

"安小雅，你要不要脸？"

"如果爱一个人没错的话，我很要脸！"

不想这话让恼羞成怒的老公突然震怒得像头狮子，他突然松开安小雅，一拳擂向墙壁，即刻，雪白的瓷片上血红一片。直到这一刻，安小雅才有些傻了，只觉脏腑猛然一震，仿佛被撕裂了一样，疼得不可名状。老公没错啊，他是无辜的，可他跟她一样，在承受痛击。

"啊！"安小雅放声哭了，喊叫如同歇斯底里。

"怎么了？怎么了？醒醒，亲爱的，做啥噩梦了？"

安小雅睁开眼睛，老公已拉亮灯，双手摇着她，眼神关切。一个梦呀……而回想着梦里发生的一切，安小雅脊背处顿时汗水淋漓。

"老公！"猛起身吊在老公脖子上的安小雅，此刻只觉得五脏六腑，一起发出沉痛的泣咽……

但日子依然因思念和不安而变得油煎水煮似的难挨了。

纸包不住火，一如墙挡不住风。事情的败露，或许犹如水落石出，铁定得仿佛法则一般。做过那样一个梦后，安小雅常常会问自己，走，还是回来？就是走，也不能走向陈述；就是回来，心也难以归属。

她可怎么办啊？

周末这天，老公出差去上海了。那时天还不亮，安小雅躺不住了，灵肉一阵阵剧烈战栗。她想见陈述，她要见陈述，即刻见到，马上见到，迫切得很。

而她又不无担心，担心此时的陈述不在公司，而是在家里，就在老婆身边。她害怕伤害到另一个无辜的女人，尽管已经伤害。就像她不想伤害老公，伤害却已经实施。

她焦虑，她期待，可依然怕因不隐忍而让事情出现纰漏，尤其是让陈述难做。她不知如何是好。身边的儿子还在梦里，不知是怎样一个梦，让小家伙嘴角一咧，差点笑出声来。刹那间，安小雅一个激灵，她是一个母亲啊！她这番同样叫作刻骨铭心的爱，儿子将来能理解吗？儿子会理解吗？对这样一个母亲，他将来是依恋还是诅咒？安小雅的眼泪刹那间氤氲而出。你有权审判母亲，因为你是儿子！安小雅低声唤着儿子，俯下身轻吻儿子的额头。你是有尊严的，谁都可以侵犯他，唯有母亲不可以践踏。儿子，只为你，妈妈愿意自省，好不好？这样想着，安小雅眼神坚定地伸手拉开床头柜第一个抽屉，拿出两片安定，没有水，她就深深送进喉头，咽下。可这样熬过了足有一分钟的工夫，她依然清醒如初。顺便又吞下两片，等等看，还是不行。

可是儿子，妈妈该怎么办啊？最终，安小雅心底里那种强烈的不安、愧疚，被一阵阵更加强烈的思念击得粉碎，齑粉不留。她不再犹豫，拇指决绝地按在手机键上，一阵急速拨动，给陈述发去信息：我想见你！！

时间刚过了不足十秒，不见回复，她就又发去一条：你在哪儿？

这次很快，陈述回复：在公司！

瞬间，安小雅泪眼婆娑，肺腑中连日来郁结起来犹如顽石似的疼痛，也须臾间消融殆尽了。随后借故将儿子托付给婆婆，她即刻迈出家门。大门口正有一辆亮着"空车"的出租。安小雅双手合十，心存感激，这是不是又是上苍的一次安排？

太阳还没到照常升起的时间，休整了一夜的城市刚刚在破晓的天光里慵懒醒来，一切还那么安静。安小雅走进陈述公司的时候，从一楼上到三楼，一个人也没遇见。但她依然走得心惊肉跳。门开处，陈述眼睛里血丝密布，样子倦怠，像似一夜无眠。

"熬通宵了？"安小雅心疼地盯住陈述的眼睛，那一刻，刚刚干掉的眼泪骤然夺眶而出。

"您好，请问是什么业务需要帮忙？"陈述深情地用力

态度

拥抱安小雅，嘴上开着玩笑。

"请问您这里收买灵魂吗？疼痛的灵魂？"

"宝贝，知道你疼，知道你痛，因为我感同身受……"

"哥！"

"嗯！"

"收去我的灵吧，我不要她了，她只是你的，她已不属于我……她疼，她痛，我无法给她慰安，真的无法给她慰安……"

安小雅始终明白自己，努力不伤害老公，不伤害那个无辜的女人。她也明白陈述，不想伤害他的妻子，包括她的丈夫。他们不想伤害他人，就只能伤害自己。他们的自我伤害，就是克制，再克制，有如拧断脖子不让自己吞咽一样的克制。

安小雅很痛，有多幸福，就有多疼痛。这痛让以往自恋的幸福的安小雅，再也做不到给自己一个世界，将自己装进去，谁也伤不到她。她被伤害了，不是来自她世界之外的伤害，而是来自她的世界之内，或者说来自她自己，她的灵魂深处。自己扎给自己的刀子，她无法闪躲。她的灵不再饥饿，可在接受来自炼狱的痛得幸福的蹂躏。如临大敌的痛得幸福的生活，仿佛堵在了火山口上，随时被炸燃的可能和险情，一刻也不曾远离。各种极端对峙的或矛盾的惶惑心理，如同一台飞速工作着的搅拌机，安小雅只觉得自己又一次身陷其中，崩溃的灵肉被渐渐撕碎……

陈述会在安小雅上班的时候发信息给她：珍重！珍重！简单，但意蕴深厚。安小雅常常看啊看啊，就看到了"珍重"背后的那个陈述，他给予她的爱、牵挂、思念、担忧、祝愿……包括太多太多无言的东西，她全能领悟、领受，继而感动落泪……

其实陈述怎么能不明白安小雅呢？他像她思念自己一样思念她，满心里全是对她的牵挂，全是想着怎样让她快乐起来，怎样不让她痛苦下去。这绝不是一个容易想出来的答案，加上手边的活儿多得压头，半个月不到，他人瘦了一圈。有时候睡不着觉，他会一个人开着音响喝闷酒，成夜成夜喝。事情做下了，他准备好，不逃避，只担当。但他希望一切还是原来的样子，无辜者依然在享受着由惯性而延伸下来的平静和安宁，变化和煎熬只存在于他跟安小雅他们灵魂的最深处。如果能够，他愿意担当所有的煎熬，而将所有的幸福留给安小雅。

陈述近来老做噩梦，同一个噩梦。安小雅发信息给他：来生不要错过我！爱你！好好幸福！看完安小雅的短信，他会倏地从椅子上跳起来，脸色苍白，胸口胀闷。可即刻心惊肉跳地拨打回去，安小雅却总是已经关机。安小雅怎么了？她要做什么？联系不上她，他会心惊肉跳，坐立不安，思绪烦乱，心痛得难以名状。此后的梦境中，电脑荧屏上，他敲出的《夜晚》的字幕，在缓缓滚动，歌声低回。《夜晚》是当初安小雅极力推荐给他听的，并一再叮嘱他只听前半部分。他问她，为什么？她说，前半部分唱的就是他们，被上苍安排下的邂逅，繁星下背对背的快乐，想要永恒偎依的心情……他又问，后半部分不好听吗？她低声说不是，说太悲情，令人伤感……

听风儿正轻轻地拂过窗台/看月光正悄悄地挥洒下来/这静谧的夜，和这无眠的夜/不经意又思念满载/信你我的邂逅是上苍安排/在繁星下背对背时光太快/那温暖的夜，和那难忘的夜/是永恒当偎在你怀//不明白温柔的你脾气渐坏/终有天消瘦的你说要离开/那清冷的夜，和那哀伤的夜/才知道你承担伤害/走出了房间我来到门外/桃花依旧盛开而你已不在/这悠长的夜，和这心痛的夜/我轻声呼唤你回来……

陈述的眼睛会一次次在沉郁的歌声中，涩涩地涨潮一般。《夜晚》的主旋律是蓝色的，忧伤惆怅的蓝，加上女歌手苏曼的深情演唱，回旋哀转，优美得令人窒息。而在他总是听到一声呼唤猛然回头望向窗外的时候，什么也没有。唯有苍茫的夜色，仿佛也受了音乐的感染，喧嚣沉落，月黑风清。

事实上，这样一个梦安小雅也在做。她只是不敢告诉陈述，怕打扰陈述的心情和工作。同样的噩梦里，她总是在给陈述发过信息后，手机随后便被扔进她脚下的一条河里。季节已是暮秋,河水在日渐深去的午夜里凉意袭人……她喜欢这如丝如缕的阵阵凉意,它让她清醒地看到,在眼前无限延伸开去的水面上,月光浸透,夜色安详。河水越来越深,越来越深,一如无边的幸福越来越深地拥裹在她周围,拥裹,而后将是愉快地淹没……

(原载《莽原》2017 年第 5 期)

寻梳记

　　和以往的每一个早晨没有什么不同，太阳照常升起，对面高楼上练声的女人照常吊起嗓子，老婆鹿美华要赶上班，照常锅里煮上米，开始在梳妆台前精描细画，他照常坐在床上刷手机。

　　日子一向这样波澜不惊地往下过着，直到他无端地问出一句："老婆，我给你买的那把梳子呢？"

　　鹿美华正在梳头，手上用的是一把玛瑙梳。她"哦"了一声，回头看了他一眼，说："你不说，还真把它忘了。好，我找找。"鹿美华梳着头，拉开梳妆台大大小小十多个抽屉，没找到，回头跟他说："搁迷失了，等我晚上下班回来好好找。"

　　他说："意义大着呢，定情物，一定得找到。"

　　鹿美华随口说："好好，一定给你找出来。"

　　他故作严肃地说："暴露原则性不强的问题了啊，不是给我马十三，是给我们，我和你，马十三和鹿美华。"

　　鹿美华说："好好，我务必立场坚定旗帜鲜明地找，放心吧。"

鹿美华是市里一家银行支行行长，工作不能像一般员工掐时掐点，她要早到，所以，每天一早为他们爷儿俩煮好饭，锅一盖，就要赶上班。

马十三在市文物局工作。他形容他和他的同事们，都像文物，出土前，没谁知道你埋在哪儿，什么时间破土见日；出土后，文物架上一放，说你值钱，价值连城，说你不值钱，你啥都不是。所以，他很闲，一周五天里上午下午在单位露两次脸，就算满勤了。他很闲，但要早晚接送孩子上下学，准时准点。老婆走后，他又刷了半个小时的手机，六点半时，才懒哈哈地起床，边喊儿子边去蹲厕。

儿子马鹿十岁，在市直一小上五年级，他们两口子有时喊马驹子，有时喊鹿羔子。小家伙是学校公认的学霸，这一点很给他们长脸。酒桌上，跟人炫耀儿子成了马十三雷打不动的一个节目，炫耀必说："你们说，我这儿子咋生的？你们生儿子，我生学霸。啧啧。"

马鹿学习不用他和老婆操心，生活也很自立。这不，小家伙六点半准时起床，洗漱后自己盛饭吃饭。他马十三这边蹲厕刷手机，差不多到七点。然后花十分钟草草洗漱吃饭，七点十五分准时送儿子上学，这个点是他一天里唯一不敢马虎的节点。小家伙上学很守时，早一分钟行，晚一分钟不行。他任着班里的大班长，拿着教室门的钥匙，这个点出门，方能保证预备铃前半个小时到学校，他能从

态度

容地开教室门，指挥值日生洒水扫地擦黑板，指挥各课代表及时收作业。收作业的，记下没完成作业的同学的名字，问清原因，记清楚，交给课代表，一并送给老师。儿子做事，常令马十三口服心服，所以，儿子定下这个点，他像执行军令，不敢有丝毫的马虎。

下午下班，接儿子回家，一天里，家里的事务也圆满完成了。有应酬，出去应酬，没应酬，外卖一吃，儿子回屋写作业，他沙发上来个葛优躺，边刷手记边看电视。

老实说，他的应酬很少。毕业后留市里的同学少，平时难得一聚。单位里一帮老古董，每年掐着点聚上一两次。多半是老婆在应酬，上午应酬，下午应酬，迎接上边检查应酬，同行间的交流学习应酬，客户应酬，好姐妹应酬，同学应酬——中学同学应酬、高中同学应酬、大学同学应酬，哦，这个自然要叫上他。老婆就是这样，左也在应酬，右也在应酬。他当然不满，话里难免藏针带刺："你是大忙人啊，终日不在应酬，就在去应酬的路上。"他这样说的时候，鹿美华会跑过来，拥住他嗲着声说："没办法啊，老公，干着这一份为人民服务的工作，你和儿子要多理解人家嘛。"

理解不等于支持，所以他仍会声音硬邦邦地说："我和儿子也是人民，最迫切需要你服务的那一类人民，尤其我这个跟你贴着身的人民。小心啊，有一天，我这'水'不愿再载你这'舟'了。"

没有特殊情况，鹿美华有应酬，会事先给马十三打电话，让他跟儿子在外面吃了再回家。这天，鹿美华单位又有应酬，竟忘了给他打电话，鹿美华想起来给他打电话的时候，他正边看电视边刷手机，他有些恼了，回："等你回来。"一句话，挂了电话。

晚七点，马鹿出来说肚子饿，他头都不抬地说："等你妈回来。"

八点半，马鹿做好作业，收拾好书包，出来说："爸，我作业做好了，要饿死了，赶紧给我整点吃的。"

他仍头都不抬地说："等你妈回来做。"

马鹿也恼了，说："我妈，我妈，你是这家的谁？"

这一问，终于让他从手机上抬起头。他看着小脸气红的儿子，笑了，说："你小子，敢教训起老子了。"

马鹿说："怎么，我妈挣钱给咱家买车买大房子，你做什么贡献了，还敢称老子？"

他一下被儿子的气焰镇住了，哈哈地笑出声，笑容瞬间就僵在了脸上。"你小子，老子不是向这个家和社会无限光荣地贡献了你吗？"他嘴上像含着石子似的跟儿子硬，口气却软得像豆腐。

"快去给我做饭吃。"儿子向他喊。

他应："喳，小爷。"

他趿上拖鞋，跑进厨房。他可着劲叮叮当当地给儿子做饭，心头却噌噌地冒火。这把火烧得虚实相间，实火是老婆鹿美华点燃的，虚火则是儿子于火上又浇了油。有啥说啥，他难受。小家伙那话，句句像耳光抽在他脸上。他一向是个有幽默感的人，对自己当下的人生不说相当满意，也算基本满意。一个一无所有的乡下穷小子，十年一剑，这剑还没见怎么挥，也没怎么卧薪尝胆，屁股已稳当当地坐在了市文物局档案科科长的位子上。岳父为他筹划下的未来，蓝图一样，光明而清晰。可今天，小家伙小刀子那么一挥，三下五除二，他十多年人前人后经营起来的这点自尊，轻而易举地就被阉割掉了。

"你是这家的谁?"

"我妈挣钱给咱家买车买大房子，你做什么贡献了?"

儿子的话在脑海中一遍遍过电影似的，以至于饭烧煳了他都不知道。自然，又遭儿子一番数落。

今天怎么了? 他突然感觉到了颓丧与挫败。想想，儿子以往也这么说过，不知怎么了，今天这自尊伤的，心间有被起底的虚脱感。可他有火发不出，拳头也挥不出。伤他自尊的，是他儿子，不是别人。猛然记起一句话，记不得谁说的了：人这一辈子，将你高高抬起的，是你的孩子们，将你打倒在地的，也是你的孩子们。现在，他有点信了，甚至想抱住说这话的人大放悲声。

鹿美华回来是晚上十点，儿子已经睡了，他也坐到床上了，狠狠地刷着手机等她回来。

鹿美华边脱大衣边赔着笑说："对不起，老公，上边

寻梳记   159

来的领导，走不开。"

他不说话，狠狠地刷手机。

鹿美华又问："晚上吃的什么？"

他仍不开口，狠狠地刷手机。

鹿美华先轻手轻脚去隔壁房间看儿子，见儿子睡了，轻手轻脚地去了趟卫生间，而后简单洗漱一下回到他们的房间。她简单地在梳妆台前用乳液拍拍脸，而后像往常一样，想先亲马十三一下，再上床。这时，马十三一把将她推开，极不耐烦地说了句："找梳子去。"

鹿美华这下知道，老公是真生气了。他假生气的时候，跟他服个软儿就好。真生气了，不要说话，更不能说呛他的话，他让干啥，乖乖干就好了，他看你这么听话，气儿慢慢就消了，说不定还先跟你示好。她的男人，脉搏的强弱深浅，她把得准。

鹿美华开始听话地找梳子，轻手轻脚地找，有一刻她想笑，她感觉她的样子，像偷偷潜进家里的贼。

一把梳子，哪有那么好找？她已不记得什么时间不再用它，当然，更记不得把它放在了哪里。她记得，在使用玛瑙梳前，还使用过一把牛角梳，牛角梳前面才是那把桃木梳。玛瑙梳都已使用五六年，牛角梳差不多也是这么长时间。

"啊。"她轻轻"啊"了一声，心上一荡，突然想到，结婚已十二年了，该不是遇到"十二年之痒"了吧？或者

态度

说这就是中年危机？再想想，心上又一荡，今天 12 月 1 日，离元月 1 日还有一个月，他们的结婚纪念日不远了啊。她回头偷偷看老公，老公仍狠狠地刷他的手机。她想，也许是这个原因，让老公没来由地问起那把桃木梳，她心上反而暖了一下。

　　鹿美华跟马十三是大学同学，鹿美华是本市人，父亲是政府官员，母亲是教师，她对自己的人生有严格的要求和规划。马十三来自乡下，如果你乐意猜想，从他的名字就猜想得出他的家境。是的，他行十三，就叫了马十三。马十三曾经在一次醉酒时对外兴叹："很难想象，一家十多个熊孩子，这日子要咋过，才不至于渴着这个饿着那个。"

　　乡下人说，饿出来的聪明，贫出来的智慧，不知道是不是这个理儿，反正马十三很聪明，甚至说他很智慧。班里的桌椅被同学打闹砸坏了，他能修得不露痕迹。班里的电棒坏了，他说"我来"，桌子上一站，捯饬几下，电棒就亮了。上学那会儿他爱喊"我来"，啥难事，到了他那儿都不是事儿。家穷，他个子却长得开，篮球场上前锋、后卫都打得来，一场球下来，他投进的球不比他喊"我来"的次数少。

　　"我来"，带着霸气，带着担当，愣是让班上的男女同学把他视为主心骨，遇事总想让他拿拿主意。他那时很有成就感，贫寒的身体，常常被这些膨胀的感觉激发得像个骑士。

而那时的鹿美华，虽贵为校花，却满身的公主病，实在不被同学们待见。班上有个男生，外号叫"雷子"的，联络男生们激马十三，说你能拿下鹿美华，我们请你喝半年羊肉汤。

马十三不屑一顾地回应："我拿下她干吗，我又不娶她。"

跟他要好的男同学外号"拿破仑"的赵小飞提醒他说："那可是半年的羊肉汤。"

他一想，是啊，半学年一大半的生活费解决了，不偷不抢，劳动所得，不丢人。况且，拿下校花鹿美华，在全校师生面前，如同赢得江山美人的英雄，那风头出的，决不会次于白喝半年羊肉汤的快感。就为这，他拍着胸脯说："好吧，既然你们这么仗义，我恭敬不如从命了。"

机会还真来了，像这个北方之城的夏天，一场雨说来就来。

学院组织男女篮球赛，系女子队抽到了鹿美华。说实在的，系里的女同学没几个喜欢鹿美华的小姐脾气，球队抽到她，都直撇嘴。马十三暗自笑了，自告奋勇给女队当指导。他告诉女队的那些同学，说鹿美华的体格和耐力比她们都好，脸上笑着，心下却有点虚。他说完这话偷眼看鹿美华，鹿美华正感激涕零地望着他。

鹿美华越是耍小姐脾气，越是要面子。他像打蛇打七寸似的抓紧她这点儿要命的虚荣，给足她面子，手把手纠正她动作的时候，却让她吃尽苦头，又有苦说不出。

他很会在鹿美华身上动心眼，让鹿美华示范动作，让鹿美华领着三公里跑，让球场上给鹿美华多一些控球机会。他大声喊"球给鹿美华"，大声喊"鹿美华你来"，鹿美华被他训得眼泪汪汪的，却不敢跟他拗。他私下里却又跟鹿美华说："整个队就指望你了，你可不能给我泄劲儿。"

他想看鹿美华服服帖帖地被他冷在一边，又不甘心，怯怯地上来贴他，求他给她上场的机会。他说了许多赞赏有加的违心话，让她感动到涕泪零落。风云难测，不想，一次训练时，鹿美华动作过猛，导致胳膊脱臼。这下他吓坏了，鹿美华疼得哭了，脸色蜡黄，他马上抱起她往校医那里跑。鹿美华的眼泪顺着他的脖子往下流，他的心一下软得像泥巴，而且，第一次感觉到了内疚。再看鹿美华，愣是没有抱怨他。她随后赶来的母亲呵斥他，她马上制止，并为他开脱，说训练难免出意外，他是指导，哪会有恶意。那一刻，轮到他向鹿美华感激不尽了。

事后，他请辞，系主任不答应，男同学也激他，说革命尚未成功，马十三仍须努力。他蔫蔫地说："我没口福，半年的羊肉汤不喝了。"

谁知鹿美华吊着膀子找他来了，说女子队没他不行，让他别撒手不问。那一刻，他望着鹿美华，目光柔和地问：

"不怨我吗?"

鹿美华目光流转地说:"不怨啊,为什么要怨你?"

他一下拉起鹿美华,说:"走,你看着我们训练,到时拿下大奖,军功章有你的一半。"

鹿美华"啊"了一声,他马上小心地端住她的胳膊问:"怎么了?"鹿美华又耍小姐脾气了,说:"你攥疼我了。"他这才意识到拉着的正是鹿美华吊着绷带的伤胳膊,脸一红,忙说:"对不起,对不起。"

那次球赛,系男子队没拿名次,女子队倒拿了全院第二名,亚军。颁奖时,他兑现承诺,鹿美华一起上台领奖,那时她脱臼的胳膊已经康复。而令他想不到的是,台上的鹿美华突然抱住他,大声哭起来。台下,与他打赌的男同学们大声欢呼。他的脸那个红啊,他有意想推开鹿美华,鹿美华却将他抱得喘不过气来。

人常说,夫妻没有隔夜的仇,不承想第二天一早,马十三醒来仍狠狠地刷手机,丝毫没有跟鹿美华示好的意思。鹿美华先于他醒的,本想试试他的意思,一直等他醒来,谁知道他这个意思,她一下就没意思了。照她以往的经验,警报没解除,她不要先跟他意思,正确而有效的办法,就是仍由得他马十三抱着他的"意思"不开瓢。

鹿美华昨晚找那把桃木梳足足找了两个小时,除了儿子的房间,凡能想到的地方,都找个遍,就是没有。床底下，床头柜下，沙发下，电视柜下，她找出登山杖一通划拉，都没有。衣柜里，书架上，觉得有可能压到东西的地方都找了，没有。

一开始就是找，她还没怎么着急，更没泄气，找到后来，她一脸一身的汗，她知道，不是暖气的原因，是心里真的急上火了。

她了解马十三，他脾气上来了，很拧巴，九头牛拉不回。鹿美华找遍书本里、衣服下，仍不见那把桃木梳的时候，一抬腕，接近深夜十二点了，赶忙又扫又拖又叠又挂的，一切收拾挺当，回房睡觉，行里第二天还有个会。

鹿美华轻轻推开房门，那时马十三已关灯睡觉，她只好借助窗外隐隐透进来的光，摸黑上床，稍稍贴住马十三，睡下。

早上，鹿美华像往常一样，拾掇好自己，煮好饭，盖锅里，但这次，她有意回房间两趟，想看看马十三的意思，见马十三没有回应她这个"意思"的意思，才快快地出门，赶去单位。

这边，马十三仍像以往一样，"哗哗"刷手机，六点半懒哈哈地起床，喊起儿子他去蹲厕，七点十五分准时送儿子去上学。

车上，马鹿劈头问他："爸，你跟我妈怎么了，我妈昨晚咋那么晚不睡？"

他一惊，问："你怎么知道？"

马鹿反驳一句："咱家什么我不知道？"

他又一惊，说："你小子瞎疑心，我跟你妈什么也没有。"

马鹿说："什么事没有最好，小心你们有事，我不管你们。"

他说："你小子好好学习，大人的事小孩子家少管。"

马鹿不高兴了，说："这年头，最不让人省心的是你们大人，今天这个闹离婚，明天那个闹复婚，有意思吗？"

他笑了，说："你小子懂得不少。记住，我跟你妈没事，你只管好好学习。"

马鹿说："你老人家也记住，我不学习都比别人会的多。我没事，你们也别有事。"

送儿子到学校，他去单位晃悠了一下，随即出了单位，约"拿破仑"去名爵馆健身喝茶。

"拿破仑"说："快年终了，单位要报表，走不开。"他哈哈一笑，戏谑一句："破车轮了，不拿也罢。""拿破仑"反唇一击道："我若像你，有个银行行长做老婆，我也只抱美人，晚上抱自己的，白天抱别人的。"他"嘘"了一下说："你小子嘴巴不瞎吧？我只抱一个行长美人，没别的美人，别瞎说话。"

又打了几个电话，找不到人同行，他只好一个人去。

名爵馆在市京华路南端，东临大华商厦，是个闹中取静的地方。馆里既有茶社、咖啡厅，还有温泉、游戏池、

态度

健身房、台球室等等，玩累了有休息室，中午不走，有快餐，也有私房菜。马十三是这里的常客，约到人同来，约不到人自己来，来了也能找到人玩，有时是常来混熟的人，有时是健身教练，有时是到茶室跟几个女孩子云里雾里闲聊。

这次馆里很冷清，他先到温泉那儿，感觉没劲，又到了台球室，又感觉没劲，就去了茶室。刚到门口，自称卓玛的女孩子已迎上来，挎住他的胳膊就往里走，边说："哥哥，你可有日子没来了，我们的茶都等你等得望眼欲穿了。"另外两个自称梅朵和古丽的也跟着附和。这里的女孩子对外全是这样天南地北的虚名字，除了脸盘是真的，身子真不真都难说。也好，她们不告诉你真名真姓真出身，也不问你姓氏，通通地叫你"哥哥"，哥哥长，哥哥短，叫得比亲人还亲。

他被卓玛按在茶凳上，这次由古丽为他泡工夫茶，卓玛、梅朵两边陪着。"喝什么茶，哥哥？"古丽莺声燕语地问。他老到地说："喝熟普吧，近来胃不好，暖暖胃。"卓玛撒娇地摇了一下他的胳膊，说："一听就知道哥哥懂茶，骗不得。"他说："干吗要骗我？"梅朵接："不骗你们，我们怎么活啊？"说完，朝他媚笑。那边，古丽又接："我们骗你们的钱，你们骗我们的服务，天下的生意不都是这样搞活的吗？"

他哈哈一笑，想起有一次"拿破仑"说她们："生意要搞活，身体可不要搞活了。"另一个女孩子，自称高娃的，今天不在，那丫头一张嘴似刀子，她那次马上接住"拿破仑"的话茬，说："哥哥，你要搞活身体，我们也奉陪到底，只怕你中途吃不消，想跑又跑不掉。""拿破仑"闹一个大红脸。

　　他想远了，分了神，卓玛喊他："哥哥，想什么呢？"他一怔，脱口问出："高娃呢？"卓玛佯推了他一下，笑说："我们几个还陪不好你吗？"他赶忙说："随口一问，喝茶喝茶。"

　　古丽边给他斟茶，边拿捏出吃醋的口吻说："想人家了呗，还掩饰。"他忙狡猾地分辩："此想非彼想，非想入非非之想。"此时身后一个声音响起："想在哥哥的心里，说出的想又怎是藏着掖着的想？"说高娃，高娃到。高娃从背后抱住他，在他右边脸上啄了一下，说："哥哥，你就是想我，我还能怨你？想我你就天天来，想抱我走，你就大胆地抱着走。嫌我丑，嫌我不温柔，你就大包小包地抱着我们的茶走，它们来者不拒。"说着，高娃又拥了他，在他左边脸上也啄了一下。他一时接不出话来，只呵呵地傻笑。

　　这里的女孩子都长着一张蜜饯一样的刀子嘴，能陪着你嘻嘻哈哈地乐，只要你乐意坐，从天明坐到天黑，她们都乐意陪着，脸上不带一丝厌烦的。有一次从这儿离开，"拿破仑"跟他叹："她们的工夫茶倒不工夫，她们的笑倒很工夫。笑靥如花，热情似火，至于啥心情，你一丁点儿摸不透。"也是那次，"拿破仑"疑惑地问他："她们都真的还是黄花大闺女吗？开起玩笑来，尺度多大她们都敢接，倒弄得我们像黄花大男人。"他"哼"了一声讥"拿破仑"，说："我可从来像黄花大男人，嘴上有德。倒是你这人，眼聋嘴破。""拿破仑"又说："该不会她们都已是农村伟大的劳动妇女了吧？进城几年，脱胎换骨成城市妞，原本什么都经过，都见过，所以，跟你开起玩笑来，嘴上能开天河。"他说："谁知道呢，又不真跟她们有什么。这会儿都活得够吃力的，来这儿喝喝茶，解解闷，你还能真有想法?""拿破仑"说："就是，就是，这些女人可沾不得，玩她们等于慢慢自焚。"

古丽说："哥哥，一看你就知道你跟许多的男人不一样。"他端起第三道茶，呷了一口，说："说说，哪儿不一样?"其实，他哪关心她们心里的他跟别的男人有何不同，或者说他咋能相信她们说出的比较是不是发自内心。反正时间还早，反正就是在这儿消磨时光，很难说这样的时候生意是他们的幌子，还是他们是生意的幌子，他们有的是时间这样漫无目的地聊，漫不经心地侃。

"哥哥绅士啊。"古丽说完这句，即闸住话头，等他接。他顺着接："说说，怎么绅士了?"古丽一指梅朵，说："梅朵，你说。"梅朵说："你提的话引子，我怎么说?"高娃马上接："我知道，我说。"他扭脸看高娃说："你说？你怎么知道?"高娃说："哥哥不止对古丽绅士，对我们谁都绅士，我咋能不知道呢？"他哈哈笑了，说：
"快说，我听听我怎么个绅士做派。"高娃朝他倾城一笑，
说："比如买茶叶从不手软啊。"他哈哈大笑了，说："这
是撵我走了，骂我喝茶不给钱。"说完佯装站起来要走，被
几个女孩子按住了。卓玛马上说："哥哥真走了，就是骂
我们服务不周了，到时老板娘扣我们工钱，我们可要跑到
哥哥家蹭饭吃了。"他也马上说："你们都去，都去吃，哥
哥不怕，哥哥有个行长老婆……"

　　说出这句，他突然一拍嘴巴，乐昏嘴了，咋能跟她们
说这个。不想，他越想刹住这个话头，女孩子们越不饶他
了，纷纷让他讲讲他的行长老婆。他说："有什么好讲的，
一个黄脸婆。"女孩子们更不饶他，说全天下的女人都是黄
脸婆，银行行长也没有黄脸婆的。就是黄脸婆，现在刀子
锯子也能让她们美若天仙，银行行长嘛，有的是钱，钱能
使得磨推鬼。他感到会说不过这些女孩子，于是站起身，
说："下班了下班了，我得赶回去做饭，不然黄脸婆发怒
了，我得下岗。"说出这话，他心中一惊，下岗？我真的要
下岗了？时间十一点四十八分，确实该下班了，这些女孩
子也不真的要留他，于是一片"哥哥再见""哥哥慢走"
"哥哥再来"的欢送声，此起彼伏，直到他走出门去，那蜜
饯似的声音仍追着他，送出他好远。但下岗的余音还萦绕
在心……

　　走出名爵馆的一刹那，他突然心上一软，感觉从昨天

到现在，对老婆鹿美华冷战之火过了，太过了。

他的确是想到一个月后的结婚纪念日，才问起她那把桃木梳的。原本昨天的火气也不全来自她，一多半来自儿子。自己的儿子，童言无忌，他还真没辙。原本这些火气也能消，可她应酬到十点才到家。原本十点到家也不太晚，谁叫这些事都赶到了一起呢？而他送她的桃木梳，他们的定情物，她真的弄丢了。一把梳子，找不见不是问题，关键是态度，态度才是问题。

生活好了之后，他送她的任何一件礼物都贵过那把梳子。可不一样啊，那把梳子是在他一无所有的时候，倾尽所有送她的，又是定情物。他那时以为，那把梳子，就是他这个人，他送她一把梳子，就是把他这个人完完整整地毫无保留地送给了她。这能跟后来再送的黄金的白金的首饰相提并论吗？或者说那些闪闪发光的黄金的白金的链子啊镯子啊能跟它比吗？钱不值钱，心值钱啊，爱值钱啊。

那次领奖台上，鹿美华那么深情地一抱，与他打赌的男同学们纷纷表示，他算是将鹿美华拿下了，他们主动将半年的羊肉汤钱交给他。他没接，他说："拿下鹿美华，只表明我有拿下她的能力，不表示我要跟她谈一场落拓农夫追上傲慢公主的恋爱。我若真的乐癫癫去喝半年的羊肉汤，我就是自己把自己卖了。我不卖，我这人穷死，也不卖尊严，更不卖肉体。"

"拿破仑"揶揄他："你小子，尊严与肉身，怕都不敌一个'穷'字。"

他哈哈一笑："那也不卖。"

鹿美华是学院的校花，不光个头高挑，那脸蛋嫩得，拿指头弹弹，能弹出汪汪的泉水来。模样没的挑，人家那家庭，让他这个乡下穷小子，不敢高攀。

这就是差别啊，他明白着呢。这样的差别，可不是简简单单的城乡差别，这是人心与人心的差别。别看鹿美华那样一抱，鹿美华这座"城"与他这座"乡"貌似没差别了，实际上仍是天上与地下的差别。

鹿美华却是不管不顾地追他了。她傲慢的眼里只有他，只有他马十三，只有马十三让她不能忘记。

这人也真怪，人家鹿美华放下公主的脾气、身段倒追他，再看他马十三，鹿美华贴得越紧，他越大踏步后退，飞速后退。

那天晚上夜场电影之后，鹿美华截住他，他退已来不及。鹿美华嘤嘤地哭了，说："你看我的手。"

他心上一荡，鹿美华伸出的手，正是被他训胳膊脱臼的那只，老实说，他真怕人家宝贝似的一个女孩子，胳膊或手因他废了。他忙抓过鹿美华伸过来的手，翻来覆去地看，并焦虑不安地问："手怎么了？这手怎么了？"

路灯下，鹿美华被他这一抓，一个激灵，心上随即一暖。连天来他一再躲她疏远她而让她受的委屈，令她一下哭出来，那哭声，稀里哗啦的，让他不知所措。

"你告诉我，你的手怎么了？"他握住鹿美华的手关切地问。

"它一直冰凉。"鹿美华嘤嘤地哭着说。

马十三这下被惊到了，似刚刚发现，鹿美华的手的确冰凉，像大冬天刚从冷水里拿出来的水萝卜。他疑惑起来，她胳膊脱臼已康复了，不应该啊。他眼神焦虑起来，说："是不是因为天冷？"

鹿美华说："不是。"

他马上问："那是什么？"

鹿美华说："你说。"

他担心起来，说："我哪知道。多久了？走，我带你去看看医生。"说着，他拉起鹿美华就要去校医院。鹿美华突然一头扑进他怀里，说："都是你害的，人家喜欢你，可你总是躲，总是躲。"

其实，他早意识到，鹿美华这是跟他表白来了，他想像个骑士似的，回绝得不着痕迹。不承想，鹿美华这次不管不顾的热烈，他是躲不开了。他怔怔的，心上像有水突然决堤了一样，翻腾不息。这一刻，怀里的鹿美华让他感觉到像一块冰凉的铁，令他整个人止不住地抖。他推了推她，推不开，心上就一软，紧紧地拥抱了她，眼睛潮湿。

那一晚，两个人在校园的草地上坐了一夜，他解开高中时就开始穿着的破旧的军大衣，让鹿美华整个人贴他怀里，让她冰凉的手贴着他火热的皮肉取暖。

他红着眼睛说："我梦到过你。"

鹿美华又哭又笑地问："是实话吗?"

他涩着声音说："傻瓜，这样的场合，谎话也得当大实话听。"

他们的关系，农夫与公主的恋爱关系，就这样确定下来了。自然，鹿美华的家庭反对。水往低处流，人往高处走，他娶鹿美华，是人往高处走，鹿美华嫁他，就是水往低处流了。

那边鹿美华的家人反对，百般阻挠，没想到，马十三的爹娘兄长也没一个同意的，娶了市里的女孩，的确是攀上了高枝，可"攀"字好写不好做。攀高要有"梯子"，你的房呢? 你的车呢? 你的工作呢? 这些都不说，他们要赶着城里的标准拿彩礼，仅此一点，就能把他们家掏个底儿朝天。

而他们，那时都正青春气盛，以为拥有了爱情，就拥有了一切。鹿美华拥住他这个"一切"说："我什么都不要，只要你这个人。"他感动得声音都打飘了，信誓旦旦地说："那我这个人就永永远远属于你了。"

两个相爱的人开始从一无所有畅想他们的未来。他们相约不要两个家庭出一分钱，毕业了先像别人一样打工，住单身宿舍，等攒下些钱就租房子，租到房子就结婚。结过婚先不要孩子，等奋斗到有了稳定的工作稳定的收入，再要孩子。

"就不信，进城打工的农民都能在城里扎下根，我们两个大学生还不如他们。"鹿美华热腾腾地说。

他心上也河水翻腾，于是说："就是，都说知识改变命运，不信改变不了我们的命运。"

他们努力地畅想，也努力地行动。他们开始勤工俭学。他一个人兼着三份工，早上给人送牛奶兼送报纸，晚上给一个初三的毕业生做家教。他怕太辛苦，只答应鹿美华做家教。两人做家教的家庭，一个在东城，一个在南城，为保证鹿美华的安全，他将补课的时间调开，好保证踩着点接送鹿美华，不让她有哪怕半点的闪失。就这样，他每天穿过大半个城，踩着车子，风里雨里，载着鹿美华一块往他们畅想的未来的路上奔。

夫妻间的那点病，没有比回忆更好的药了。当天下午，不等下班，马十三便早早地提出车去接儿子。路上，他给鹿美华发微信："老婆，单位等着，想好吃什么，我和儿子去接你。"信息后面跟了两个坏笑的鬼脸。

很快，鹿美华回了个笑脸，接着又回了两个热烈的红唇。

警报解除了，这边鹿美华长舒一口气，她看看表，离下班还有二十分钟，电话推掉两个客户的邀约，起身到各个办公室和营业厅看看。

吃什么，最后听马鹿的，吃自助烧烤。烧烤间隙，鹿美华微信他："你的眼神又回到大学时代了。"

　　他回："是训练到你胳膊脱臼那会儿的，还是答应你恋爱的那个晚上的？"

　　鹿美华回："哪一个时候的，都比昨天晚上的温暖。"

　　他从手机上抬起头，佯装挑衅地看着老婆鹿美华。鹿美华以较量得胜的眼神回望他。四目相对，眼睛里渐渐都纯粹下来，柔和下来。他又笑着低头微信鹿美华："晚上有没有戏？"鹿美华脸微微地红了一下："这要看观众的兴致。"他回："反正唱戏的有兴致。"鹿美华突然笑起来，回："还要不要找梳子了？"这下，他马十三也忍不住笑了，笑过后回："梳子是一定要找到的，因为它就是我，我就是它，丢了它等于把我丢了。"

　　他们这样眉来眼去的，马鹿不干了，说："某些人，别玩少儿不宜啊。"

　　当天晚上，等马鹿睡下后，马十三与鹿美华像第一次那样牵紧手回房间，像第一次那样急迫，不说话，目光起火，呼吸短促，俨然一场亲密的战事……

　　战后，马十三扣紧鹿美华，说："亲爱的，十二年不曾有过了。"

　　鹿美华将发烫的脸贴紧马十三发烫的胸肌，幸福地说："这一辈子被你拿死了，心甘情愿接受你的统治，死心塌地地做你的殖民。"

　　　　　　　　　　　　　　　　　　　　　　　　　态度

马十三亲了亲鹿美华的额头，说："这会儿都是殖民作威作福。"

鹿美华忍不住笑了，马十三也忍不住笑，不过，他马上捂住鹿美华的嘴，指指儿子的房间："小心隔墙有耳。"

"老公，吵吵架也有好处，是吧？"鹿美华说。

"是啊，婚姻就像文物，放久了，你还真以为它不值钱，可以随便冷落它。一吆喝，它还真拍得上价。"马十三说。

说到文物，鹿美华小心地问马十三："老公，你真的很满意我爸给你找的这份工作？"

马十三说："满意啊，怎么不满意？不用叱咤风云地争，不用龙虎斗，你就已感觉在小康线上过着悠哉游哉的康庄生活了。"

"我总觉得委屈你了，年富力强干事业的年岁，混进一帮老古董里。老公，你锐气被削平了，感觉过苦闷吗？"

苦闷？马十三心上一惊，像多年困住自己而不自知的一个笼子被老婆这么一指，他一下清清楚楚地看到了一样，再想想儿子敥他的那句话，再想想一个个有头有脸的同学，他突然沉默起来。

鹿美华意识到这一点，忙说："老公，如果你想到别的单位施展一下才干，我支持你。说真的，我真怕你一辈子自己扼杀了自己的另一番人生，到头来追悔莫及。"

"什么另一番人生，睡吧，睡吧。"马十三突然拍拍鹿美华，"大半夜了，明天还要上班。"

很快，鹿美华睡着了，马十三却睡不着，一个倒头就睡的人，平生第一次感觉要失眠了。老实说，他曾经也是一个想叱咤风云的人，是男儿，谁没有四方之志？在没有得到鹿美华爸妈认可的时候他这样想，获得鹿美华爸妈认可后，他更是跃跃欲试了。

当初鹿美华爸妈见拗不过女儿，就认同了两人的交往，并开始为他们找工作。他们毕业的时候，有两份工作任他们选，就是银行和文物局。他不容置疑地说："鹿儿去银行，干净体面。文物局的氛围沉闷，不适合鹿儿，我去。"

就这样，鹿美华去了银行，他去了文物局。谁知道，文物局的工作不是一般的沉闷，他真的有些后悔，后悔不该来这里。但去哪里呢？就这样，苦恼着，又自我安慰着。慢慢地，他不知不觉地被削平棱角，磨掉热情，整个人像一件被束之高阁的文物，被汹涌澎湃的时代大潮晾在文物架上了。

"唉！"黑暗的夜色中，他轻轻地叹了口气，突然又苦恼地笑了一下。此时浓重的夜色多像厚厚的土层，他像一件被掩埋的文物，不知何时能被发掘出土。

翌日一早，他沉沉地醒来时，鹿美华已在梳妆台前精描细画脸上的妆容，时间已快六点，她就要出门。

鹿美华没觉察到他醒。他也没动，偷眼看老婆。保持

态度

得当的身材，得体的穿着和妆容，她可不是黄脸婆，这些年她一点没老，反而越来越有风韵。如果是别人的老婆，他都要嫉妒。

鹿美华收拾好自己，转过头来，发觉他醒了，过来要亲他的嘴，他忙着躲开，连说："没刷牙，臭。"鹿美华说："又不是没亲过。"仍亲了一口，说："饭在锅里，你们爷儿俩吃，我上班去了。"说完，她穿上大衣，跟他挥挥手，轻轻带上卧室门。很快，防盗门响了一下，接着，自信而有节奏的高跟鞋"嗒嗒"地踏着楼梯一级级远去。

这次，他没有像以往那么兴致勃勃地刷手机，他躺着，一动不动地想醒来之前的那个梦。完整的梦记不起来了，但有一句话，鱼刺一样哽在喉咙里。想想，记得不错，应该是这样一句话，鹿美华向他喊"我看不起你，我看不起你"。记不得是什么场合，有哪些人在场，倒是这句话，记得还清晰。

都说日有所思，夜有所梦，是不是睡觉前鹿美华说起他工作的事，让他头脑里有了这个要命的疑惑？还是一直在骨子里，上大学那会儿就有了？不是她追他他一直不敢答应吗？自己一向男权得不行，其实是忧贫富悬殊，门第悬殊。许是骨子里的东西，被昨天鹿美华的一席话给召唤醒了，就入梦了。

这样胡思乱想到六点半，身体里的生物钟准时响了。这次，他一改懒哈哈的状态，翻身下床，喊儿子起床。厕还是要蹲的，只是不再刷手机。十分钟后，他与儿子马鹿同时到了洗脸池前。马鹿一再盯他，说："老爸，怎么改习惯了？"他拍了儿子一下说："怎么，中国已进入高铁时代，老爸想为你和你妈将生活提提速，不行吗？"马鹿说："行，当然行，你是你绝对的领导嘛。"他哈地笑了，说："你小子会的不少啊。"

他准时准点满面春风地进到单位，下得车来，四下里环顾，冰冷的高墙，冰冷的铁门，冰冷的窗，冰冰冷冷的气氛，瞬间就又将他打回原形。但他还是春风满怀地上楼，开门进办公室，门"砰"地关上。搁以往，他"嗨"地叹下一口气，办公桌前坐下来，这意味着他一天不动弹，他一天的工作就又已完成了。

此时的窗外，车轮滚滚，汽笛声声。他猛然感觉到，这就是召唤吧，内心的召唤。一个壮怀激烈的时代，不在召唤中而生，就在召唤外而死。他马上拿起话筒，给"拿破仑"打电话，那边接通，他即开门见山地说："老同学，我想进步。"

"拿破仑"那边似很忙，周围似很嘈杂，他敷衍地回："你不一直在进步？钱包在进步，腰围在进步，年龄也在不知不觉地飞速进步中？"

他说："老同学，是真的，我想换个地方，努力进取一回。"

"拿破仑"呵呵冷笑，说："看来老同学不是闲得嘴痒。但我想告诉你，进取就是挣扎。"

他表决心地说："我想挣扎。"

"拿破仑"说："听听，听听，一听就知道你闲得皮肉疼。来看看我们这些挣扎的人吧，争位子钩心斗角，争名利打压对手，哪还有一点的人情味？好了，不聊了，闲得头发疼、影子疼，别闲出病来，名爵找那些女孩子喷空去，我要忙了。"

"拿破仑"那边急急地挂断电话，他也随即放下听筒。干点什么呢？他环顾四周空空如也的办公室，突然觉得，他还真的无事可干。随手翻看微信朋友圈，广告，鸡汤，拉票，晒娃。除了晒娃外，还有晒吃的，晒玩的，晒住的，晒自拍的，晒荣誉的……他自语了声"没劲"，起身去隔壁，革命老同志不在。他又去敲局长的门。老局长头顶裸着，黑边老花镜架着，一年级的小学生似的，趴在办公桌上奋力写字。

老局长头都没抬地问了声："谁?"那声音闷闷的，像来自深深的地层。

他讪讪地说："老领导，我来看看你要不要开水。"

老局长说："不要，你出去吧，我年底得赶出这本书。"

从局长办公室出来，他去敲周姐的门。周姐是单位里唯一一个女人，五十多岁了，臃肿得像个篮球，偶尔还会穿红着绿，他背地里称她"元青花"。五十多岁的老姐姐，云山雾水地侃侃也好，可人家"元青花"也没来。

他转了一圈，还是去了名爵馆。这次，他没去茶室，感觉东拉西扯甚至大点尺度地说话，虽然开心，还是没劲。他突然想到一句话：所有不用真心的闲聊，都是扯淡。

扯淡更没劲，他去了健身房，"拿破仑"说他腰围进步了，他可不想腰围和肚子飞快地进步，他还是非常在意形象的。岳母那里能以他为傲的，怕除了苦力，就是他人五人六的形象了吧。

刚刚想到岳母，岳母的电话就来了。岳母那边慈爱地说："小马，晚上来家里吃饭，妈包馄饨了。你爸我们也想马鹿和你们了。"

他说："妈，好，我知道了，接了马鹿我们就过去。"他知道，岳母那里是有重活儿等着他了。

老两口都退了，晚年一是太清闲，二是干不动活儿了。挂断电话，他给老婆鹿美华打电话，鹿美华回："好的，老公同志，接了儿子来接我，还真想吃咱妈包的馄饨了。"

一家三口到了岳母家，刚进门，马鹿大声喊道："报告姥姥姥爷，我们家安定团结，夫妻和睦，子女孝顺，形势大好，报告完毕。"

岳父一把搂住马鹿，笑着说："只要我的小马鹿好，就是一切都好。"

晚饭桌上，岳母不停地给马鹿夹菜，给马十三夹菜，惹得鹿美华直撇嘴，说："妈，你是我后妈吗？"老太太

说："咋?"她说："你给我夹菜啊。"老太太说："你有
手。"她指指马十三说："他也有手嘛。"老太太说："那
可不一样，你那手只数钱，我女婿的手可没少干家里的重
活粗活。"

是的，从来到岳母家，他一直没闲着。岳母买的白菜、
萝卜，他一趟趟地抱上四楼。岳母清理房间的废报纸、废
纸箱及各种废品垃圾，他一趟趟地丢到楼下去。

"我爸是咱们家的一头牛，勤勤恳恳工作，不分昼
夜。"马鹿大声接过他姥姥的话说。

一家人被马鹿的话说笑了，他也笑了，心上却突然苦
闷得不行，又如鲠在喉，一句话都说不出来。

饭后，岳父让他跟他下会儿棋。下棋到酣战之时，他
试探地说："爸，我能调调单位不?"

岳父从镜框上看着他，问："怎么了?"

岳父犀利的眼神瞬间令他失去了底气。不过，他又鼓
起勇气说："我想进步一下。"

"咋能有这想法?"岳父那口气，似一场约谈，"你工
作稳定，收入稳定，已晋正科，主任、副局地熬着，等晚
几年局长退下来，你顺理成章地接了，不是更好的进步?
再说，别的单位哪有你们单位平和? 别多想，好好干就是
了。"

看来岳父对他的安排不容置疑，他只好说："好，爸，
您放心，我努力。"嘴上这样说，心里却沉沉的，但仍装作

感恩戴德地跟老爷子下棋。

棋盘上，他的卒迈过楚河，就能别住老爷子的马腿，他没这样走，反而退了一步。岳父又从镜框上看了他一眼，说："小马，明明你可以过河别我的马腿，咋，让棋吗？"

他马上"哦哦"地说："忽略了，忽略了。其实，爸，不是我让棋，是您老当益壮啊。"心下说，看自己这溜须拍马的功夫，到了外单位，不见得爬不上去啊。

这晚熄灯前，他还是跟老婆鹿美华说了岳父的意思。鹿美华说："老爷子的意思，都是深思熟虑的意思。把他的意思当意思，或许就是光荣而正确的意思吧。"

他有些闷闷不乐。鹿美华又说："的确，有些单位有些工作不是人干的。比如我们行，一月有一月的存款任务，一季度有一季度的，半年有半年的，一整年又有一整年的。属下完不成我处理他们，我们行完不成上边处理我。面子上看着风光无限，里子上却是万般辛酸。"

他没有接老婆的话。

鹿美华又说："老公，这样也好，清闲未必不是福。外面我来拼，你来照顾我和儿子。"

他突然想问老婆，骨子里是不是一直看不起他，话到嘴边，才觉得说不出口。"唉！"他心下重重地叹了口气，拥了拥鹿美华，灭了灯，说："睡觉。"

这样苦闷地过了两个月。其间，马十三回了几趟老家，

态度

父亲的腿被三轮车砸断了，他要接父亲来市里接骨，父亲不肯，坚决在县医院接。他拗不过父亲，只好请了市医院最好的骨科专家，在县医院为父亲接好了那条伤腿。

父亲的执拗，他知道原因，实在说不出口。这些年，除非万不得已，父母和他的那些兄弟是不来市里叨扰他们的。十二年了，父母只在他们结婚、生马鹿和岳母住院来过市里。父母嘴上说是住不习惯，其实是怕鹿美华和她父母看不起。

岳父岳母都是有涵养的人，心上即使嫌弃，脸面上半点也不流露。鹿美华爱他，每年倒是跟他回几次老家，却不曾在老家留宿过一夜。父母也不强留，怕吃的住的委屈到她。马十三知道，媳妇漂亮能干，儿子聪明可爱，真能不嫌不怨地在家住上一晚，父母说不定会跟左邻右舍炫耀好多天。

起初几年，他夹在两个家庭之间，尤其是他跟岳父岳母之间，父母与鹿美华之间，他感觉特别难做人，心上的不爽常常令他左右触礁，疲惫不堪。他甚至想过离家出走，离开鹿美华和这貌似无比优越的一切，回到乡下去，只痛痛快快地做个儿子，只对日渐老去的父母尽一份孝心。怎奈，已习惯了城市生活的他，一点点忘掉了那些不快不爽，他变得一天比一天心安理得。

父亲住院，鹿美华跟着他回了两次，每次手里都拎着大包小包的东西，离开时给父亲留下一两千块钱。

一次，母亲还是忍不住说："这个儿媳妇太好了，让人说不出哪里不好。"

父亲瞪了母亲一眼说："你这个老东西，你想说什么？"

母亲吞吞吐吐地回了句："俺也不知道到底想说什么。"

他装着看手机，没接父母的话，心上无端窒息。

日子不知怎么了，自从跟老婆鹿美华提及找梳子的那个早上开始，生活的味道似哪儿哪儿都不对了，整个人似虚脱了一般。

这天中午，马十三疲惫不堪地回到市里，午间，他约上"拿破它"来名爵馆吃饭。他泄气地看着"拿破仑"，说："老同学，我可能是一坨糊不上墙的烂泥。"

"拿破仑"漫不经心地斜了他一眼，说："真想糊，就试试看。"

他说："不用试。"

"拿破仑"又说："不试怎么知道？"

他又说："我知道我自己，风头已经熄了。"

"拿破仑"再说："风可不是只刮一次，要不，再掀起一阵猛的看看。"

他也再说："人的风头可没有这么好掀起的。"

两人正这样不咸不淡地说着，马十三突然将耳朵竖了起来。"拿破仑"问："怎么了？"他嘴巴一撇，示意一下

　　　　　　　　　　　　　　态度

隔壁。

有一个声音"拿破仑"也听出来了，鹿美华。就听鹿美华说："好吧，为我们支行捉住你这条大鱼，我豁出去一回。"

"拿破仑"赶紧示意他去看看。他起初没动，不过忍不住想看看老婆在外面怎样拼，遂唰的一下起身，蹑手蹑脚走到隔壁包间门前，透过门缝往里看。这一看，马十三站不住了。"拿破仑"突然看到他握紧拳头，眼睛喷火，就赶紧跑了过去，拉起他下楼，直接去了地下车库。

"怎么了，脸像猪肝似的？"

他不说话，低着头往车那儿走，脸比猪肝更红了。

"怎么了？你老婆咋气着你了？"

他不说话，喘气呼呼的。"拿破仑"试着说句玩笑，说："你干吗，喘气呼呼的像吹猪，你老婆说不定在谈工作。"

他突然转回身，握紧的拳头一下砸向"拿破仑"，即刻，"拿破仑"鼻子里冲出两条红河。他却不问，径直丢下唧唧哇哇的"拿破仑"，开车门，上车，扬长而去。

"干吗啊，干吗啊，你这条疯狗，好心劝你，却被你咬了一口。""拿破仑"捂住鼻子边向马十三挥拳头边往电梯口走。

出了地下车库，马十三即刻给鹿美华打电话："回家，赶紧回家，给我找出那把梳子，找不出，我们离婚。"

鹿美华电话里问："怎么了，老公，你怎么了？"当听到马十三狠狠地说出"离婚"俩字，她马上回："好好好，我这就回家。"

　　马十三哪里知道，鹿美华为工作上火了，行里这一季度的储蓄任务还差着一大截，眼看日子就到了，到时怕不只是挨上边批，拿下都有可能。恰在这节骨眼上，地产界大鳄"赵大炮"告诉她，说有钱解她的十万火急，条件是她得有诚意。金融界谁不知道"赵大炮"这个人，半生穷得只剩下钱了。她也曾暗示手下，"赵大炮"是个大鳄，肉肥得很，可以试试去别人那里挖墙脚。没奈何，"赵大炮"一直被别的人紧紧抓住不放。这次，"赵大炮"主动向她示好，不管他什么目的，上钩的鱼先抓住再说。这不，中午，鹿美华邀上同行两个要好的姐妹请"赵大炮"来名爵馆吃饭，表达诚意，也是想探探他的居心。

　　"赵大炮"说："我这人粗大条，认准口头上的诚意都是虚的，落实在行动上的才实打实。"

　　鹿美华也久经沙场了，也是谈判桌上攻城拔寨的主儿。她巧笑倩兮地说："赵总自谦了，你是翩翩绅士。咱今天先认识，先结深情厚谊，不谈俗务。"

　　鹿美华这话让"赵大炮"一愣，他倒真是个粗人，不喜欢弯弯绕。他早就知道鹿美华这个人，跟银行打交道哪有不知道她鹿行长这一枝花的？但这次找到她，还真是因为得知了她的难处，要说居心，不说吃她的豆腐，为她点点"烽火"戏戏"诸侯",他还是乐意做的。他嘴上却仍然说:"行长妹妹,咱不来虚的,来实的……"

鹿美华说:"赵大哥,说实话,这年头,只有银行唯恐避之不及的商界大佬,没有商界大佬不想认识银行的。我们银行是为大众服务的,从来不拒绝主动搭讪的这总那总,也从来不在摸不清这总那总底数的状况下主动敞开心扉。"她这是欲擒故纵了。

"赵大炮"还真是个粗大条,忙赔笑说:"妹妹,行长妹妹,我没有要诈你的意思,是真心实意跟你谋长远利益来的。"

鹿美华美目盼兮地一笑说:"赵大哥,人家不都说丑话说在前面吗?你把你心里的丑话说出来,我把我心里的丑话说出来,咱下面说的就都是好话了。"对面"赵大炮"刚想张口,鹿美华已喊出一声"大哥",她可不想让他先说了好话,占尽主动,所以她几乎不等喘顺气便说:"大哥是个休戚与共之人,这点行里谁不知道?妹妹一直想交往,怎奈攀不上啊。这下大哥主动找到我,只说一句话我便来表示诚意了,妹妹是真心感动,能与大哥共谋未来。来,大哥,午间不让喝酒,我以茶代酒敬你,怎么样?"

"赵大炮"尴尬了一下,鹿美华这嘴,好话都让她说尽了。他原本也嘴笨,跟一般的女人打打嘴仗,说说粗话讲讲黄段子,还行,跟鹿美华这样的,他就只有瞠目结舌的份儿了。

"赵大炮"身家十几个亿，到底不是吃素的。他对鹿美华哈哈大笑后说："行长妹妹，我是有狐狸尾巴的。"鹿美华说："大哥，说说你的狐狸尾巴，你真想逃跑了，我们也好牢牢抓住不放。""赵大炮"突然说："我想求美人一抱。"鹿美华莞尔一笑，酒桌上的套路她见得多了，但她仍顾左右而言他："大哥，等咱下去选美，我给你选一个天仙似的妹妹。""赵大炮"却步步进逼说："近在眼前啊。"鹿美华仍笑着搪塞："近在眼前的，哪有远在天边的好啊，越想越情深深雨蒙蒙的。""赵大炮"说："怎么，我都说我有狐狸尾巴了，不抓我可跑了。"鹿美华朗声一笑，对身边的两个姐妹说："好吧，为我们支行捉住你这条大鱼，我豁出去一回。"

　　马十三看到的正是这一幕，鹿美华被"赵大炮"熊抱在怀里，他一怒之下，愤然离开。其实，"赵大炮"有一句话，是鹿美华没想到的，也是他马十三听不到的。"赵大炮"附在鹿美华耳边说："妹妹，身边，探子。"鹿美华多冰雪聪明的一个女人，响鼓不用重槌敲，她马上明白了"赵大炮"的意思，也明白了这一季度为什么突然完不成任务了。她跟"赵大炮"打着哈哈，瞟了一眼跟她一起来的总行的李一曼。

　　马十三来电话的时候，她刚刚在位子上坐下来，惊魂未定。接完电话，"赵大炮"识时务地说："就这吧，妹妹们，茶足饭饱，既然美华妹妹有事，撤退吧，咱下次再聚。"

鹿美华感激地望了"赵大炮"一眼，说："好，好，谢谢赵大哥厚爱，谢谢姐妹们作陪，抱歉，我失礼了，下次我再做东，咱再聚。"

再说鹿美华出了名爵馆往家赶，她无论如何揣度不出，好端端的马十三，因何又起火气，以至于说出离婚的话来。

路上，"赵大炮"信息她："谨防内鬼。"

她回："总行的?"

"赵大炮"回："聪明。"

她回："谢谢大哥提醒。"

"赵大炮"回："防闺密不止防老公被偷。"

她回："是，谨记。"

是的，话不必说得太明白，心照不宣，便是恰到好处。这个"赵大炮"，倒是个猛张飞一样的人物，粗中有细，进可交往，退可同舟共济啊。

原本没想是多大的事，到家一看，鹿美华心上一惊，马十三在怒气冲冲地翻箱倒柜，衣服和鞋子扔了一地。

"怎么了，老公，怎么又提起梳子了?"她赔着笑，软话软说。

马十三不理她，继续像个土拨鼠似的趴在柜子里往外扔衣服。

鹿美华也有些来气了，但在不明就里的时候，她隐忍不发。也是，这些年在外面不见硝烟的明争暗斗，早已将

寻梳记

她从一个满身公主病的小姐，训练成一个懂套路的，做人有城府、做事有手腕的女人。她意识到，马十三这一次的火气一定来自更大的刺激，至于是什么，她无从知道。

"老公，我来找吧，你歇一会儿，喝点水。"她仍赔着小心。

"找，一定要找出来，否则离婚。"马十三直起身，也不看她，嘴里放出狠话，那个狠，像对待仇人一般。

她心上一疼，她看到马十三两只眼睛都充血了，比兔子还红。她忍不住上前，扳住马十三，焦急地说："老公，你怎么了，眼睛那么红？"

马十三像仇人似的将鹿美华推倒在地上，头都不回，冲出门去。

梳子，还是梳子。鹿美华又找了一阵，儿子屋里也找了，比上几次找得更仔细，还是没有。一看时间，儿子快放学了。她赶紧打马十三的手机，关机，发信息，不回，只好打电话给她爸妈，说她跟马十三都有应酬，让他们接马鹿住他们家，明天别忘了早早送马鹿上学。

天黑了，冬天的天黑得快，也黑得沉，鹿美华坐在一堆零乱的衣服上，难受得垂泪。她想不明白，一把梳子，何以让马十三如此盛怒，连连说出离婚的狠话。

那是一把再普通不过的桃木梳，普通到跟市面上卖出的无二，唯一不普通的，那木梳上，一面由马十三亲手刻

态度

下两人的名字，工工整整的名字，紧紧挨着，像那时的他们。另一面是她一刀一刀刻上去的"爱是无敌的"五个字，每一笔每一画都深入骨髓。

他们确立爱情关系后，都刚刚开始勤工俭学。因为要东城、南城跑，马十三借钱买了辆自行车，在知道她生日那天，他却身无分文了。他是个特别要面子的人，刚借钱买了自行车，不想再向同学们开第二次口，而工资还不到开的时候。他执意要给她买礼物，请她吃饭。她多善解人意啊，坚持说："不要，不要，我什么都有。"他坚定地说："第一次为你过生日，我一定要给你一个让你永生难忘的生日礼物。"

她的眼睛星子一样望着他说："我要什么，你买什么，要吃什么，就吃什么，是这样吗?"他说："是。"但她听得出来，他话里是没有足够的底气的。她让他载着去步行街。路上，他心里一阵阵打鼓，他硬着头皮载着她穿行在人群里。到了步行街，她却只看地摊，他心上稍稍淡定了些。在一处摊点上，她兴奋地拿起一把桃木梳，向他举举说："就要这个。""是你的生日礼物!"他不敢相信。她眼睛却星光似的闪亮说："是啊，我早就想买一把了，人家说女孩子用桃木梳梳头，不生烦恼。"他还是附在她耳边说："太便宜了，再挑。"她嗲着声说："人家就想要一把桃木梳嘛。"

他只好买了。他当然只好买了，兜里只有十五块钱，待会儿还要请她吃饭。买下那把桃木梳，他说："走吧，我们吃点好的去。说，吃什么？"她指着地摊边的男女说："我想像他们那样，站着吃烤馍片，烧豆腐，喝白粥。"他歉疚地问："可以吗？是不是很委屈你？"她说："我想尽快融入他们的生活，像他们一样为我们的未来奋斗。"说完，她向他做了个"嗨"的手势，不等她收回手去，众目睽睽下，他已紧紧地将她搂进怀里，并且声音哑哑地说："你真好，鹿儿，你真好，我永远不会负你，永远永远。"

那天，为她花光那十五块钱，他身上只剩下了一身的力气和爱。那一天，那一晚，他载着她，差不多跑遍了一座城，他兴奋地说啊讲啊，他可笑而不堪的童年，他叛逆的中学时代，他的理想，他想要的未来。最后，他实在蹬不动车子了，两人就在一处街头公园坐下来，他将她整个拥进怀里，他让她拿出那把桃木梳，他说："礼物轻如鸿毛，再来一次创造，让它独此一个，与众不同。"

就这样，他用钥匙链上的小刀子，在那把桃木梳上，工工整整地刻下了两人的名字，另一面由她刻下"爱是无敌的"。完了他说："穷日子也可以过得浪漫难忘，是不是？"她感动得稀里哗啦地哭了。他也红了眼睛，拥紧她，拼命地亲吻。

是啊，多珍贵的一把梳子，怎么就找不到了呢？她哭了，再次发了疯地到处找。

夜在一点一点地深着。小区门口，跳广场舞的音响戛

　　　　　　　　　　　　　　　　　　态度

然而止了，女人们、大妈们轰嚷着四散。楼下，散步的说着话走着。对面楼上，不知哪家的电视传出动作片打打杀杀的声音，其中有婴儿的啼哭传出来，不知是电视里的，还是谁家新近生了孩子。

哪儿都找了还是找不出那一把梳子。鹿美华先停止寻找，于一地零乱里坐下来打马十三的手机，关机，再打，关机，发信息，不回，再发，还是不回。她划拉一下手机，打出的电话已不下四十个。

一把梳子，见证着他们一无所有时的坚贞爱情，的确像命一样珍贵，若还在，谁出十万八万甚至百万千万她都不卖。现在真找不到了，她也难受得心碎。可要怎么办？他马十三想要让她怎么办？退一万步，她跟他都好好的，夫妻相爱，儿子优秀，家庭幸福，这一切还抵不过一把梳子吗？她真是心痛。

突然，对面楼上的电视片里传出女人的哭声，不知是怎样的情节，那女人哭得撕心裂肺。她莫名地恐慌起来，这恐慌张牙舞爪，像四周的黑，魔一样攫住她，让她喘不过气来。她一下记起，马十三有一次喝醉了酒，她找到他时，车被丢在一边，他躺在大街上，人事不知。车辆来来往往，说不定哪辆车不注意就从他身上碾了过去。

这个镜头一闪出来，鹿美华就再也坐不住了，她连忙从乱衣堆上起身，穿上大衣，蹬上靴子，冲出门去。

鹿美华开始满大街寻找马十三，看到有喝醉的，她就仔细辨认，躺地上的看不清，她就下去看。不是马十三，她就骂人，泼妇一样破口大骂，一块出来喝酒，却将人丢这儿不问了。骂后她会打110，让警察来处理。将心比心，她希望有人这样打电话给110，让出事的人得到帮助，那被帮助的人里，说不定就有马十三。

整整一夜，鹿美华开着车，满城寻找马十三，直到车子没了油，搁在路边。手机早打没电了，她也哭碎了心，遂抱着方向盘，昏昏地睡去。

就这样，马十三丢了，和那把梳子一样，让鹿美华再找不到了。

连着几天，鹿美华给马十三的同事、朋友打电话，都说没见到马十三，也没有联系。问到"拿破仑"，"拿破仑"问："他开车了吗？"

鹿美华说："没有，车在家里。"

"拿破仑"又问："带换洗衣服和行李了吗？"

鹿美华又说："没有，什么都没带。"

"拿破仑"说："放心吧，他会回来的。"

鹿美华又问："你们经常见面，最后一次是什么时候？"

"拿破仑"老老实实向鹿美华和盘托出了那个中午的事情。

当明白这就是马十三怒火中烧的起因时，鹿美华大声哭起来，放声痛哭，她想向"拿破仑"解释什么，话到了嘴边，却没能吐出一个字。

"拿破仑"倒在那边安慰她："没事，不会有事的，这家伙是个明白人，他不会放着这么好的日子不过。放心吧，他会乖乖地滚回来的。"

鹿美华"嗯嗯"地应着，挂了电话，快要窒息的心稍稍有了些松动。

这之后，鹿美华熬过了两天，不仅不见马十三回来，他连微信朋友圈也删光了。鹿美华坐不住了，向单位请了假，开始一心一意寻找马十三。

公婆年纪大了，鹿美华怕他们担心，就试着给马十三的哥哥们打电话，他们都反过来安慰鹿美华，骂马十三，一分钱没花，在城里有大房子住，有好车开，有多少人羡慕的好工作，他知足吧。

整整十天了，对马十三所有能去的地方，所有能联系的人，鹿美华都打探了一遍，包括名爵馆的卓玛、古丽和高娃等，没有马十三，鹿美华被煎熬打成筛子的心又一次提到嗓子眼。马鹿还由父母带，鹿美华白天四处打听马十三的下落，夜晚开着车在城里各个街道转悠，背街小巷也跑到，生怕错过一个胡同，而那个胡同深处说不定有马十三。

转眼又已半个月，仍没有马十三一点音讯。鹿美华报了案，她想借助警察和网络，在全国范围内寻找马十三。

寻梳记

马十三莫名地失踪，派出所以失联立案，马十三的所有信息也随之挂到了网上。那些天，鹿美华天天去派出所等消息。民警告诉她，不必到派出所等，在家里等也是一样。她告诉民警，在家里她坐不住。

　　又一个十天后，当派出所民警告诉鹿美华，马十三失联的案子只能先挂着的时候，鹿美华整个人瘫在了地上。

　　鹿美华崩溃了，比找不到那把梳子还要崩溃：蓬头垢面，肤无血色，整个人像患上一场大病，憔悴到脱了形。她时时刻刻留意110的电话，留意全国各地的车祸案、死亡案甚至各种犯罪案件。她甚至跑到市里的精神病院，问有没有一个叫马十三的病人入院，她又担心马十三真的病了，不记得自己叫马十三，如果这样即便马十三真入院了，医生也会不知道，她便请求医生，让她将所有住院的病人挨个看了一遍。

　　她不放弃这样的寻找，谁知，两个月后的一天早上，鹿美华昏昏沉沉醒来，再打马十三的电话，成了空号。那一刻，她感觉到头嗡的一下炸了，她号啕大哭，她哭着骂："狗日的马十三，你去哪儿了？狗日的，你滚回来，快点给我和儿子滚回来啊……"

　　极度绝望的鹿美华哭不出声了，也流不出泪了。这天，她呆呆地坐在窗前，眼睛直直地盯着窗外，电话突然响了，一串陌生数字，她以为是马十三，马上接起，却是"赵大炮"。"赵大炮"问她什么时候要那笔钱，她哑着声音难受

　　　　　　　　　　　　　　　　　　　　　　态度

地、撕心裂肺地说："我什么都不要了，什么都不要了，我只要马十三回家……"

迟疑一番，"赵大炮"又说："人都说叫不醒一个装睡的人，这年头，怕是也找不回一个不想再回到他原来生活的人。"

鹿美华听了这话，更加难受，她嘴唇抽动着说："我不问，我不管，我反正只要马十三回家……"

鹿美华愣愣怔怔地挂断电话，手机屏上，马十三正坏坏地望着她笑，望着这个世界笑。鹿美华盯着他，盯着这个像一把梳子一样丢掉的马十三，死死地盯，死死地盯，盯到干枯的眼睛再次流出火焰。

（原载《牡丹》2019 年 1 月上半月刊）

出租时代

　　我打幸福街西头的菜市场经过的时候，周董含混不清的《菊花台》正从一家叫"星期八"的发廊里黯然流出，瞬间，我被窒息其中。继而，眼球酸了，我睁大眼睛望向天空，一个谜团似的太阳，在一大片扑朔迷离的云霾背后，仿佛我未卜的明天。

　　很长一段时间以来，我整天像个愁眉苦脸的游魂，奔波在这座城市不同的写字楼和招聘会之间，目的就是找一份安稳又挣钱的工作。大学毕业后，我不想回到乡下去，不想去过晴天一身土雨天一身泥，没着没落的清苦日子。我喜欢城市，像种子渴望土壤。

　　毕业前夕，棍儿、筒子、烂头、金刚、猴子、玉面狐等一大拨就要作鸟兽散的球友聚在校门口老梁快餐店里牛饮海侃，棍儿唾沫星子乱溅地指着我说，要相信，相信你小子就是为城市而生的！说到这句，棍儿还做了个拳头在胸前一顿的哈韩动作。

　　我说好，借你丫吉言，我宁要大城市一张床，不要小县城一间房。就是一头猪，我也要努力做一头城市猪，决不蜗居乡下的某一个犄角旮旯，窝窝囊囊，吃吃睡睡，完了任人宰割。其实说白了，我坚信城市里遍地都是钱，每一幢写字楼都仿佛我女朋友赋有生机的肚子，日夜孕育着拾钱的机会。

那时的我们真是气盛啊，说到前程，个个口气壮死。我记得一句话，说是想污染一个地方有两种方法——垃圾或钞票！现在，我祈求像初恋一样无法抗拒的钞票快来污染我吧——我女朋友毛毛的肚子一天一个样儿地大起来。她胃口好得不得了，对鸡鱼肉蛋以及各种稀罕小吃的渴望变得水深火热。我都害怕陪她逛街。

记得那次她跟我闹着要吃猪蹄，闹的样子颇有几分疑似天真。我小心翼翼地跟她耳语，我说亲爱的，人家都看咱们呢。你知道，我不敢说"都看你呢"，怕她生气，怕她生气了会给我生出一个先天忧郁的儿子。不料，我女朋友不管不顾连珠炮似的嚷嚷道，亲爱的，人家都馋得流眼泪了，心都流眼泪了，哎呀，快快的嘛。好好，买，就买。我唯唯诺诺，掏出仅有的一张百元纸票。

就在那晚，我摩挲着女朋友渐凸渐圆的肚子，心潮澎湃，小子，你的确来得早了一点儿，你小妈的肚子愣是鼓得比你小爹的腰包快得多啊。我喟叹的时候我女朋友正跟个小熟女似的在遵照医嘱专注地看《育儿》，一个还迫切需要再教育的女孩就要如此一本正经地育儿了，我想笑，却突然将脸深深埋在她馨香的肚皮上，恐惧着未来。

亲爱的，你怎么了？见我很久没有动弹，我的毛毛小心地质问。我惊了一下，但即刻张大颓败的嘴巴，在她微微波动着的肚皮上夸张地哈了一口热气，我说我听到了儿子咕咕噜噜地在跟我说话。霎时，毛毛整个人像沐浴在一团圣母般的霞光里，她充满爱意地拍了我一巴掌：傻瓜，那是我的胃在愉快地消化。

半个月前，好说歹说我才将毛毛哄回我乡下的老家去。我说亲爱的，女人怀孕第五个月，就是说咱们的"未来"在你秘密的宫殿里待到第五个月，明不明白？这是一个至关重要的胎儿脑发育时期。亲爱的，瞧你，眼睛不要瞪这么大，不要撇嘴，也不要插话，先听我说完。想想看，整个开城有多少跟咱们儿子一同拼命成长的胎儿？一个省呢？一个国家呢？生命每天都在诞生，每分钟都在诞生。而将来，他们都是要站在同一起跑线上竞争的，咱忍心让咱们的儿子落后一步吗？决定一个人一生的就是秃瓢这么大一脑袋。亲爱的，不知你看到没有，《育儿》第六章第七十七页第五行写道：据有关研究显示，胎儿的脑到妊娠第六个月已具有一百四十亿个脑细胞，已经基本具备了一生中所有的脑细胞数量，其后都只是在于如何提高大脑细胞的质量。现在第五个月到了，第六个月还远吗？而残酷的现状是，咱俩谁都不会做饭，一天三顿买着吃，一顿早，一顿晚，一顿咸，一顿淡，这样吃下去，儿子没生下来就得营养不良。不哭，亲爱的，不哭，怀孕期间母亲泪流多了，婴儿会得抑郁症。这个时代抑郁症病人够多了，我不想我们的儿子一生下来就混迹其中……

不，亲爱的。我可怜的毛毛打断我，眼泪汪汪，神色慌乱。我不去哪儿，只想跟着你，喝凉水咽清风，我也不觉得委屈。她许是觉察到我那个就要浮出水面的安排了。两年来，M次肌肤之亲，N次冰火交融，我撅起屁股，她准已知道我拉啥屎。但是我，还要他妈的一本正经地演下去。我顿了顿，神色力求苦闷、痛苦、万般无奈。是这样，亲爱的，你误会了，我从来也不怀疑你对我的爱情，我只是担心你和你肚子里的儿子，他那里无忧无虑地吸你的血喝你的营养，长此下去你受得了吗？等你受不了了他又怎么受得了？

毛毛先是想笑，很久不涂唇彩的嘴巴咧了咧，接下来，却是无语凝噎。我心里也好受不到哪儿去，五脏六腑都像被仇人拎了起来，我们老家有句俗话，买起马请起鞍，娶得起老婆管得起吃穿。身为男人，我自卑无奈求告无门。但无论如何，大白菜盘不出肉价钱。

亲爱的，要不你先回济南住上一段时间？我的生活经验告诉我，你想要对方满足你一个不可能的请求，你就必须先给对方提出一个更不可能的请求让她抉择。济南是毛毛父母家，我断定她决不愿意回那儿去，漂亮可人的乖女儿跟上乡下的穷小子，没结婚就挺着个大肚子在小区里出出进进，你让她父母情何以堪？

毛毛果然一惊，而后低下头，不停地绞动十指。非走不可吗？毛毛略微浮肿的脸蛋仰起，无助的样子像个孩子。你以为呢？我狠狠心将"球"踢给她。我还是……回你爸妈那儿去吧。我的毛毛张着一双湿漉漉的猫眼冲我一笑，她终于说到了我的意愿上来。丫的，我顷刻间感觉五脏六腑归了位。亲爱的，我一把拥紧哭软的毛毛和她的大肚子。我说也好，我妈大半辈子养了不知多少头猪，还有四个孩子呢，养猪跟养孩子差不哪儿去，就是说，她照顾起你的饮食起居来，绝对轻轻松松，游刃有余。

其实，我的目的并非不可告人，解决了毛毛和儿子的营养问题，如同解除了大风或是雷电的黄色预警，我这里才能为日趋迫近的三口之家，全心全意、不辞劳顿地奔波。

今天一早，黑夜刚刚退守，出租屋外刚透出一抹朦胧白的时候，我便醒来，睡不着了，裸着膀子半靠在床头上，吸支烟，又迷糊一会儿就到六点，起床，刷牙，洗脸，洗头。晾绳上昨晚洗的衬衣已经干了，而且洁白如雪。为如雪的"金盾"系上最后一颗扣子，蹬上"九牧王"，抻上"才子"，随手扯过"金利来"往穿衣镜走去。

六点半穿戴整齐。我每天都是这样穿上一身以假乱真的名牌人五人六地整装待发，因为随时都有可能像骡子和马一样，被某些貌似成功的人士拉出来遛遛，所以要时刻准备着，要抖擞精神，容光焕发。

夜里不知什么时候落的雨，地上还汪着大大小小的水坑。习习的凉风裹挟着雨后的潮甜，扑面而来。我不觉多做了几个深呼吸，顿感神清气爽多了。吃过早点，照例去了附近的报亭，照例装作等车闲得没事随手翻翻，俩眼珠子却盯在每一页凸显着"聘、聘、聘"的大小广告上，努力做到过目不忘。

看报亭的是一对沉默的老夫妇，报亭窗口的平台上，十来种报纸一字排开，两端各一部话机，一红一白，状如亲密无间却只能隔"头"相望的俩耳朵。

寡言的老夫妇或许早已看明白我的装模作样，只是基于一种看透一切的包容，才由得我随手乱翻。这反倒让我觉得无地自容了，像突然想起什么来，我笑笑示意老先生，手机没电了，打一个电话。老先生看我一眼，又看了一眼，什么也没说，把红色的那部电话推给我。心下略一迟疑，我还是将电话打了出去，是给远在珠海的"棍儿"。电话只"嘟"了一声，棍儿就接听了，像没事干专等煲电话粥的都市散人。棍儿，在那边忙啥哪？我冲着电话大声喊道。

是你小子啊，棒儿！棍儿在电话那端喜不自禁，猜猜我在哪儿来着？

你丫的能在哪儿，在珠海呗。

呵，棒儿，我就在开城。你在哪儿呢，我去接你，咱有"宝马"。听棍儿的口气，发迹的口气，安琪酵母放多了，似乎还发得不小。这丫的原就这样，吹牛不怕吹豁了边。你丫的癞蛤蟆打哈哈，口气还蛮大的。我对着电话嘲笑他，切，开"宝马"，嘴把式吧？

你小子待会儿眼珠子别飞出来就成。说，哪个位置？

棍儿那里不再拿腔拿调。我一下子激动起来，这丫的莫不是真在开城，还真想他了，于是就告诉他我在幸福街与炎黄大道交叉口北十米路东报亭前五米处。

我跟棍儿是大学同学，又是球友，同是05级计算机系，他是计（1）班，我是计（6）班，教室对门，寝室对门，低头不见抬头见，加之莫小未的缘故，阴差阳错，我俩就成了不是兄弟的兄弟。

棍儿叫夏卓尔，我叫房方舟，棍儿一米八四，我一米八三，他瘦些，我胖些，毛毛就喊他"棍儿"，喊我"棒儿"。篮球场上，棍儿打小前锋，我打控卫，我一个手势，有时候是一个眼色，他就知道往哪儿跑位，几秒钟后接球、做假动作、跳投，他都把握得恰到好处。这就叫心有灵犀，心有灵犀打球才好看。央视五套有段插播广告，狼王加内特眼神温热地说："无兄弟，无篮球。"那话我忒喜欢，"无兄弟，无篮球"，越玩味越要你心潮澎湃。

不打不相识，有多少好兄弟是打出来的我不清楚，但我很清楚跟棍儿是打出来的亲兄弟。当初棍儿和我关系不怎么铁的时候，身边各有一拨花枝招展的女孩子绕转，可我俩像似用一根肠子想事儿，谁也不肯将目光投在身边，倒是视线相交于同一个女孩子身上。她叫莫小未，校学生会的。

大二那年五月的一个下午，我去图书馆还几本体育杂志，拐过艺术系教学楼角，突然眼睛让光闪着了，心"怦怦"狂跳不已，感觉被什么给击中了似的。我甩甩头，使劲眨巴眨巴眼睛，这才看清是一个女孩子，个子高高的，一袭白色裹到脚踝的长裙，头发染成亚麻黄，披在肩上，漾在腰际，白皙的胳膊抱在胸前，或许抱着书，谨慎的裙裾随细碎的步幅流动，在酒红的夕阳里，那身影婷婷袅袅风情万种地走着，飘一样，飘得我心旌摇荡。

校园里什么时候多出这么个天使似的丫头？我来不及多想，紧走几步追上去。快到她身边了，我灵机一动，嗨，你踩到我的东西了。

天使一惊，回过头来。哇，这么纯，纯纯的感觉仿佛青藏高原上的蓝天和雪山，一尘不染。

不是踩着你的命了吧？还是个伶牙俐齿的天使。

天使发觉没我个儿高，仰起头盯了我一眼，眼波冷着，似不屑一顾。果然，她傲慢得可以。我晓得，傲慢是漂亮女孩子的通病，因不乏追求者，不乏死缠烂打的追求者，跟焙茶一样，她们傲慢的毛病渐渐地就给焙出来了。

嗨，我无赖地望着她笑，你没踩着我的命，你踩疼我几天前留在这里的影子了。

她说，无聊。

我说，男孩不坏，女孩不爱。而我只不过想试试你脱不脱俗。

她说，无赖。

我说，骂吧。上下五千年中一种朴素的民族感情就是，骂是爱。

她不再说话，傲慢的眸子直视前方，裙裾发出音乐似的声音。

我说，你被我的话击中了。

她说，你的话是手枪吗？

我说，不是手枪，是匕首。都说美女大多没有脑子，你这反诘就有些疑似没脑子。

她愤怒了，声音低而有力，我就是没有脑子，请你走远些。

我哈哈一乐，你承认自己是美女了？

她忍无可忍，扭过脸瞪着我，眼神毒着。接下来，我感到脚腕处狠狠疼了一下，忙条件反射地蹲下身，捋起裤管，丫的，刹那间，脚踝上红出一个遒劲的"一"来。而等我再抬起头，天使已扭动着窈窕的身姿走远了。我冲着她背影说，你听着，上下五千年中另一种朴素的民族感情是，打是亲。

我的目光在一辆又一辆颜色各异的小车上掠过，正张望的时候，冷丁一声鸣笛，一辆银白色"宝马"刚好滑到我跟前。乖乖，我眼珠子真的差点飞出去了。果然是棍儿，他丫的在车里看够了我的惊怪嘴脸，方缓缓地摇落车窗。怎么样？棍儿问"怎么样"的时候，顺势照我胸口就是一拳。

我一个趔趄，继而站稳，也顺势还他一拳，说我先看看我的眼珠子再说，于是装模作样地摸眼睛，叹道，俩眼珠子都还安然无恙。少贫，上车。棍儿说话还是那德行，斩钉截铁。棍儿胖多了，只是黑了些，被珠海浪漫的海风常吻上脸的缘故吧。我讪讪地上车，说棍儿，在哪儿发呢，都发得快认不出你了。棍儿没接我的话，专注开车。

正赶上上班高峰，路上拥挤得像热闹的车市，"宝马"跑起来的时候我说，棍儿，你丫的还没吃早餐吧，走，去老地方，我请你吃豆花锅贴。哈，你小子找到工作了吗？没想到棍儿顾左右而言他，后视镜里他那眼神，绣花针一般。

我实话实说，没有。

棍儿继续呲儿我，你小子穿得这般正点，学范伟哥哥的话说，你上坟烧报纸，忽悠鬼呢？

我抢辩道，潮流如此，顺应而已。

棒儿，你小子想听吗？棍儿突兀地问。

我说，我想听。棍儿就嘴下无情地说道，我能点出你"飘零"依旧的死穴，一针见血，你信不信？

我说我洗耳恭听，你丫说个一箭穿心一剑封喉一刀夺命的。

我亲密无间的棍儿先是狂笑，关子卖够了才说，有两点。请我吃豆花锅贴，醉翁之意不在于你囊中多羞涩，而在于那里面有我以前喜欢的一个小粉丝，你单方面以为，我还想着她。眼光止步不前，这是其一。其二，你目光盯住的是什么。你小子如此人五人六地往人面前一站，你像个什么工作都能打发的主儿吗？一个比经理还经理的人，你只是要一份工作这么简单？吃得了苦吗？最基层的脏活儿累活儿乐意做吗？做得下来吗？会不会眼光高得不盯工作只盯位子？

丫的，棍儿的话活似一盆狗血，兜头喷来，喷得我哑口无言。

在西城的罗马酒店，我们在棍儿下榻的 606 房间继往开来地喷。喷得尿意滔天的时候，我起身去了卫生间。在洗手间，我边洗手边照镜子，边照镜子边揶揄。是的，我倒想看看镜子中的我是不是棍儿说的那个样子。嗬，丫的，眼前这个跟我四目相对的家伙，果真够人模狗样，精神儿的板寸，英挺的鼻梁，挺括的西装，超拔的块头。唉，这会儿男人长得帅有个丫用呀？到银行人家能答应你刷脸取钱吗？还有，瞧瞧，瞧瞧，这人模狗样的家伙这俩窟窿，隐隐吐露忧郁，仿佛两道将要耗尽电能的光束。

眼睛是心灵的窗户，我心灵也这样隐隐忧郁着吗？不，不是，我还一直一往无前力争上游来着。早已走过为赋新词强说愁的懵懂年代，还远远没到烦恼不寻自找来的颓废中年，正是一个意气风发踌躇满志风华正茂的大好年华，我怎么就那么忧郁了呢？难道是这五星级宾馆的镜子的缘故？

我的小出租屋里也有一面寒碜的穿衣镜，我女朋友毛毛喜欢臭美，刚租到房子的当天，我兴冲冲打街上给她扛回来的。当时毛毛还不领情，眼一吊，嘴巴一撇说，你看人家笑话啊？人家身子越长越像船，难看死了嘛。人家以后再不要照镜子了嘛。嗯……她"嗯"着跺起脚来。拍马屁被马蹄子炝了脸，但我没有就此作罢，书上说怀孕女人感觉幸福的指数越高，生出的孩子越聪明。一切为了儿子，为了儿子的一切，我赶紧上去拥住她，讨好地说道，亲爱的，怀孕的女人在老公眼里是最美的，知不知道？

是吗？毛毛将信将疑。我重重地点头，兴高采烈地说是。后来，毛毛果然越来越喜欢照镜子了，而且是光着身子，多半侧身站立，葱段儿似的十指抚住大肚子，小脸后扬着扭向镜子，有时嘴里还嚷嚷着"我看到儿子在成长嗳"，或是"我看到儿子在动了嗳"。镜子中，她赤裸的身子还略显青涩，可眼波里的幸福却在汩汩奔流。

亲爱的，你站着像一条直立的船，躺下来就是一块等待插上红旗的高地。我常常打趣毛毛，然后看毛毛像一条滑稽的沙丁鱼一样扭捏作态。

就还说那会儿，即便站到镜前，为了赶时间，我也只是看领带是否周正，看喷过"啫"的寸发是否根根儿都抖擞起来，再就是凑到镜前看眼角里藏没藏有眼屎。而像这样楔子似的立这儿，X光一样从头到脚从外到里地审视，实属毕业以后的第一次。

不错，我是八〇后，可我从来也没认为自己就是网上被叱责的那类人，还没有在庞杂繁复的社会中踢腾两下，就呼天抢地做天尊怒吼状：毕业了，我们的工作在哪里？同居了，我们的房子在哪里？大学生还是大白菜？而私底下，却是一任"头上一把草、肚里一团糟"的骂声袭来，我自闪婚闪离闪爱闪恨闪上司闪跳槽地闪闪生活。

你小子还没好吗？这么长时间，一条黄河也尿出来了。棍儿在那边等得不耐烦了。

我说好了，就好了。你丫的可真够扯淡的，我要有本事尿一条黄河出来，联合国的笼怕都蒸不下我这个馍了。

晚上吃大排档，下午棍儿已电话约了在周边小城里"荡悠"着的筒子、烂头、猴子等几个哥们儿，这会儿又要约上莫小未。我说你丫的别找骂了，人家教授太太当得不知多惬意，少往老夫少妻之间插足，不地道。

棍儿酸笑，说你小子指不定多抓心挠肝地想见呢，却跟我做醋，不痛快啊。

我说我丫的宁可这会儿跟你做醋，也不愿在莫小未面

态度

前假模假样地作秀。

我知道了。棍儿潇洒地甩了甩头说，你小子不是不想见她，心里虚，到现在还没混出个人样儿来，你怕她给你白眼吃。

我一指棍儿说，土财主，典型的土财主嘴脸，土财主口气。你丫的是发迹了，衣锦还乡，想气气人家，看人家悔得肠子疼，是不是?

棍儿笑颠儿了，而后压低声音说，我就是想找找当年咱仨人在一块儿，那种一触即发的刺激。棍儿白话着，电话已打出去，刚搭了那么两句，眼就冒绿光。我知道有戏。果然，他跟我挤巴挤巴眼，拿起桌上的车钥匙，冲我扬扬，起身去了。

没想到莫小未做了教授太太，这么立场不坚定，棍儿一忽悠，她就来了。我还真有那么点儿心慌的感觉。

我知道莫小未惦上了我，是在初见一个月后的校际篮球赛，计算机系打信息工程系，棍儿和我都在场上。我队正打得风生水起，我突然莫名地兴奋，总感觉场边有个似曾相识的眼神儿跟着我满场奔跑，令我亢奋不已，脚下就像抹了油，奔跑如飞。后来，篮筐也在我面前如同大海一样无边起来，我外线狂投3分，一投一个准儿，想怎么打怎么打，怎么打怎么有。一时间，整个球场为我一人欢呼、雀跃。对方被迫叫停，在走回板凳席的时候，我往那个让我兴奋的地方一瞟，心跳差点儿没"咯噔"一下停了。我看到了人群里如雪山蓝天一样的莫小未，那般鲜明、突出。我记得我眼神儿一惊，步子慢下来，很快，我眼神儿又直直盯住她。她被我盯羞了，头偏过去，装着跟身旁的一个丑丫头说话。等我在板凳上坐下来，那种被紧盯的烧灼感就又上来了，我忙扭回头去，恰与莫小未羞涩的眼神儿撞个正着。随即，我身子一个激灵，感觉有股力量迅速自丹田处蒸腾，而后充溢到全身，陡添一身的神勇。

教练的部署和鼓励我充耳不闻。我在考虑要不要给莫小未一个回应，怎么回应，认真点个头，还是给一个胜利在握的手势。正想着，暂停已到的哨声响了，我站起来往球场走，眼睛急不可耐望向莫小未。她还在那儿，稀里糊涂地，我向她挥起手臂。恰在这时，我看到了同样向莫小未挥起手臂的棍儿。

哎，哎，怎么？棍儿一愣，扭回脸来，你也要算一个吗？

我也一愣，但随即我说，没到最后一刻，算一个又怎样？

好，好，有种。愤怒的棍儿指着我的鼻子说，单挑！单挑你应吗？

我也不示弱，底气十足地说应，等比赛结束，就在这地儿挑都成！

就在我浮想联翩的时候，手机响了，我以为是棍儿打来的，拿起听，却是毛毛。亲爱的，想你了，回来看看我

态度

和我们的"未来"不?

我说好啊,心有灵犀,我这会儿正想着你和我们的"未来"。丫的,我就这么虚伪,其实我正想的是莫小未。莫小未,莫小未,丫的就为莫小未,我现在马上立刻有必要回家一趟。囊中羞涩了。这几天,棍儿在开城,少不了聚餐,丫的我总要买那么三两次单。可我真没钱了。就棍打鸡,挂断毛毛的电话,我赶紧打棍儿的手机,我说怎么还没回?棍儿那边却是懒洋洋地道,你小子该有切身体会,女人都这样,没有半个钟头出不了门。

我说那你慢慢等她出门吧,我这里有急事,得赶回去处理一下。不好意思,不能奉陪了。

棍儿一下急了,说你小子想溜,你就这么怕见莫小未吗?

我说别瞎掰,我真有事,你们来了先吃着喝着聊着,等那边事一了,我就赶回来。这边,我借了房东一辆破自行车就出发了。

五十七公里,一百一十四里地,我丫的第一次在这条归乡路上骑自行车夜奔。出开城行了十多里地,手机响了,是棍儿,问我小子事了了没有,筒子他们都从县城赶到了,小未也等着呢,说等我一到,就大开喝戒。我一乐,说别傻瓜阴天等太阳了,我小子回老家了,老家有事。这时,话线上传来烂头和猴子的叱责,你小子咋这么不仗义,我们百里迢迢地都赶了来,你那里却颠儿颠儿地回老家,你成心的是不是？我赶忙道歉，说对不起，对不起，我真得回老家一趟。这样吧，我回去再聚一次，我做东。你小子一会儿有事，一会儿老家有事，到底什么事？还是真不想见面？棍儿的声音，听来有些恼。对不起，我跟棍儿道歉，说看这事巧的，真的也像假的了。确实，老爹打电话，事赶到一块儿了。这样，等我小子回来跟你丫的细细道来。代我跟兄弟们好好喝个痛快，别担心我。我撒了谎，实话难说啊。

棍儿没奈何，那边气咻咻地发话，让莫小未跟你说话。接下来就是莫小未的声音，怎么了，怕我吃了你吗，连个面也不见？小声音真柔，柔得像小夜曲似的，直往我五脏六腑里钻。

我说是教授太太呀，我怎么能怕你吃了我呢？能葬进美女的香腹里，比葬进秦皇陵里还要让我豪情万丈，我求之不得啊。

贫。毛毛好吗？莫小未转而问。

好。我说。

莫小未说，代我问毛毛好，挺想她的。

我说，你金贵的问候我一定带到。

莫小未略一沉默，说路上小心。

丫的，我嘴角止不住抽动，心底下波涛汹涌，许久了才说，知道。

我回到家已过了午夜时分。下得车来，那个感觉，两腿软得像久病初愈，屁股木得就像不是我的，渴不觉得，饿不觉得，只累啊。

　　我倚在外门上，有气无力地打门。到底是夜静，沉闷的声音传出去老远，先是我家的"大黑"汪汪叫嚣，很快，远远近近，全庄子的狗都响应起来，还夹杂着惊惧的鸡鸣。嗬，我这一拍不打紧，倒惹得全村鸡犬不宁，不过，挺享受，似乎找回些久违的乡情来了。

　　这一刻，整个世界仿佛只剩下夜、我和警惕的犬吠。不，还有月亮。此刻的月亮安静得像个想心事的小恋人，脉脉的清辉如同沉浸于爱恋中的目光，清澈得像水，晶莹得像冰，朦胧得像乳，闪动，流转，刹那间，要你塞满聒噪的心灵，静如止水。

　　久没这样看过月亮了。我记得我跟莫小未分手后就不大看月亮了。我那时跟莫小未常常上着夜自习就偷跑出去看月亮，在校园东南角人工湖湖心的凉亭内，两人紧紧拥着指头绞着指头坐在月亮底下，月光朦胧，浴着我俩，脉脉的，像仙女姐姐的吻。

　　清晰记得，透过乳白的夜空，我望着美美的一轮圆月问莫小未，你猜，我看到月亮总就想起什么来？

　　莫小未枕着我的肩膀软软地问，想起什么？

　　我下巴轻轻摩挲着她光洁的额头，絮絮地说想起你的眼睛，水水的，汪汪的，直叫人想狠狠地犯错误。

莫小未一颗高贵的脑袋贴紧我的胸膛喃喃道，是吗？

我点点头，说小未，我想惹祸。

莫小未说，惹什么祸？

我说，惹月亮让惹的祸……

今夜的月亮又仿佛那晚啊，真亮，真圆，真丫的让人心驰神往。

年轻的誓言总是很脆弱吗？我竟然回答不上来。

我伸伸脖子，咽下一口唾沫。不知莫小未、棍儿、烂头他们是否还在这同一轮圆月下吃酒。月亮一样的眼睛，只莫小未有。月光一样的目光，只莫小未有。我亲爱的毛毛没有，她的目光总是傻呆呆。就说那次，她眼睛湿漉漉地望着我，说我给你和莫小未当这个忠诚的信使……但你要答应我，如果莫小未不跟你好，你必须跟我好，只跟我好！

终于，我家堂屋响起了轻轻的开门声。很快，"咚咚"的脚步声一路响来。多熟悉的脚步声，忠厚，踏实，恳切，我听了足足十几年，最近梦里还听到过。对，是我爹。我精神随之一振。

谁？

爸，是我！

就听里面我爹警惕的声音一下松弛得如释重负，欣喜若狂地给我打开门，唔，小二啊，咋这会儿回了？

谁？是二子吗？我妈也起来了，站在里屋门口，探着

　　　　　　　　　　　　　　　态度

身子向我这儿张望。

妈，是方舟吗？是他回来了吗？是毛毛的声音，丫的都惊喜得打飘了。

是我。我大声回应，继而拍拍来迎我的"大黑"，大步向堂屋走去。

知道我还没吃饭，我老妈赶紧乐颠儿颠儿地到厨房整菜去了。毛毛在东屋的小套间里跟我妹妹一起住，我到了堂屋当间，她穿着宽大的睡衣出来，刚照我的面就往我身上扑。我跟我爹是前后脚进的门，这一幕羞得我爹拿胳膊护了脸就往外走。

四个菜很快摆上了桌，凉拌豆腐皮、凉拌绿豆芽、凉拌猪肝、番茄炒鸡蛋，还有一瓶半斤装"二锅头"。毛毛去厨房了，帮我妈烧莲子汤。屋里只有我爹和我。我爹说，咱爷俩喝点儿酒？你骑了这老远的路，一准很乏，喝点儿解解乏。

知子莫若父啊。丫的，我眼睛涩涩的，泪水暴涨。我拿手将整个脸一抹拉，说，好，我也早没陪您喝过酒了，就依您，喝点儿。说着我捞过酒瓶，拧开盖，给我爹满上，给自己满上。接下来我就要站起身，先敬我爹一个。没承想他老人家胳膊一挡，制止了，说，咱不来那一套，太见外。我爹一向有些木讷，可人是好人，老实人，不藏私，不藏奸，说话做事像往铁板上铆钉，实打实敲，实实在在。

但我还是执意站起来，端起酒杯，双手捧到我爹面前，我说，爸，就让儿子敬您一个……说到这儿再说不下去。原本我还想说儿子不才，这么长时间了还没混出个人样儿，这又把毛毛送回家来，让您和妈操心，实在无颜见您哪。可心里翻腾得厉害，总感觉话一出口，眼泪准闸不住。

我爹抬头盯了我一眼，说，好，爸喝。我爹人又老多了，也黑多了，瘦削的老脸上深深浅浅布满宽宽窄窄的纹路，沟壑似的。我眼睛就又潮了。

我爹将满满一杯酒一饮而尽，此后抹了一把嘴。我赶紧给他夹菜，我说，来，爸，吃点儿菜，去去嘴里的辣味。我爹使劲点头，边吃菜边拿变了形的老茧手抹眼角，说，你也喝一个吧，这酒还真辣，都辣出老泪来了。

果然，我爹浑浊的眼睛红了，泪花在白炽的灯光下，无可躲藏。我点点头，忙端起酒，也一饮而尽。空杯子放下，我一个劲地低头吃菜，我说，爸，您说得没错儿，这酒真辣，我都让它辣出泪了。边说边大口吃菜，大赞我妈做的菜越来越可口了。

连毛毛也夸你妈的厨艺好哪。我爹呵呵地笑着附和。接下来我爹略显迟疑，进而说道，小二，早些天你大耕叔跟我说，上边正提倡大学生回村创业，说是当大学生村官，一个村配一个，创业好了给安排工作。你大耕叔说了，有肉也要烂在自家锅里。你看你要有这个意，爸就先请他喝一场，把事砸实了？

态度

大耕叔是村主任，跟我爹是不出五服的远房兄弟。大学生村官这一说，我当然知道，但我不甘心就此回乡。我顿了顿，才跟我爹说，再容我两年的时间，两年还混不出来，我就回。

我爹轻舒一口气，说，这样也好，你放心去，大人孩子我跟你妈给你照顾好。

我忽儿觉着喉头有些哽咽，就装着痒，咳了一声。我再次给我爹和我斟满酒。我爹那里先端起来了，说，来儿子，咱爷儿俩喝一个。我也乖乖地将酒端起，与爹可力伸过来的酒杯碰在一起。

酒杯再次放下，我爹咳了一声，神色凝重地望着我，停了停说，儿子，爸清楚，爸啥都清楚，这年头，一没钱二没权，这外头的世面就不好混。说实在话，这是爸的一块心病，也是爸感觉对不起你的地方。唉，爸爸无能啊。

我眼睛瞪大了，我知道爹指什么。爹说自己无能，自我检讨，这让我心里一阵难受。我非常歉疚地说，爸，这咋能怪您呢？不怪您，您和妈能供我上完四年大学，就不易了。工作的事，我自己来。前天上午，我……已经在一家大公司应聘成功了，今天接的通知，这不，回来就是跟您和妈报个喜讯呢。我突然就这样跟爹撒起谎来，丫的，而且还撒得如此圆，如此脸不红心不跳。

是吗？我老爹笑了，连说那好，那好，找到工作了就好。来来，咱爷儿俩再喝一个。

酒足饭饱后，已是凌晨两点。我老爸和老妈紧着催我赶紧睡一觉，上初二的妹妹跟我妈挤着睡了，我就拥着毛毛往东屋的套间走。毛毛的小手牵着我，很有力量。这我能度得出，她有多想我。

　　等我在床上躺下来，毛毛就腻歪上了，一个劲儿地直往我怀里钻，美女蛇似的，想无孔不入。我说，亲爱的，想我了？

　　嗯。毛毛"嗯"着使劲点头。

　　我说"未来"有没有想我？

　　毛毛说，想，我们都想你。

　　我说，你怎么知道的？

　　毛毛说，他拿小脚丫踹我，小拳头擂我，说为什么不带我去找爸爸？我想爸爸！

　　我心底里的波涛再次汹涌澎湃，我说，亲爱的，我也无时无刻不想着你们。我伸手摩挲起毛毛的大肚子来，我说来我看看，我们的"未来"又长大了多少。毛毛听话地捋起睡衣，橘红的灯光下，她的大肚腩隐隐波动，熠熠生辉。这是我的宝藏啊。我抑制不住阵阵的激动，将脸贴在上面。这一刻，我居然羡慕起我未曾谋面的"未来"来，一个人一生都能拥有婴儿般的纯净与坦然，那该是多么幸福啊。

　　跟毛毛温存了一会儿，然后小心地做爱。但努力了好一阵子，我还是唤不出激情，好像我回来了，激情留在了开城。毛毛一直笑着，这会儿却想哭。我赶紧捧起她一张愈发浮肿的脸解释道，亲爱的，对不起，我今天太累了，饭没吃，水没喝，狂骑了一百多里地，三个多小时，你要不理解我谁还理解我？

毛毛腻在我怀里，喃喃道，亲爱的，我想你，我真的好想你。

我百般哄她说，对不起，亲爱的，我知道你想我，知道你的委屈，你的牺牲，我都一清二楚地知道。可这不都是为了咱们一家三口的将来吗？要不这样，我跟毛毛保证，等那边一稳定，我就来接你。不过，你要好好听话，好好吃饭，好好锻炼。

毛毛努力笑笑，额头上的一缕发丝，在摇头扇送出的乱风里，一会儿被扯起，一会儿熨帖地覆在脸上，那脸盘更浮肿得像个大饼了。但这个样子，我心疼。

翌日上午九点一刻，我回到开城，带着爹塞给我的一千块钱的血汗钱。不想棍儿临时有事，提前回珠海了。筒子、烂头、猴子各回各的地儿荡悠去了。无事一身轻，轻得心里发慌发毛。这天晚上，我一人在大排档喝酒。我喝了多少酒，不知道。怎么回到出租屋的，不知道。等一泡尿将我憋醒，醉眼睁开，惺忪中，我发觉我居然在我的光板床上躺着，毫发无伤，安然无恙。

可我的确什么也想不起来了，脑袋里一片混沌。拿过手机，点开"呼出电话"一栏，21点后，打出两个电话，一个是棍儿的，一个是莫小未的。准是莫小未了。我心头一热，感觉有水瞬间将我淹没，让我彻头彻尾地沉浸在温暖无垠的窒息中。

唉！我轻叹，早知如此，何必当初？我给自己泡了杯浓茶，而后想给莫小未打个电话，表达一下无上的感激。一看时间，丫的零点了，只好作罢。但五脏六腑一齐泛酸，溜溜的酸。不行，我不能呆鸟般栖进无边的暗夜里，我一腔的热血都躁动起来，不能骚扰莫小未，我还不能骚扰棍儿吗？一个富贵单身，指不定多欢迎骚扰呢。我快速按下棍儿的号码，通了，但始终没有接听。这丫的，睡得真死，我坚持不懈，拇指轻按"重拨"。这下接了，不料棍儿开口便吼，棒儿，你小子夜游哪？你不睡别人就不睡吗？听口气棍儿还睡意未消。

谁呀，这么晚还打电话？几点了？一个柔声细语的女子的声音。我一惊，半夜三更，棍儿身边怎么躺着女人？棍儿，你身边有女人？我连忙问。棍儿"噢"的一声，说，你小子驴耳朵，我看电视呢，电视里的女人。我不信，说，你丫的有女人很正常，没必要瞒我。没有的事，没有的事。棍儿连忙解释，转而说，你小子一向无事不扰民，快，肚子里憋啥屁，痛痛快快放出来。

棍儿说过，实在走投无路了，就跟他说。我跟我爹说工作找下了，突然感觉我的承受力仿佛"铁达尼"正面撞上冰山，我想脆弱了。这会儿正好趁着酒劲，于是我说，棍儿，我小子……想工作。丫的，这话在我肚子里倒真像一个屁，放不出来胀得难受，放出来轻松透顶。

啊呀，我亲爱的棒儿，这话从你嘴里说出来，咋就那么令我惊诧呢？棍儿打起官腔，不过，我知道的工作还真有一份，就怕你做不来，或不愿做。

我一听有工作合适我做，我丫的肠子都惊喜得跳起探戈来。棍儿，我对着手机嚷，只要不上贼船，不让杀人，都成。你丫的知道，我上有六十多岁的老父母，下有将要嗷嗷吃奶的儿子，你可不能拉我下水。

切！棍儿那边听得牙疼，连说，听听，听听，你小子多纯洁无瑕，多冰清玉洁，请问房方舟君，您肚子里都装着什么？我哈哈一乐，说，你不知道啊，你肚子里装的什么，我肚子里就装的什么。你装的是肝胆脾肾，我装的就是脾肾肝胆，荣辱与君共，肝胆照肝胆。但如果说你那里装的是花花肠子，那我也就只好装的肠子花花。棍儿也忍不住笑了，说，你小子先耐着，我几天后回开城，到时候给你安排。

我丫的心花怒放般过了几天像猪一样优哉游哉的幸福生活，因为我知道我将有一份工作，而且不会差矣。我相信棍儿，就是信他。

夜幕降临，屋子里茶香荡漾的时候，我收到莫小未的一条信息：还记得那时的醉话吗？

睹字思人啊，丫的，我心跳即刻提速。我回：傻瓜，醉酒的人要记得那还叫醉话？你一定记得，说两句给我听听！我边愉快地舞动拇指边想象莫小未此时的神采，特别是眼睛，是眼波迷离，还是静若止水？

莫小未很快回复：我凭啥记得啊？

听听，这是装傻充愣的口吻，女孩子惯用这招，眼神或许横着，心底里却颇不宁静。多半女孩子对你使这招，要么不在乎你，要么忒在乎你。莫小未当然是还在乎我，我由此猜想，她在教授身边的生活并不十全十美。而我的心却莫名地有些疼，且无厘头地想，她要突然向我示爱我该怎么办？心猿意马间我只是很感性地回：你凭啥不告诉我？

莫小未回：就凭你说了我听了，我知道你不知道。

我回：到底是教授太太，近教授者转。

莫小未回：我转什么了？

我回：教授般的空手道。

莫小未回：好了，知道你还好好活着，我放心了。继续好好地活，再见。

当浓郁的茶香沁入心脾的时候，我渐归平静。又一次想起那首诗来，俄国诗人莱蒙托夫的诗《人间与天堂》。当时就是那首诗，让我想明白了我、莫小未、毛毛我们三个人之间那种微妙的关系。诗是这样的：

我们爱人间怎能不胜于爱天堂/天堂的幸福对我们多么渺茫/纵然人间的幸福小到百分之一/我们毕竟知道它是什么情状/我们心中翻腾着一种隐秘的癖好/喜欢回味往日的期待和苦恼/人间希望的难期常常使我们不安/悲哀的易逝叫我们哑然失笑/未来的远景虚无缥缈，漆黑一团/现在就时常令人感到心寒/我们多么愿意品尝天堂的幸福/却又实在舍不得辞别人间/我们都是更加乐意要手中之雀/虽然我们有时也在找空中之雁/但在诀别的时刻我们看得更清楚/手中之雀跟我们的心已紧紧相连

　　我就是诗中喜欢追梦的人，莫小未是我的天堂，而她总是虚无缥缈，时常令我感到心寒。我的毛毛是我的手中之雀，虽然我有时依然在仰望天堂，但我看得越来越清楚，手中之雀已跟我的命运紧紧相连。

　　我突然想给毛毛打电话，就打过去了。毛毛接得多快啊：亲爱的，我想你，想得心都流眼泪了。

　　我心一柔软，说，傻瓜，都说傻瓜得句话，一辈子忘不下，你就会这句了，没二话了。

　　毛毛撒娇地抢白道，不，我二话三话九话十话百话千话多着呢，这是第一话，所以要第一说出来。

　　丫的，我说话的激情却突然没那么高涨了。我说，毛毛，要好好吃饭，你一张嘴吃两个肚子用，可不许偷工减

料敷衍塞责啊。

毛毛接，亲爱的，你没吃晚饭吗，这么有气无力？

我撒谎说，工作刚开始，挺累人的。而后还真打了个哈欠，说，亲爱的，我爱你，咱就此打住，好好睡觉，梦里等着我去见你，不见不醒。

毛毛听话地说，好，你要常常给我打电话啊。

我说，好的，亲爱的，好的。

挂断电话，我照自己胸口就是一拳。我是不是也要毫不例外地"闪闪"生活起来？莫小未让我觉得自己什么都不是，挫败、失意、痴心妄想……毛毛让我觉得自己什么都是，成就、拥有、顶天立地……丫的，我却对莫小未的一句话一条信息心旌摇荡想入非非，对命运紧紧相连的毛毛即便两地分居，思念和激情却没能与日俱增。

这两份跟我如此贴近的情感，竟让我如此不堪其重。我自信，我不是一个薄情寡义之人。然而，是我还不够成熟，还是已经染上了八〇后的通病？

时隔一个星期，棍儿才回到开城。棍儿周四上午十点一到，即刻约上我。那时，我睡够了，正四仰八叉神清气爽地躺在床上看卡耐基的《人性的弱点》，接到棍儿的电话，激动加忐忑的情感如同三月的飘絮，弥漫一腔。

又一次，我穿戴整齐，整装待发。临出门前，自然不忘在寒碜的穿衣镜前，审模度样。行，还行。我这儿扯扯，那儿揪揪。丫的，眼神亮堂多了啊！末了，我跟镜子中神采焕发的"征人"行了个华仔式的军礼，夺门而出。

外面的阳光真好，好得像莫小未当初烈如焰火的注视。空气也好，到处弥散着即将要收获的瓜果的甜香。

棍儿的"宝马"无上荣光地停在路边，引路两边无数街坊的眼球竞相瞩目，原本逼仄的幸福街更显逼仄起来。朗朗乾坤下，我急忙上车。

棍儿说，干吗不大摇大摆地上？

我说，我还不够"人物"，招摇不起。

棍儿哈哈大笑，说，我将车开到这儿，就是一任你小子招摇的。

我心肠滚烫了一下，也笑，我说，丫的是这样啊。要不我再下去，竭力招摇一回？

棍儿脚下猛踩油门，说，正事等着呢，下次吧。

棍儿将车开到开城北关的远航驾校。我瞪着不解的目光望棍儿，说，干吗啊棍儿，我可没听说你这里面还有朋友啊？棍儿非常认真地说，来这儿没错，你工作开始的第一步，就是学驾驶，先从沈老板的司机做起。我更百思不得其解了，我说，嗨嗨，棍儿，我虽然梦想有朝一日有车开，但我压根儿也没想过给人当司机。本人郑重声明，司机不干，要干就干令人刮目相看的"白领"。再说，我兜里也没有能够空掷在这地方而不心疼的闲钱。

棍儿说，你小子说没钱不就行了？放心，钱我掏。至于白领、黑领还是蓝领、灰领，谋事在人，成事在天，自然就看你小子造化深浅了。不过开车不仅要学，而且要尽早学成。

棍儿说话像往铁板上铆钉，容不得我说"不"。

紧锣密鼓的日子开始了。我白天在驾校跟着教练学，晚上棍儿还要手把手教我。第四天晚上，棍儿差点把我训趴下。其后棍儿请我到"天天渔港"吃海鲜，我终于按捺不住了，我说，棍儿，你丫的想要临危受命吗？

棍儿望我一眼，什么话也没说，大声喊服务员要啤酒起子。一个细皮嫩肉的女孩子应声赶来，双手于腹部交叠，立正，哈腰，声音谦卑地问，先生，请问要什么服务？棍儿一副盛气凌人的样子指指女孩指指酒，说，你以为我们的牙齿会比啤酒起子更好使吗？

那女孩连说对不起，忙转身拉开储藏柜抽屉，拿出起子，面带愧色地开酒。我有些看不下去棍儿的盛气凌人，我毫不客气地说，棍儿，你丫的记住，永远不要对女孩子粗鲁。

棍儿"切"的一声，首先递给我一瓶，说，喝吧，喝了好把嘴堵上。

我说，我不喝，我有种不祥的预感，你丫的要把我小子给卖了。

棍儿想乐，说，是，我就是要把你小子的配置整合到最强，然后高价出手。

我说，好，好，你丫的真黑，黑到刚果了。

棍儿举过酒瓶来跟我碰了碰，说，大丈夫处世兮当力挽狂澜于既倒，懂不懂？

我怏怏地问，谁要倒？

棍儿说，狂澜。

我说，狂澜是什么？

棍儿说，你小子一生的"运"！

我说，我小子一生的什么运？

棍儿说，狗屎。说完"咕咚咕咚"猛喝。

我其实早就懂棍儿的意思了，可我就是想跟他扯淡，跟他唇枪舌剑，甚至还想像那次为了一个莫小未跟他往死里决斗，怒目而视，拳脚相加。的确，男人是单面胶，粘在一起，越动弹，粘得越紧。

我跟棍儿我们各自灌下去一瓶哈啤，各自又开了一瓶，举在手上，我说，棍儿，我想跟你打架。

棍儿说，我也是，我要狠狠地揍你抽你擂你扁你，完了还要让你照单全收。

用时仅两周，我在路上跑车已能像跑步。棍儿不知拜的哪路神仙，驾驶证、上岗证全给我整全乎了。拿到证件的当天下午三点，棍儿给我打电话。

我懒懒地说，亲亲的哥哥，说，啥指示。

棍儿笑着吼，我指使你小子七点半到罗马酒店西餐厅

122 包间。

我也伴吼，擦桌子，还是铺桌布？

行了行了，棍儿说，棒儿，沈老板已来到开城，提出见个面。

我一下坐直了，说，好啊，买家终于露面了，价格是不是也已谈妥，只等颠儿颠儿地数钱了？

棍儿说，你小子少贫。似乎有所不放心，又特别叮嘱道，不要总像上学那会儿踩着钟点进教室，以后要学会等上司，知不知道？

我说，亲哥哥，你弟弟不傻，只管把你的心装进肚子里，百事大吉。

棍儿"嗬"地一笑，说，你小子要穿得够正点才行。

七点二十分，我依着棍儿的吩咐穿着正点地站在五星级罗马酒店西餐厅入口处，我自信已经被棍儿打造出来。出出进进的人群里，我人五人六地站着，一边想象着沈老板的样子，一边打量着来往的男女。这一年里，我为了生计见过不少老板，虽然不曾有过自己的顶头老板，但我从书上了解到，老板之于属下意味着什么，对，意味着"跟着我，有肉吃"。

似乎是突然之间，我们这个大千社会搞得就像一块体制宽松的大肥肉，人人都想吃肉，有挤到跟前的，有在外围的，在外围的多是一拨又一拨早已"上市"与才刚"上市"的大学毕业生。挤到跟前的回过头来对外围还在往上

　　　　　　　　　　　　态度

挤的说：来吧，跟着我，有肉吃！这样，就诞生了众多的老板跟数以千万计的属下，有了"给肉吃"和"要吃肉"的主从关系。我应该很清楚，想吃肉，就要努力贴近老板，贴紧老板。

七点二十八分，我正低头看时间，一位着粉色套装体态窈窕的大姐推门进了122包间。我马上跟进去，礼貌有加地立在圆桌边，说，容我冒昧打扰您，美丽的姐姐，您这样气质的女士一定不会走错门，那您一准是这里的客人，我说得没错吧？此话一出，连我都暗自惊讶，我丫的可真会拍。

这大姐藕瓜似的胳膊枕着桌沿，纤细的十指轻轻相扣，脸上的皮肤保养得非常好，而最让人盯着舒服的，是她的眼神，镇静、庄重、热忱，仿佛里面伸得出手，能把盯她的人抓进她心灵里去。一看，这大姐就是个很内敛的女人，虽无倾城倾国的色，却有摄人心魄的气质。那一刻，我像才突然明白，女人拥有脸蛋，不如拥有气质。就连莫小未，也需要再沉淀些气质才是。

认识吗？气质大姐冲我莞尔一笑。

我也笑，揉揉眼睛，说，暂时还不认识，不过我眼睛撑着了。

气质大姐像饶有兴趣地问，眼睛怎么撑着了？

我拐弯抹角地说，美丽姐姐的气质真是夺人。我没敢说她漂亮或是好看，书上说初次见面男士说女士漂亮或是好看，多半会让女士误以为你"色"。而"气质"是一个稳重又耐寻味的词，陌生男女交往中，礼赞气质，一是不让场面显得嬉皮，二是不至于让对方觉得你轻浮有余，诚恳不足。

你可真会说话。气质大姐愉快地笑了，轻启红唇，露出两排似曾烤瓷过的牙齿，灯光下，折射着玉石般的光辉。我妈常说，人喜会说的，狗喜刷锅的，这会儿这话让我更感觉它朴素得像真理。我愈发有信心卖弄巧舌了，我说，姐姐，您跟沈老板一准很熟，您看这样好不好，您给我爆些关于他的猛料，我只求好在他手下混饭吃。我也不让您白帮，待会儿您不胜酒力，我愿意为您代劳。

气质大姐眨眨眼睛电我一下说，你可真擅于搞公关哦。好吧，我很乐意为你美言。

我们正聊得兴起，棍儿姗姗来迟。我瞪了棍儿一眼，又瞪了一眼，一把拉住他，转身，压低声音问，沈老板怎么没来？我正要接下去说你丫的是不是拿我当傻小子涮，就见棍儿冲气质大姐一个潇洒的比画，说，这不，正要跟你介绍呢。

那一刻，我的眼珠子差点不翼而飞了。

这天早上，我像个成功人士似的穿着成功人士才穿的睡袍，站在沈姐足有一面墙大的穿衣镜前，漫不经心地剃着一夜间崭露头角的胡楂儿。我不说，怕您都已知道了我的一半故事。这年头，人的窥测能力个个都已被开发到无极了。

大红的剃须刀在我的下巴间左右逢源，我的思绪却纷纷扬扬地不知所之。

沈姐是个寂寞有为的好女人，她来开城是受朋友之托接管一处地产。她应该很有钱，看她花钱像花纸片片。

棍儿已经回珠海，沈姐那边的酒吧托付给他了。棍儿开的"宝马"留在了开城。我说，棍儿怎么能突然没车开？沈姐说，他回去了那儿还有"马自达"。

莫小未跟我联系过两次，总是说一些无关痛痒的话，总让我觉得她话里还藏着什么话外之音。我看不明白她的心，天堂给人的感觉是不是就这样缥缈？

这剃须刀使着真舒服，沈姐送我的，说是一千多块。烟盒那么大的一物件，顶我爹一亩地一年的收入了，啧。

我闲了就给我的毛毛打电话，虽然还是三言两语，可我最想知道来自她的消息。不过，有一次我的谈兴的确富有激情，我说，亲爱的，猜我在哪里？

毛毛欣然问，在哪里？

我说，在车里。

毛毛再问，哪儿的车里？

我说，我开的车里，不信，给你放首歌听。随后，我将车里的音响开得再大些，即刻，《左眼皮跳跳》乖巧、轻快的歌声响彻车内。

就这，我的毛毛依然不敢相信，又问，你开的车里？

我说，是呀，我开的车里。

毛毛"啊"地大叫，像踩着猫尾巴一般。随后，我听到了毛毛欣喜若狂的喊声，爸，妈，方舟会开车了，开上车了，而且正在开车！隐隐地，我就听到了我老爸老妈"天爷呀，是吗？那敢情好，好，让他开车小心"的感怀声。丫的，我眼睛一下就潮了，这之于我，无异于虔诚的基督徒聆听到了马太福音。

听到了吗，老爸老妈高兴坏了。毛毛大声说。

我说，听到了，亲爱的，我以后还要开咱自己的车，你信不信？

毛毛激动得都要哭了，连说，信！亲爱的，我信你！

丫。

我现在几乎不回出租屋了。

我也不是一个坏男人，但我稀里糊涂成了沈姐的"贴身男"……

切，看我都想了些什么，不堪其乱。然而，这就是我现在的状态，无序，却无限闲散。没工作那会儿我睁眼闭眼想的都是工作，这会儿有了工作，我空下一大把时间想的全是工作之外。

昂贵的剃须刀一通兢兢业业地作业，再看不胜华丽的镜子中我的下巴，清清爽爽的，透出一股雄性的荷尔蒙气

态度

味。

淋浴间传来"哗哗"的冲洗声，沈姐还在洗澡，待会儿还要化妆什么的，出门自然还要一段时间。于是，我收好剃须刀，走到鱼缸那儿。十余尾"文鱼""珍珠"在铺满彩色石子和各种微型景观的清水里各自闲游，悠哉得不行。我信手拈起一小撮鱼食，略一迟疑，只将一粒丢进去。当轻轻飘飘的一粒鱼食轻轻打在水面上，刚才还在各自闲游的鱼儿"呼啦"一下全奔了来，俨然一场集体裸奔。

我怦然间心有所动。

我不知道自己该庆幸脚下正走的"坦途"，还是该自我菲薄。此时，我只一个感觉，仿佛自己就是它们中间的一个，跟别处同类最鲜明的区分在于，我比它们更享受的，是这豪华的鱼缸和宠幸鱼缸的奢华环境。

窗外的天空可真是明媚啊。我抹了一下光洁的下巴，离开鱼缸。我隐约能回想起发生故事的那个晚上，沈姐带我去赴一个酒场，原本我不喝酒，开着车嘛，沈姐也不让我喝。可后来沈姐已喝得醉眼迷离，而她那些开发商同行依然热情高涨频频劝酒。我是看不下去了，对，是看不下去了，就不顾沈姐劝阻，一杯杯悉数接过来兜头灌下。

那时棍儿已回了珠海，沈姐身边又没别人，我送沈姐回住处是应该的，留下来照顾她也是理所当然的。

沈姐醉了。我想我也醉了。应该都醉了，才会有那样的事情发生。

方舟，你来一下好吗？沈姐在叫我。

我身心一震，脑袋犹豫，嘴上已答应就来。

浴室没有关门，沈姐躺在充满雪色泡沫的大浴缸里，像个无限诱惑的梦。

沈姐张望的眼神湿淋淋的。霎时，迎着沈姐的眼神，我突然感觉灵与肉各自为政的大厦里，都有东西轰然坍塌，过后尘埃飞扬，遮天蔽日，一片混沌。

我轻叫"沈姐"，倏然感觉自己伟岸的身躯瞬间幻化成一片非洲的干涸土地。我渴。我喃喃道。

沈姐的爱如鸦片，我上瘾了。

我眼里的沈姐是一颗荔枝，镇静、庄重、强大是她坚硬的壳，真实的她是剥去壳后的那层果肉，洋溢着无限成熟的味道。亲爱的，沈姐常说，我不会让你吃亏的。这样的时候，沈姐多半像一条善良又多情的蟒，努力缠紧我，眼含内疚，像她欠我太多太多，倾尽所有，也无法补偿得清。大概是第三次以后，沈姐在开城的花销便统统交由我打理了。我懂她无语的心情，懂她不曾开口表达的意思。

两个月后，棍儿回开城来，他丫的见到我，目光诡异得很，望着我笑了许久才说，棒儿，你小子变了。

我也笑得不可名状，我说，你丫的说清楚，我变啥了我？

棍儿说，心照不宣行了，别逼我说。

态度

晚上我和棍儿出来喝酒，喝得差不多的时候，棍儿打着酒嗝说，棒儿，你小子还满意吗？

又是一句无厘头的话，我眼神一惊，说，丫的什么啊？

棍儿左顾右盼后说，香车、美女的生活。

棍儿这话让我一愣，棍儿，你小子啥意思？

棍儿玩神秘，笑而不答。我心里滔滔地翻腾，即刻将前前后后许许多多的情节加细节跟冰糖葫芦般那么一穿，脑子一下子转过弯来。我指着棍儿，眼睛里几欲喷火，说，棍儿，你丫的为什么要这样做？为什么要陷我于不忠不良不仁不义？

棍儿又灌了一杯凉扎啤，而后舔舔唇上的啤酒沫说，你们彼此的需要。

彼此的需要？好一个彼此的需要！我突然站起来，隔着条桌，照棍儿脸上就是一拳。随即，棍儿的鼻子见了红。

紧接着，我自己的脸上也重重地挨了棍儿一拳。也是随即，我感觉有热热的带有腥味的黏稠液体夺嘴而出。

混蛋！混账！无耻！你丫的无耻！我嘴里骂骂咧咧，绕过桌角，照棍儿胸口就是一脚。

虚伪！你小子虚伪！棍儿也骂骂咧咧，照我胸口就回敬一脚。

很快，周围的人围了上来，拉架的、劝架的有，看打架、看热闹的更多。的确，看热闹的不嫌事大啊。没想棍儿突然拉起我，说，上车，去城外，去水库那儿打，小子看我不打死你。

我任由棍儿拉着上了车，嘴里也狠狠地说，去就去，丫的看我不打死你。

很快，"宝马"愤怒地跑起来。再看棍儿和我，丫的像不共戴天的仇人，眼泛绿光直视着车外快速退后的夜路，不再说话。

二十分钟后，我们来到城外水库东岸的一片空旷地。这儿远离市区，一片混沌不开，可真够空，真够旷。车停下来，棍儿却没有要下车的意思，我偷眼瞥他，发现他也在拿余光瞥我。我想棍儿有话要对我说，就也没动，木着脸等着他开口。两人沉默良久，棍儿掏出雪茄，拿胳膊肘碰碰我。我也不再坚持，就抽出一根点上。随后，他也点燃一根，许久，方说，其实，我也是这样走过来的……

"我也是这样走过来的"？

我没听错吧？我偷眼看棍儿。棍儿不看我，表情木然地抽着雪茄，看向车窗外。"宝马"只开了车顶灯，外面的一切，水库、拦水坝以及远处不可见的都市，统统陷入难以驱散的黑暗之中。

我没有质疑棍儿，也没再质疑自己的耳朵。是这话，就是这样一句让我眼珠子差点就瞪了出来的话。不用棍儿说，那潜台词，我懂，我他妈的都懂，一字不差的懂，心领神会的懂，悔青肠子的懂。

我没有接棍儿的话，像他一样沉默起来。但心上像有

　　　　　　　　　　　　态度

万马奔腾。

我想棍儿也会跟我一样。

我们表面上平静地抽着烟，平静得让人难受，平静得听得见雪茄的燃烧。

其实，雪茄的味道并不受用，那股浓烈的极其刺鼻的味道，很长一段时间，让我无法消受。然而，像当初烟卷儿之于我，啤酒之于我，翘课之于我，莫小未之于我，毛毛之于我，沈姐之于我，宝马之于我，城市的生活之于我，我们的时代之于我，不知从哪一个时刻起，不管我受不受用，我已深陷其中了。

此时，一口烟雾呛得棍儿一阵猛咳，咳得他抽起身子，抽紧身子。车身随着他的咳剧烈抖动。

我难受地看着棍儿咳，五脏六腑像随着他的咳，撕裂，战栗。

我眼泪突然夺眶而出，伸出胳膊，主动拥抱了棍儿。

棍儿止住咳，跟我拥抱在一起。

许久，棍儿哽咽着说，我和你一样扑腾过，我不是想害你，还不是为了你小子不再像我那时一样扑腾，一样迷茫。

我也泣咽，说，棍儿，我丫的已经毁了。

棍儿没接我的话。

车顶灯突然灭了，唯一的灯光熄灭了，我和棍儿，我们和外面的一切，一同陷入更大的更难以抵御的黑暗之中。

我跟棍儿分手已是子夜时分。

棍儿目光迟疑地问，你去哪儿？

我心情凌乱地抽完一根烟，说，回我的出租屋。

凌晨一点，我拖着疲惫的身心，穿过城市的重重灯火，回到出租屋。刚推开门的一刹那，手机迫不及待地响了，是毛毛。我赶忙按下接听键，正要喊亲爱的，就听电话那端我老父亲焦躁万分的声音，小二，赶紧回，你老婆提前生了。你直接来乡卫生院。不说了，赶紧回吧。还有，走夜路要小心。

我"嗯嗯"应着，猛然，电话中我的毛毛撕裂肺腑的、一阵强似一阵的喊疼声破空而来，疼啊，方舟。爸，妈，我要方舟，我要方舟快快回来……

挂断电话，我一下瘫软在床上。四周，毛毛的喊疼声，"未来"坠地的呱呱声，划破夜空的雷霆声，襁褓般，将我紧紧包裹其中。我将怎样突围？丫的，我的眼眶里轰地涨满泪水。

（原载《北方文学》2018 年第 6 期）

　　　　　　　　　　　　　　　　　　　态度

女人如花

　　小乐死了，美女作家马小乐，如一片落叶在这个城市里飘摇着的马小乐。

　　素素打来电话的时候，我在梦里。想想，正是一个关于马小乐的梦，记得把她的手放到另一只手里来着，一只很大的手。电话就叫了，山呼海啸的。起初我没接，想再回到梦里，我很想知道小乐外那个人是谁。电话一直叫，一直叫，貌似骚扰有理。我烦透了，一伸手，把插头拔去，而后拥住自己，轻轻拍拍酸软的膀头。

　　我是个爬格子的女人，常把日子过得颠三倒四，又害失眠症，因为睡着不容易，我比尊重自己还理所当然地尊重我的觉。最怕这样被打扰，像生生地给插进把切梦的刀。睡觉要紧，对于缺觉的我来说，睡觉要紧。

　　我努力想要回到梦里去，不行，回不去了，越努力越清醒，忍不了了，我一下坐起来，挑根烟点上。想静一静，静过之后，一切都可能被梳理得熨熨帖帖，连同张狂跋扈的坏心情、坏脾气。却咳起来，咳得五脏六腑疼。

黎明前的夜阑寂极了，我有些心慌，就一边咳一边拧亮床头灯，把电话插头怎样拔掉的再怎样插上。冷不丁地，吓我一跳，电话正响着。我知道准不是一般的事了，知道我这毛病的多，知道我这电话的少；午夜打电话的多，这样执着的电话少。

"快来吧你，小北，向小北，你个该挨刀的向小北，我电话都打烫了。"是戚素素，泣不成声，语无伦次。

我害怕了，连说："对不起，对不起，素素，你说，慢慢说。"此时，一种不祥的预感耗子一样钻进我脑袋里，跑得我头当即就大了。

"你看，都是血，哪儿都是。求求你快来，我一个人怕死了。"

果然是它，那个让我心慌的事情来了，比狼来了还要让我措手不及。我胡乱安慰素素几句，放下电话。以往的夜里，放下一个电话，一切还是照着原来的样子往下铺叙。一成不变的日子像水，抽刀难断。这一个夜怕不能了。我闭闭眼，看到了血淋淋的小乐，正指着我吼：小北，你到底如愿以偿了你！我猛地一激灵，睁开眼睛。小乐，你要害死我呀！我傻了一分钟，抬头看表，凌晨三点一刻。事情一准是在三点发生的，那个时间是小乐的一块硬伤。小乐亲口说过的，脸庞差不多叫眼泪弄成个二花脸，"欧莱雅"的唇彩都哭没了，跟我和素素瞪着红肿的俩俏眼睛一再强调：不是特指哪一个凌晨的三点，所有凌晨的三点，往后统统的凌晨三点！

我将烟头按进烟缸里。烟缸里尽是烟头，如一钵放凉的情感夜宴。油然想到小乐的眼睛，想她在放手这个世界的时候是闭着，还是睁着。闭着好，说明她死得一无牵挂。可小乐会一无牵挂死而瞑目吗？一时胸闷气短，感觉脖子麻花一样被人拧着，就尽可能地张嘴，张大了好呼吸，就呼到了从窗户的罅隙间伺机侵入的冷。

我慌乱地站到地板上，套毛衣、毛裙，抻靴子，完了扯一条披肩披上就走。猛然觉着哪儿不对劲。站住想想，是脚，光脚在靴子里又黏又涩，很腻歪人。我很怕光脚穿鞋子，就转回去重新套了袜裤。脚跟鞋子隔了一层丝袜，柔滑的，有种被保护的安定感，很体面，也很正常。

一直都怀念正常的东西跟感觉。而我的生活，被小乐那种认真的荒唐搅扰得七颠八倒的生活，已有多长时间不在正轨上了呢？

外面的夜，冷，冷风蚀骨。

我抱紧自己站在路牙子上等车，一面想小乐的眼睛闭着还是睁着。若是闭着，那个能让她闭上眼睛安心走掉的人会是谁呢？这个城市里小乐没亲人，也不知道小乐还有没有亲人，我们从没见过，她总也说得无从把握。除了我跟素素，还有一个他，少数几个朋友而已。至于别的几个他，小乐说他们是她过了时的衣服。

"哈哈哈……"小乐、我跟素素三个抵头死党哪天一起论道男人的时候，小乐总就这样先狂放地笑个不住，接着她会说："我在人群里淘男人，就像在一家紧挨一家琳琅满目的服装屋里淘衣服，衣服随淘随穿随丢，男人随淘随用随换！哈哈哈……"小乐边说边打着随手丢弃毫不足惜的手势。小乐谈起男人来，就能这样放肆和骄傲。骄傲的小乐真的死不瞑目了，谁来为她抚上眼睛呢？他吗？我下意识地摸手机，才知道手机跟包都没带——我是想联系素素，问她通知他没有——待会儿打车都成问题了。

夜风袭来，凉得逼人。我忍不住打个冷战，才想起应该穿件风衣的，季节早走到了深秋。我将自己抱得更紧，一边跺着脚一边东张西望。不远的青年路上跑来一辆的士，"空车"的灯牌亮着，很打眼。我连忙向它拼命招手。那车即刻一个九十度漂亮的急转弯滑到我面前。我一伸手，迫切拉开后车门，坐进去，一抬头，见小司机正盯着我看，率真的眼神刀子一般。我闭了闭眼睛，恍惚间感觉刀子正一件件将我御寒的衣服挑落地上。

"东京路帝皇小区。"我打着牙颤说。

小司机点点下巴，咕噜一句："我知道的，那是个富人区，我常去那儿。"

多没城府的话呀，听听，他常去那儿，多么朴素、直白而又深刻的暗示。因为他常去那儿，所以他一定常不在那儿，他一定不是那里某一栋豪华住宅的业主。显见地，他常去的意思便只能是常去那儿接送固定的或是不固定的客户，说不定其中就有小乐或是小乐的某一个他。白天常去那儿，怎么说这都是一份毋庸置疑的体面生意。若是都跟今个晚上似的夜深人静地常去那儿，这话就言简意丰而且意味深长了。没准他认识小乐，拉过小乐，拉着小乐去见一个又一个小乐视为衣服的"他"，或是拉着小乐视为衣服的一个又一个的"他"去见小乐。我不知道该不该为小乐而对他感激涕零，笑脸如花。

这小司机又在后视镜里偷眼觑我。我不生气，我愿沉默。我喜欢不花钱的阅读，各种各样的眼神是一部最有意思、最真、最难得的无字书。一个眼神可以让一个人物活起来，我笔下的人物需要活灵活现的眼神，比如这小司机用强装的世故，包罗纷纷扬扬的寓意跟感情认知的眼神，我快被剥离得体无完肤了，依然一伸脖子接过来，像伸手收起一条沐浴了灿烂阳光的床单。

无边的夜，深得如此寂静。在泛困的路灯光里，在飞速的车轮下，彰显些抑郁本色的街道，努力铺展、延伸，力图在滚滚的物流与夜色中，拓展生命的空间。刹那间，我心底里对于城市的夜路潜生出温暖的情愫。小乐说过，她喜欢在路上的感觉，不喜欢缩进一个豪奢的角落里巴巴地目睹自己凋零。孤芳自赏，最让人痛。我没法向小乐求证了，问一问她，那种在路上的感觉是不是就是活着的感觉。

车子很快到了帝皇小区。正想着如何说服小司机在楼下耐心等着，我会一分不少从一号楼 1011 房的窗户里，就是那个唯一亮灯的窗户，把钱抛给他。恰好前方一辆小车的车前灯闪了我的眼，等看清驾车的那人，我的心怦地一宕：是他，没错。世上各种各样的事情有时候就能这样莫名其妙地巧着。有付钱的了，我很庆幸。

车子在他的车旁停下来，他下车的时候我也下车。他看到是我，眼神一惊，又看了看我，忙过来付钱。

不用找了。这是对小司机说的。走吧。这是对我说的了。我习惯他如此说话的口气，喜欢以这种口气说话的他。征询的唇型略略下压，原本祈使的爆破口吻轻轻软化为舌间的命令，沉稳，自若，温热，曾经那样轻而易举就统治了我柔韧的意志。当仁不让的命令是男人给予女人的无上呵护，是男人敢作敢为敢于将他心仪的女人以及那女人的一切风雨一肩挑的气度。那会让女人多有安定感啊。采采芣苢，薄言采之；薄言捋之，薄言襭之。多好啊，女人左摘右采左捋右抱在男人那里撷取一点点就能醉倒的疼爱，蜜甜地叹息着缩进男人山一般的怀抱里千娇百媚，小鸟依人，直至一任丢了自我而幸幸福福做男人贴心贴肉的女奴。男人是塑刀，女人是软泥，再铁的女人一样甘愿被雕塑成幸福的女奴模样。我曾经就是这个男人坚定、自信的塑刀下一个幸福的女奴啊。他无语，大手放在我膀头上拥住我往电梯间走。我很真切地感觉到，他手下我身体的那个部位一阵战栗，接着，周身各道神经的宽带上，像排列有序的多米诺骨牌依次而迅速地扑身，前仆后继地呼告并传递着一条久违的信息：又见他了，最后指归心脏，咚的一声撞击，一下，我的心就整个软掉了，润湿了，还有一点点的痛。

在等电梯的时候，他将手移至我后脑勺处，用了用力，依然没说什么。他跟我一样奔一件事一个人去的，我们心照不宣。但有一点是我知道他不知道，也许是他知道而不知道该不该做的事情：我渴望他的拥抱，很渴望。

他拥我走进电梯，一个适合发生点什么，无论什么都方便发生的空间。可没有，他的深情没有再深入下去。我难受，心下作着三五种想要吸引他的样子，像个想要诱惑男人的傻女子那般。眼神却不知放哪儿好，又窘着胡搁乱放，马上要与他相对的时候，又忽然逃离。像一个镜头的多次轮回，直至走出电梯。

我们刚刚按响小乐家的门铃，门即刻开了，素素扑到我身上狠命搂我，我也用力拥紧她。素素哭，我的泪也像落雨。我触到了素素的脸跟手，冰凉凉的。我看她的脸，没有一星点儿的血色。我知道了，小乐的死一定很惨。小乐说过，死比活着难，有一口气都能活着，可要断掉一口气，比什么都难。我把素素的手握在我的手里暖着，彼此搂着往小乐的卧室走。

"等做了处理再看。"他挡在门口，脸色阴沉，不容置辩。

我只管往里挤，我得看小乐一眼，再不忍目睹，她还首先是我的朋友小乐。我跟小乐，还有素素，我们好比这个城市中少了分量却一同飘摇的落叶，虽然没有生死同盟，毕竟彼此依偎过，温暖过。他迅速把我和素素跟小乐之间的那道门掩上，死死地拉住我们往客厅去。我仍然看到了小乐，努力透过他的肩头和门缝，看到洁白的床单上小乐的轮廓，很安静，雪一样纯白的样子。

　　给人威压的夜快要过去了，快要过去了。光明已大团大团地簇立于窗外，时刻准备着拥抱将要醒来的一切。我们三个跟小乐贴得最近的人在客厅里默无声息地坐着，为小乐守灵，情境梦般逼真。

　　梦跟现实有时候是没有太远的距离和太真的界限的，有时候竟只是一个转身。

　　小乐是前几年一本女性杂志评出的"美女作家"。

　　于是小乐很膨胀，扬言要做中国的米切尔，写而且只写一部小说，要它跟《飘》一样横空出世，惊世骇俗。就为这个，小乐把她做小公务员的丈夫一丢，踌躇满志地飞到我们现在栖身的这个城市中来了。我终究没弄清楚小乐是怎样在这座城市安下身的。唇是软的，话是转的，小乐说的话跟说过的她的那些故事，仿佛有多种版本，说哪一个都像最真。你也不要把惊怪写在脸上，她姑妄说之，你姑妄听之。她自然清楚哪个最真。你不清楚哪个最真也要听相自然。反正都是由她的唇吐出的关乎她的事体，说者没罪，你听着也没毒。

我是在一个春天，一个春寒料峭的日子，于一家叫"女人花"的歌吧里认识她的。那时的她依然是个美女，但已经很难看到作家的样子了。同时认识的还有戚素素，我们碰巧都坐7号台。

其实我对小乐的第一印象并不舒服。她穿过膝的黑筒靴，着黑色灯芯绒裤，超短的黑皮裙，黑白条吊带坎肩儿，拥一条长过膝的白色羊毛披肩，黑亮的直发梳成"一帘幽梦"型，左耳垂上吊着个杯底大的黑耳环，脸上涂着浓重的黑白妆。样子有些邪恶，对，像个女巫。她跷着腿坐在那里，一手托腮，我也就看到了她够个性的指甲，黑白色，一个黑的间个白的。不说她该属于哪里，最起码不是这里。这是个忧伤的所在，一个疯狂追赶时尚的女子是不会放任自己溺进忧伤而不自拔的人。但这不否定我对小乐的兴趣，我还不能喜欢上她这个人，但已经喜欢上这个形象的她。我喜欢一切有个性的形象跟物事，就像我喜欢搜集五行八作的人们五花八门的眼神一个样。

"陈姐。"小乐叫总台的老板娘，冲她勾勾手。老板娘会意，马上让服务生送了盒"555"过来。小乐拿捏出优雅的样子，接过烟，在貌似谦卑的小服务生脸上猛掐一把，红唇"O"的一下，再抛去一个暧昧的眼波。小服务生红着脸受宠若惊地去了。再看小乐，缓缓舒动十指，而后款款举起"555"，娴熟地剥扯外包，那动作，俨然在镜头里，为全天下的观众表演一场给情人宽衣解带的"秀"。

"两位姐姐，要不要来？"出乎意外，小乐最先将打开的"555"杵到我跟素素面前，嘴巴甜甜地劝让，样子似跟我们很熟络，很贴己，原本约好在这儿聚聚的。素素说不会，毫不掩饰她的反感。我说感冒了不想。老实说，我也不怎么喜欢小乐这种过于张扬的表达。"我就喜欢这个，贼冲。"小乐倒是一点也不介意我跟素素慢待她。那时，我一边拿余光审视小乐，一边盯着荧屏上妖娆多姿期期艾艾浅唱《女人花》的梅歌后，心生怀念。

这个城市不少的人很有创意，惊人耳目的这"吧"那"吧"，有如雨后长势勃勃的春笋，层层地，在林立的高楼间抑或热闹的居民区，挤出一张很抓人眼球的门脸儿。被小乐热络地称作"陈姐"的老板娘，毫无疑问，很懂女人。她一定是看到了，这个一切皆在急剧膨胀的大都市里，很有一些被红尘甩落尘埃的女人花，她们有太多太多的忧伤，难以启齿，或不愿启齿，但她们需要一个空间，或者说一个角落，痛痛快快，将埋葬不掉的忧伤一股脑儿地释放掉。所以，她就率先开了这家"女人花吧"，将梅艳芳不同版本的《女人花》，还有歌后从影的写真以及生活的点点滴滴，刻成四盘叫《断魂坊》的光碟，不间断地轮回放映。当然，你喜欢了尽可以在位子上对着麦克跟着音带 K 歌，完完整整唱下来，加收一块钱，半途泣不能歌，老板娘很包涵，算是奉送，不收钱。

"'女人花'是个风洞，被吸进来的都是女人花。"小乐说着，优雅地往烟碟里弹着烟灰。我想想，也就是小乐这句话，让我对她的认识一下子有了逆转：这是一朵很另类的女人花，她一定有着不同寻常的故事和感情体验。"堪折直须折，女人似花花似梦。"4号台那个枯瘦的女人正在声嘶力竭撑着字幕喊唱着这句经典。我要写写小乐的冲动在那样一个时候强烈无比。身为女人，我关注女性，关注任何女性的任何一种生存姿势，我努力让她们在我的笔端好好活着，求得自己心安，求得读到她们的有缘人思索、关注她们。我开始很有兴趣地跟小乐搭话。我看到小乐眼睛慢慢潮湿了，她潮湿的眼睛突然一亮，像浓重的云彩背后突然跳出的月亮，喜悦的神色，还有她整个的肢体，解冻的春水般，鲜活起来。忽然，她站起来，拉上我跟素素就要走。

"走，姐姐们，咱找个人迹罕至的地方晒晒灵魂！"怕我们不去，又紧跟一句，"妹妹请客，怎么样？"

我巴不得听她的故事，而素素不愿意。小乐讪着眼神恳求素素，说："一同去吧，姐姐，中国多大啊，人口多多啊，能聚一起就是缘，有缘就要相识，擦肩而过了后悔，多不好。再说咱都是女人，一样来到这里，没相同的经历，一定有相似的心声，是不是？"小乐倒很会说贴己的话。素素到底盛情难却了。

所谓人迹罕至的地方，就是小乐家，我们就去了她家。

　　"放心吧，不会有野男人打扰我们。咱们挤一张床，要不就猫狗一样摊在地板上，肆无忌惮地聊个通宵。哇，多浪漫主义啊!"小乐已有了无比畅想的样子，眉飞色舞的。

　　"你老公呢?"素素赔着小心问。

　　"哈哈，我呀，没有老公，只有过客。"小乐大笑着自我调笑。

　　小乐的家就是现在的这个家。那时我不惊讶她何以有这样的房子，现在单身女子拥有别墅的多了去了，不足为奇。我只是惊讶于她房间设计的主打色系，和她的衣着、配饰一样，极力张扬的是黑与白不可调和的对立统一。

　　记得有位艺术家说过，黑代表死亡，白代表光明，一颗瘦心同时钟情于黑跟白的人，群分两类，一类是走艺术极端的疯子，另一类是走生活极端的高危人，前者往往为人类奉献出艺术的极品，后者往往为我们送上惊心动魄的事故。想想倒也是，一个人玩跷跷板，上来下去，无论在哪一端，都会失去做一个人的平衡。我不知道是不是从那样的一个时刻起，我隐隐地为小乐担上一份心了。

　　半个篮球场大的客厅西墙上，小乐的大幅黑白照拥在玛丽莲·梦露跟奥黛丽·赫本的黑白照间，篮球场上，大笑着挥拍击球的小乐，自自然然拿捏着大牌明星的风范。楼梯口摆有两盆剑兰。东面墙两个房门之间钉一精巧的壁挂，一位和羞走的女孩着红色的肚兜兜，仅此一处，深深浅浅的暖色仿佛努力插足黑白主流的样子。我倒觉得，零星的暖色不能说是小乐意志的不坚持，只能说她跟这个时代有着不可调和而又必须对峙的软肋。人都是有软肋的。

此时，一只毛茸茸的纯白狮子狗在我跟素素不经意的时候来在我俩跟前，吓人一跳。小家伙先是看看我们，再看看小乐，小尾巴摇着，小嘴巴喃喃着。"吓，挺可爱呀！哎，小乐，你叫它什么？"素素问。

"叫钱，然后叫小小乐。"小乐边说边为我们端上消夜，"我这窝里的一切首先都叫钱，然后才各有名字。"

"你也明码标价吗？"素素调笑小乐。

"有啊。"小乐自我调侃，"我爱的我将自己化作绕指柔，不爱的我要努力榨干他每一个毛孔里的油水，再一脚将他踢开。"

"潇洒啊。"

"是啊，有房子有姿色有才情的女人不想潇洒都不行噢。"小乐说着抱起她的小小乐，跟个孩子那样亲了又亲，然后指着我跟素素说，"儿子啊，看着，这是你向小北阿姨，这是你戚素素阿姨。她们以后来了，你要知道欢迎啊，听到没？好，来，咱现在就表个态——欢迎，欢迎，热烈欢迎！"小乐握住她的狗儿子的两只前爪，拍爪欢迎。难怪人说，城里人都时尚得不知如何好了，称宠物为儿子，称

女人如花

儿子为小兔崽子来了。小乐倒很赶趟儿。

素素不乐意了，说："小乐，你当狗妈妈就罢了，我们可不当狗阿姨。你想不伦，我们可不想不类。"

小乐马上接："听听，一开口就知道你一准没养过狗狗。它们可比人忠诚多了，尤其比男人忠诚。男人爱久了，一个转身，就会走掉。狗狗不会，它们最懂得忠贞不贰。给你们说啊，我不仅要做他的妈妈，我还要教他叫妈妈哪。是不是，我的相依为命的小小乐？"小乐不顾我们的感受，自顾怜惜无比地对她的狗儿子说，"乖，去睡吧，妈妈要跟阿姨们说话呢，啊？"

素素嘴角再次掠过一丝嘲弄，那意思再明显不过，小乐太矫情。素素有个真儿子，用不着在宠物身上儿子长儿子短地寻寄托。

人不怕落单，就怕没寄托。

小乐把我跟素素安置下来，就又去为我们泡茶，一边殷勤有加地问："喝花茶吗？碧螺春吗，还是龙井？减肥的，排毒的，养颜的，都有，我这儿什么茶都有。还有咖啡，像浓缩的纯黑咖啡摩卡，加牛奶才好喝的布鲁诺，加牛奶和巧克力更出风味的卡布奇诺，等等。要不我去煮来？给你们说，让我的咖啡灌得俯首帖耳的男人不老少哪。"

我和素素异口同声，说："别麻烦，要茶吧，晚上清淡些好。"

"悉听尊便。"小乐像个好客的主妇，跟好久没招待过客人了似的，这次客人来了，她热情勃发，想跟你贴心贴肉地亲。小乐一边为我和素素洗茶，一边还乐滋滋地说着她的茶经："一个人喝什么都像白开，我也就只喝白开了。今晚会不一样的。鲁迅说，有好茶喝，会喝好茶，是一种清福，可他后面说要享这清福先得有工夫。我以为要享这清福首先不是工夫，得有朋友，朋友一起慢慢品茗，噢。"小乐一副乐颠颠的陶样子，"喝茶可不要太陶醉哦。"

我们看着小乐忘我的表演，小乐的两腮激动得微微红着。小乐终于坐下来了。我们品她的茶。她坐下来的第一句话就是："我是前几年××杂志评出的美女作家。"话刚落地，像突然想起什么，起身去了。我跟素素对视一眼。那边小乐已经回来了，手里举着两本书："这是我那时出的书。"说着，从一本书里翻出一个红皮证书给我们看。

我跟素素各翻着一本。我翻着的一本叫《夜色》，素素翻着的那本叫《红床》。书名似曾相识，就是想不起来。我们慢慢地翻着，不时给个评价。

我说："马小乐，你真敢写。"

素素接："很大胆，很张扬。"听素素的口气不对，我就看她的眼睛。果然，她的眼神里有不愿掩饰的鄙夷不屑。

小乐缓缓呷口茶，眉毛一扬，接道："你们不觉得，文坛应该给情色留一片空间吗？我坚信，男人一旦爱上一个女人，如果他真的有他心心念念的女人，他一定会因为没有性福而不堪痛苦。我同样坚信，一个女人一旦爱上他，一定是因为他的智慧而不在乎他是不是一个男人。一个模糊了性的男人，何谈肉体缺席？"

素素又不乐意了，轻哼一声。但她什么也没说，只听她猛地吞咽茶水的声音，很响，似乎很难下咽。

小乐继续说："做女作家难，做个名女作家更难。男作家似精囊里的精子，他们有的是力量在千军万马中脱颖而出，奋勇成人。女作家就似卵管里的卵子，羞羞答答，只有等待被机会撞上。现在这事儿，是个会说话的就能写作，出本书就能当作家的时代。没听人调侃吗，长江后浪推前浪，前浪死在沙滩上。一拨一拨的作家好似一波一波的浪潮，作家太好当了，作家又太容易被遗忘了。尤其我们这些弱势的女作家，再不懂得挖掘自身优势，创造强势，在挤挤挨挨的膀子中，何以脱颖而出？"

小乐如此感叹。

小乐姑妄叹之。我们姑且读她的书。

我一目十行浏览着小乐的文字，在翻到第 152 页的时候，一个醒目的标题让我的记忆一下被打开了。

——那一夜，我终于抓住了做爱的味道……

前几年网络上跟这两本书跟这样一篇文章有关的很多帖子，我记忆犹新。多半是斥责、谩骂，说这种文字是所谓的作家排出的文学垃圾，它只是生活，不是艺术。而文学是生活的提炼跟提升，是艺术，不是生活。

素素碰碰我，跟我换书。小乐的文字确实很流畅，就像她正在表白的她的一个文学大梦。她很动情地说："我要做中国的米切尔，她写《飘》，我写《殇》。"

素素不再沉默，口辞激烈地问："什么殇？"

小乐说："情殇。"

"还是写你自己？"

"是啊，这么多年我从男人河里蹚过来，很有话说。"

"身体写作族。"

"不行吗？"

"行，但你做不了中国的米切尔。你用身体写作，她用心血写作。身体写作只会是一现的昙花，很短命，心血的写作才可能永恒。况且你是写你自己的故事，而她是写一个国家一段历史一次重大战争中一个女人的故事。"

终于知道了，素素是搞文艺评论的。钱锺书说过，评论家肩负着指导读者教训作者的使命，难怪她要跟小乐针尖对麦芒。争着争着，她们吵了起来，样子都凶巴巴的。我听任她们争，文人间的争辩是艺术的短兵相接，也会脸红脖子粗，绝不会夹枪夹棒地作骂跟殴斗。

突然，小乐指着素素笑了，说："我们这是干吗呀？"就此，一场舌战化干戈为玉帛。我在一边装着幸灾乐祸，我说："文人吵架真好看，好听。文坛上就应该这样多吵吵，吵多了，文学反而越干净。"

"文人相轻呀，多半不屑吵。"素素叹。

"感同身受。"小乐说着已迈过桌角，将我跟素素三人拥在一起，"我就说嘛，没有相同的经历，一定有相似的心声，知音啊！"

记得接下来小乐提议喝酒，一拍即合。我们三个女人姐妹一样乐乐呵呵地下厨整菜，每人来两个拿手的，六个菜，一瓶五粮液。小乐拿出三盒"万宝路"，自己一盒，撂给我和素素每人一盒。素素说不会。我跟小乐就唆使她点上。素素左手抽出一根烟棒，拿食指跟中指逮住送到红唇间。她是个左撇子，那架势看着挺别扭。

"看你这姿势，够派的。"小乐还紧着蛊惑素素，一边帮素素上火。

"先小吸一口，品品？"我帮伙小乐。

素素还是吸猛了，咳，狠咳，眼泪咳出了眼眶。她不干了，想把烟掐掉。小乐马上架住她拿烟的手，紧迫地说："别别，这会儿放弃你会后悔的。对男人烟是女人，对女人烟是男人，咱连男人都没了，这点脆弱的念想再不为自己留着，岂不是自己跟自己过不去？来来，好素素，吸吧，吸吧。"素素就又将烟棒送到唇间，这回有些视死如归的样子了。

我大笑，说："小乐，我们这是干啥呢，这是唆使素素吸烟，要是唆使素素吸毒、打砸抢、坑蒙骗的……"

小乐笑疯了，忙接："还有教唆她卖淫。"

我看看认真学习抽烟的素素，白小乐一眼道："那咱俩就是不折不扣罪该万死的教唆犯了。"

态度

这就是寂寞的女人吧，孤独到深处，就能找上烟和酒。感觉烟和酒，犹如感觉从她们生命中走开的男人。那以后，小乐、我跟素素，我们似流落一起的三只豪猪，小乐搞通俗，我是严肃，素素是评论，各有自卫、攻击的长刺，离远了冷，离近了疼，我们试着找出一个和谐的距离，彼此依偎、取暖。

　　素素的手机响了，是她妈妈的电话，说她的小叮当病了，让她赶紧回去。

　　我起身推推他，让他去送素素。素素按下我说不，说我一个人守着小乐会害怕，外面有灯还有车，不用担心她。

　　"等天一亮让公安局来做个鉴定，没意外就送小乐去殡仪馆了。你好好在家照顾孩子，方便了直接去那里。"他对素素说。

　　"好。"素素应了一声，拉开门出去了。门被轻轻带上的那一刻，我心的最深处，瞬间触摸到对素素从没有过的依恋。

　　死亡能够教我们学会依恋跟珍惜。

　　这里只剩下我跟他。我看他，他也在看我，我们忧伤的眼睛都湿漉漉的。直到这一刻，他才伸出胳膊将我环进他怀抱里。我不再矜持，在他的胸膛里大哭，说的却是："小乐咋能这样呢，怎么说走就走了呢。"

　　他无语，下巴在我的头顶轻轻摩挲。我哭完了，从他的怀里挣出来，接过他递来的纸巾擦泪，边说："这样不好，小乐会看到的。"

他不再说什么，眼神越过我，望着不知哪里的远方。

我说："让我去看看小乐好吗？"

他说："不行。"

我说："你陪着？"

他说："不行。"

见他如此坚持，我转而问："她死得瞑目吗？"

他轻轻拍拍我的肩头，声音低沉地说："你记忆里留着她美丽的样子，会好些，就安些心吧。"

我不再执拗，让记忆里永远是小乐美丽的样子，也好。

"你们女人真傻，当了作家更傻。"他言近，意远。我懂他的意思，不只指小乐的死，还有那个只属于他、我和小乐三个人的故事。

他叫周达森，是本市一家大型文学刊物的小说责编。刚到这个城市的时候，我常去他们那儿送文稿，却一次也没遇到过他。他很喜欢我的中篇，见稿就发。一次我去送一个稿子，在他们社门口，他拦住我，语调欣喜地说："你是向小北！"我很讶异，说我不认识他。他爽快地笑了，说："我一直在想，我会认出你，一眼就能认出你，果然没错。"

我笑了。他马上说："看看，看看，连笑也是我想象中的样子，沉静中带点羞涩，还带点抓不住又挥不去的伤

　　　　　　　　　　　态度

感。"此后，他就邀我一起吃饭。我想我没理由摆谱，人家是编辑，我是作者，有多少文学爱好者上赶子求着跟编辑热络还不得呢，我感激涕零吧，盛情不却吧。其实也还有另外的一点原因啊，落寞的女人好引诱，一点点的欣赏跟一点点的关爱，就能让她乖乖地跟着走。像鱼儿，有些时候根本不是为的饥饿，仅仅是看到了一坨鱼饵。

我随周达森去了"塞纳左岸"，在二楼一张临窗的桌子前坐下来。等餐的时候，他试着问我："一个女人怎么会有那么深的孤独呢？"我就流泪了，为他看到了我身心最深处的疤。那时我就渴望他一个拥抱，在他的怀抱里哭个一塌糊涂，昏天黑地，然后擦干泪，重新走在自己的路上。他像懂我的渴望，坐过来拥住我，用下巴轻轻地在我的头顶摩挲。我没有拒绝，我偎进他的怀抱，像爱他多年也被他爱了多年的女人。

"女人都傻，傻得离不开男人的保护。"他低低地感叹。

周达森是个很注意细节的男人，或者说是个生活精致的男人。着纯白的利郎商务 T 恤，体态略胖，依然伟岸，寸发梳理得一丝不苟，一张英气的脸，神情里略略带些沧桑和苦涩。尤其他的眼神，很温人，是那种一看你，你就会觉着自己娇小的大男人的眼神。我跌进他眼神里了，不愿再找回自己。他握住我的手，看定我说："让我照顾你好吗？"

我就望到了他眼睛里的认真，听到了他短促而坚定的呼吸，同时听到了自己热烈回应的心跳。

　　年初，他的女人遭遇车祸走了，他刚刚想再找个女人，我们就住到了一起。我觉得我又找到了居家女人的安定感，不再漂泊的安全感。我喜爱一首歌，它这样唱：只有住进你的心里，有心才有爱；只有住进你的爱里，有爱才有家。我住进了他的心里，是这样。我心里也接纳了他。每天，他上班前都要吻我，然后殷殷地嘱咐："好好吃饭！好好写作！好好等我回来！"我眯眯地笑着送他，用力笑得开心、幸福。我很幸福，很知足，却难免会有些酸酸的东西氤氲在心头、眉间。我不能不想起我的前夫，他那时对我，也是这样每天不厌其烦地嘱咐、吻别。

　　过去的总要过去，就像我们无力挽留童年和昨天那样。我知道，我，还有周达森，虽然各自心上还记挂着先前的爱人，但彼此心里一样试着为对方空出更大的空间，努力相爱。

　　同病相怜的我们，更懂得相亲相爱，贴心贴肉。

　　那段时间，是我创作的一个高峰期，一个月可以出产四个短篇，还有一些零零星星的随感。素素也为我高兴，为我写了不少添分量的评论，有关我的文字频频地出现在报端、电台，后来有一家影视工作室约我将我的中篇《女人突围》改编成电影。

　　那天周达森为我开了个两人的烛光 Party（派对）。他为我斟满一杯红酒，温暖地笑着，认真地说："你文学的辉煌时期来到了，祝贺你！"

"祝贺我找到了你，才找到了这一切！"我红了眼睛说。

我们的酒杯愉快地撞在一起，红色的酒浆刹那间缤纷盛开。

小乐是个最不甘落寞的人，她那样害怕被社会忘却，被读者冷落，她要自己爆炒自己了。她在她的博客"我的相册"那块田地里，满满贴上去的，多是她自拍的她性感的人体写真。张扬，放肆。一无所谓。

那天素素拉上我就找小乐去了。一见小乐，素素劈头就问："小乐，你还有没有一点点的廉耻心啊？这哪像个作家所为，分明在作秀，在搞肉体展览，给你说，俗——透——了！"

没想小乐哈哈大笑，指着素素笑，笑过了，她口气平和地说："素素，难怪你只能搞评论。你知道我小乐眼里的评论家是什么吗？风干的萝卜条！你知道风干的萝卜条缺什么吗？艺术元素！评论家是叮在作家肉体上的寄生虫，他们一边贪婪吮吸作家的热血，一边还要大骂作家太瘦、太贫，什么玩意儿！"

素素的脸通红，说不出话来，她气冲冲跟我一伸手。我知道她要烟，就从小乐的茶几上拿了给她。两人闷着头生气，只有我来和事了。我就笑，边笑边说："看到了吧，素素，你刚刚臭骂小乐一顿，骂得她狗血喷头，百口难辩，你这里就又吸上她的烟了。这就是评论家跟作家的血肉关系啊。"

素素忍俊不禁。

小乐持不住劲，也笑了。

"小乐，"我趁机认真起来说，"你有你的语言个性，视角个性，审美个性。"

"别正经，向小北，一正经就假，懂吗？"小乐拿话堵我。我不接她的茬儿，一本地假正经下去："商人靠资本经商，作家就靠文学个性写作。但文学的指归最终不是个体，而是社会。小乐，你有这个实力，从你的金丝笼走出去，你的《殇》不在这豪宅里，在社会中。"

素素弹弹烟灰，也正经八百地说："文学没有旁门左道，或者说旁门左道只会养出文学的畸形儿。就像八〇后的一些写手，他们最终要为他们狭窄的文学理念埋单。是的，他要先找回他自己，找回社会中的他，然后才能找回他的文学。"

"好好好，我试试。"小乐跟我们挥舞着手说，像要挥开桎梏着她的精神幽灵。

不知小乐是不是听从了我们。后来看看倒不是听从我们，而是听从她自己。那天，小乐从她的象牙塔走了出来，在市文化广场上演了一出令人咂舌的"行为艺术"的闹剧。

那天一大早，广场中心的平台上扯出一条横幅：美女作家马小乐的彩绘秀。如此宣传，太吊人胃口了。好多好多的人犹如渔民赶潮，人流、车流水一样往那儿涌淌。

上午九点，红地毯上，小乐踏着古筝奏出的《彩云追月》的欢乐旋律，款款出场，她迈着模特高贵、优雅的猫步，眼神火辣、挑衅。她像个出访的傲慢公主，等待台下万民的欢呼、称颂。她赤裸、丰腴的胴体上彩绘一支姿态高扬的荷花箭，私密部位绘有翠绿欲滴的大小片的新荷，有些像我们祖先用树叶围在腰间的遮羞裙。等她风情万种的一个转身，你会看到她健美的背部绘有一朵盛放的粉色千瓣莲。

小乐在众目睽睽下，落落大方地造型，蛇一般律动。

小乐在如刀、如剑、如霜、如火的眼神里，饱含深情地诵读她的《夜色》《红床》。

台下吆喝起来，夹杂着尖厉的呼哨。

台下的骚乱，小乐置若罔闻，她完全像置身在一个真空的域度里。她读，深情、抑扬，她音乐的声音，诱惑而又磁性：

——那一夜，我触着疼痛了，山崩般，海啸般，幸福的蹂躏、颠覆、引爆、喷涌……终于，我抓住做爱的味道，像抓住鸟儿翅膀的震颤，蠢蠢的震颤，在我烈焰般燃烧的肢体上，愉快地穿云裂帛……

不想这时，一个衣衫褴褛的傻子跑到台上，头上糟糕一团，脸上一团糟糕。他跑上台，一把搂住正沉醉在爱的味道中的小乐，嘿嘿傻笑着，对小乐又亲又咬。这突如其来的插曲将小乐吓呆了，她不知道该如何是好，她啊啊地尖叫，像在阒寂无人的夜路上突然遭遇劫徒的柔弱女子，恐惧、无助、撕心裂肺、歇斯底里。

我跟素素是直接去市红十字医院看望小乐的。我们后来听说，紧急时刻是闻讯赶去的民警帮小乐解了围。清醒过来的小乐，说她像做了一场梦，但不是噩梦。她说她的"行为艺术"没有失败，这下，很多人，会有很多人记住，美女作家马小乐！我跟素素无话可说。那几天，我们搬去小乐那儿住，好照顾她。

小乐始终在努力写她的《殇》，很努力。她为自己制订一个严格的创作计划，每天的创作时间不低于十四个小时。她兴致勃勃地说："巧用时间的古人，把一个月过成四十天、四十五天。我要把一个月过成五十天，我也要创一项吉尼斯纪录给你们看看。"

事不遂愿，小乐的努力创作，总是只言片语的断章，难以连缀成篇。小乐显出以往少有的焦虑来。素素就对小乐说："小乐，你的心不够柔软了，你该再谈一次恋爱。愤怒出诗人，恋爱出作品。"

就这样，小乐锁定了周达森。

那天小乐死死地盯我，盯得我心下毛毛的。她突然说："小北，如果你跟周达森正一块走着，我冷不丁上去拥住他，甚至敢当着你的面跟他做爱，你会怎么看我？"

"我怎么看你呢？"我哭笑不得，我说，"我只能这样看你，要么你是在梦里，要么是你疯了。"

她难受地看着我，说："小北，我想疯。"

我揶揄她，我说我不让。小乐却不笑，依旧难受地盯着我说："小北，我想彻彻底底拥有周达森，答应我好吗？"

那一刻，我史无前例地觉到了恐怖。我说这太荒唐，匪夷所思。为此，我一个月没理小乐。可小乐是那种不达目的不言弃的人，她的电话经常追过来要人，甚至拿寻死上吊胁迫我。有一次她在电话里告知我她吃了二十片"安定"。我跟素素忙赶到她那里，真的是这样。在医院里折腾一天，她才醒过来。醒过来的第一句话就是："小北，把他让我一段时间好吗？我的书写出来了我立马还你！"她诚恳的样子认真极了，像周达森只是一样物品，而不是一个有血有性的男人。事实是，如果周达森只是一样物品，再贵重，我想我也会一拱手送给小乐。可周达森不是，他是我愿意用生命和灵魂交换的爱人。这年头，什么都可以花钱买到，唯有真爱买不到。我珍惜。

我有时候搞不明白小乐，她是糊涂，还是装傻。

时隔一周，天快正午，我煲好汤，将碗筷摆上餐桌，拧开音响，等周达森回来吃饭。周达森说过我变了，越来越像个爱操持的小媳妇，操持他吃，操持他穿。说这话时他正拥着我看电视。我往他腔膛深处缩了缩，我说我愿意这样，为了你，我愿意放慢写作，兢兢业业做你的煮饭婆！他突然一指四周，说看到没有？看到没有？我瞪大眼睛，问看到什么啊？他说，幸福在荡漾！

就那次，还没等周达森到家，小乐的电话来了。她气息奄奄地说："小北，我要周达森，让给我好不好？"我愤懑，可小乐无力的声气又让我担心。我急忙追问："小乐，你怎么了？没什么事吧？"小乐哭了，告诉我她割腕了……

我无奈。

我开始试着劝自己，为了小乐，为了小乐伟大的《殇》，这段感情就……就忍痛从自己的命脉上卸载了吧。

一番挣扎后，我选择放手。我开始找借口疏远周达森，让小乐好接近他。

有一段时间，周达森长久地在我的出租屋外徘徊。我拉严窗帘，灭掉灯，不给他任何的假想。他沉重的脚步一下一下像踏在我绞痛的脏腑上。他在屋外徘徊，我的痛在我沉默的黑夜里摇曳。他烟头的火光在窗外忽明忽暗，我的心在我摇曳的伤痛里片片撕裂。清空一段感情，远没有拿鼠标轻轻一点，即刻清空一个垃圾邮件那么容易。

太难了……

那段时间，我经常会在梦里听周达森轻声诵诗，那是顾城的《回归》：

> 不要睡去，不要/亲爱的，路还很长/不要靠近森林的诱惑/不要失掉希望
> 请用凉凉的雪水/把地址写在手上/或是靠着我的肩膀/度过朦胧的晨光
> 撩开透明的暴风雨/我们就会到达家乡/一片圆形的绿地/铺在古塔近旁
> 我将在那儿/守护你疲倦的梦想/赶开一群群的黑夜/只留下铜鼓和太阳
> 在古塔的另一边/有许多细小的海浪/悄悄爬上沙岸/收集着颤动的音响

为什么？为什么啊？我多少次想不要矜持了，想不要朋友了，想挨骂就挨骂吧，我不要这样的折磨。我们可以远走高飞啊，可以割断这里的不快啊。

可我到底，怕看小乐心灰意绝的样子。

有一天，他们走到了一起……

这下小乐该好了吧，我不求她感激涕零，我祈求周达森能明白我。

小乐倒经常对我感激涕零的，要么在她的别墅里跟周达森一起邀请我跟素素，要么要周达森驱车十几里地带上我跟素素几人去看海。她总喜欢在我们面前做样子，幸福

的小女人的样子：她坐在周达森的腿上，环住周达森的脖子，嗲声嗲气地说话，像全世界女人的幸福都让她一人享受了似的。

做出这样的事来，要么是她小乐没心没肺，要么是她以为我没心没肺。可我明明白白知道，自己的肺腑疼哦。那样的时候，我不敢看周达森的眼睛，这事毕竟我跟小乐是同谋，他稀里糊涂当了鼓中人。他们……那样的时候，我觉着我的五脏六腑都错位了，肝肠已寸寸断了，一颗瘦心像被个顽皮的孩子拽住荡秋千，一下一下揪心地疼。可我还得装着一无所谓地笑。我不想看周达森勉为其难的样子。我对小乐仁义吗？我实在不敢恭维自己。我对周达森不义吗？我实在不能否定自己。

我有时候扪心自问，这算什么事？是不是只有作家才做得出这样不三不四、不伦不类、不荤不素的混账事？好在我还不想伤心地死掉，就试着思念我的前夫，着意地想，着意地想。然而，一切的一切，来得亲切而又痛断肺腑。

我跟我丈夫（姑且让我还这样称他吧）的爱情是在我们上大学的那个城市那个火车站的站台上，似乎没有铺垫没有预兆突然而又自然而然地开始了。

我的丈夫叫肖萧臻，我们同在中文系，只是不同班，他是我们那所大学里"八大鬼才"之首的"校园诗鬼"。他写的诗的确很鬼，我很喜欢。也有不鬼却很动人的，比如那首《等一等》：

态度

我将指头竖在想象的你的唇间/不要轻易说不爱，也不要轻易说爱/你离我还远/我却总被你的睫毛扎疼/无论醒着，还是梦着/你离我近了/我却又被你的纯真刺痛/无论设想，还是幻想/等等，等一等/不要轻易说爱，也不要轻易说不爱

　　他个子高高瘦瘦，长胳膊长腿，整天背一大电脑包，走起路来都像在某一首诗深远的意境中沉浸着，长发飘逸的头颅高贵地勾着，永远一副努力开拔的不屈样子。我那时喜欢没心没肺地跟他开玩笑——

　　"呀，诗鬼，你的鞋跟儿掉了！"我在他后面追上他，装腔作势。

　　"看看是不是掉地儿上了？"他头也不回。

　　"没错儿，在地上。"我镇定自若，继续演戏。

　　"那就好，幸好掉地上，没掉别的地儿就好。"

　　见他不入套，我使劲儿地笑起来。这次他沉不住气了，头扭回来："笑什么啊，白戈答应你去爬山了？"白戈跟他一样是我的异性朋友，体育系的，那时我还没有跟他们中的任何一个确定恋爱关系，他们是要好的哥们儿，只是白戈跟我走得近些，疑似我的男朋友罢了。

　　我做恍然大悟状，我说："原来是你的脚印掉了呀！"

　　这下他大笑起来，认认真真心甘情愿被涮的样子。后来别人拿我开的玩笑取笑他，他一点不难为情不说，反而

跟人辩解，说我小北的玩笑最像诗。后来他将自己的网名由"诗鬼"毫不足惜地变更为"螳螂"，也缘于我的一个玩笑。那次我半真半假地对他说："诗鬼阴气多重啊，改叫螳螂算了。"没承想他连声说："好，好意象，别说你丫眼还真贼！"他那次盯我的眼神直而温热，只是瞬间而逝。我心底顷刻间也有些异样的东西滑过，一样是瞬间而逝，而已。

白戈开始告诫我了，他说："傻丫头，你要小心螳螂，他鬼着呢，他是在拿那副漫不经心心不在焉焉不在意的样子垂钓你呢。"

我坚定地向他保证，我说："不会，我从没想过跟在螳螂的身后靠捕蝉过日子。"

如此宣誓后不久的一个周末，我要回家，不知肖萧臻从哪里一下跑了过来，他从白戈手中抢过我的大包小包，连说同路同路，顺便送我去火车站。我跟白戈挥手再见，白戈的眼神有些悲怆，他一把拉住螳螂，忧心忡忡地说："哎螳螂，我怎么觉得我有唱'风萧萧兮易水寒'的冲动？你是不是没安好心？你该不会跟我横刀夺爱吧？"

肖萧臻笑得很鬼："横刀夺爱不行吗？只要小北还没有误投你的围城，我就有权利跟你拼死一夺！"

白戈向我举起手，失意地叮嘱我："小北，回来联系我，我去接你！"我笑着用力点头，仿佛努力在给白戈某些保证似的。我们乘上出租走出很远了，白戈依然站在原地

态度

儿，许久。

一路上肖萧臻侃啊聊啊，兴高采烈的，直似个等着上门的新姑爷。在售票大厅里，他将我捺在一边的连椅上看包，他挤上去跟人扛膀子买票。他的臂膊很长，伸出去可以越过前面的四个人直达售票口，可票还是没有买到。他先是劝我不要走，看我着急的样子，就叮嘱一声"好好等着"，跑开了。后来知道他是找黄牛党去了。等他汗淋淋气吁吁地举一张票回来，车也快开了，他再急急忙忙送我上车。车门口挤不上去，他就从窗口把我塞进去。我终于坐了下来，心情落定，我便愉快地对他说："好了，万事大吉了。"没听他说什么，我就转向他，就看他眼睛正直直地望我呢，依依难舍。

"水够你喝的，记得喝！"他紧着交代。

"嗯。"我漫不经心。

"零嘴够你吃的，记得吃！"他还在交代。

"嗯。"我依然漫不经心。

火车叫嚷起来，要开了。他猛地朝我挥起手，说再见，笑着笑着，眼睛就红红的了。看他红了的眼睛，我心上一宕。就是他笑着笑着突然红红了的眼睛，令我怦然心动，使我心软软的，想要跟他缴械投降。就缴械吧，就投降吧，我对着自己说，就爱他了，就做他的媳妇好了。那一刻我毫不犹豫地站起来，往车门处挤，在火车将要跑起来的时候，我跳了下去。

"螳螂，我爱你，我爱你！"我大喊着跑向他。他先是可爱地傻掉了，继而向我张开了他那独有的螳螂式的双臂。我们就在那个小站第一次拥抱，为爱狂欢。火车跑远了，火烫的我们才冷却下来。肖萧臻捧起我的脸，柔情似水地望着我，声音打着飘说："你的那些宝贝东西可随火车远去了呢。"我贴着他瘦弱的胸膛，幸福地呢喃："它们去了，你来了，值得！"

天地作证，明媚的阳光作证，我们相爱了！

一毕业，我们就手牵手步上婚姻的红地毯。好多好多个夜晚，他捉住我的手扣紧我，在我耳边喃喃着："我爱你！我爱你！永永远远爱你！"我亲爱的螳螂虽然瘦瘦的，他却能如一只火炉，温着我，暖着我。我心满意足了。多好啊，多好的生活样子。好多朋友都羡慕我们，说我们最是长长久久做恩爱夫妻的相。没承想还不到五年，我就看到了他痛苦的转身。

小乐说她可以没有男人，但不能没有她的文学。素素说她可以没有丈夫，但不能没有她的评论。我老老实实地说我既要文学，也要丈夫，在一个天平的两端，他们是能够守住我生命跟凤梦平衡的重。很难说一个生活失重、失衡的人，能给予民众他们需要的五谷或药石一样的文字。文学不应该是血泪的控诉、怨愤的檄文。

小乐是丢下她的丈夫飞去的。素素是她的丈夫身边多了个女人把她给挤走的。我是被我亲爱的爱人好言好语劝离的。他跟人很直白地说不要我的理由是，我连跟他做爱都像为某个小说寻求素材，他受不了我。对不起，爱人，对不起，让他有这样的感觉，真的真的不是我的故意。我很内疚，很伤心，如果有来世，做个让他满意让他疼爱的媳妇，将是我一世的大梦。终于，那个最灰色的日子来了，我的爱人开诚布公地对我说："我爱你！但你走吧。"他的眼睛依然是曾经打动我的那个红红的潮湿的样子。不同的，那次等着爱我，这次等我离开。

离别的那个夜落着雨，执着而绵长。我爱着的那人递我一把伞，匆匆关上房门。我一个寒噤，就也匆匆离开，拎着那把伞。我知道他怕自己动摇心志，而我怕他尴尬难耐。等到拐过小区的墙角，我却走不动了，一个人在执着的雨中疼着。

天下了一夜的雨，我哭了一夜的泪。

就是那样的日日夜夜，我学会了抽烈烟、喝烈酒，总想着麻醉一会儿，会好些，兴许会好些。我无法不热爱我的丈夫，爱他的真诚与忠诚，他的身边一年后才有了另外一个女人。我一直祈祷她能给我曾经的爱人一份他渴望的脚踏实地的纯情。

小乐跟周达森好一场，表面上知冷知热地相爱，背里却是争吵、冲突不断。在前不久一天深夜凌晨三点的时刻，在几乎吵闹了一夜后，周达森忍无可忍，摔门而去。

我知道的周达森并非一个不包容不负责任的男人。小乐后来给我打电话，哭哭啼啼地说，凌晨三点是她的一块硬伤，偷情的男人跟她爱着的男人，几乎都是这样一个时候离她而去。她还求我劝劝周达森，劝他回到她身边去。我知道问题不在周达森，在小乐，就去了小乐那儿。小乐的两只眼睛充了水，红肿得像俩樱桃。小乐见了我狠狠地哭，屈得像个爹舍娘不要的孩子。我先由着她哭，我知道，女人的委屈是洪，只有她自己哭出来，没有谁能代替她宣泄出来。

她哭着哭着向我大声嚷："小北你卑鄙，你把周达森给了我，跟他还藕断丝连的，你愧不愧啊?"一句话差点没把我噎死。小乐到底没明白我对她的心啊。

"你有证据吗?"我平静地问小乐。

"没有。"许久她才说。

"周达森说过我跟他还藕断丝连的吗?"

"没有。"

"你自己说出的话，你信吗?"

女人在感情空蒙无依的时候，就多猜疑了。她问出的话兴许她也没把握，你的回答兴许就是她反反复复的剖析。可她们喜欢借他人的口说出来，他人是旁观者，旁观者清，说出的话自然可信，她们就信了，许就找到了慰藉。

小乐依然对我嚷："周达森的心还在你那儿，没在我这儿。我的感觉不会骗我。"

这话让我的心柔软地一沉，我忍着眼泪对小乐说："周达森的心在我这儿，是他的事不是我的事。周达森的心不在你这儿，是你的事不是周达森的事。"

小乐的话就有些软了，她无助地说："我怎么就拴不住他的心哪？你比我有哪些好，小北，有哪些好呢？"

我忍着痛劝小乐："你尝试为他屈就一回，别苛刻，别强加，别征服，别改变，去理解和接受，再试试？"

小乐依然不接我的话，哭着说："我怎么就没生成个农家妇哪，我也想老老实实做谁的灶下妇，真的是这样。"小乐是说过，她羡慕人家庄稼汉子的老婆，大声笑像满世界咯咯叫的母鸡，大嘴打哈哈像无忧无虑的骒马，大胆放屁像战天斗地的男人。她们不喊着要爱情，男人却一天到晚影子似的伴着。男人像忽略日子一般忽略他们的女人，可女人一旦没了，男人仿佛叫人劈去半拉身子似的哭，惊天动地的。他们倒是真的比翼鸟、连理枝。说是这样说，可她小乐总是在前行的时候不觉间把梦想中一些本真的东西丢掉了。

"小北，我寂寞，我一直都寂寞啊。我想要一份真爱，哪怕用这一切的一切去交换，也一百二十个愿意啊。"小乐哭倒在我支离破碎的怀抱里，我拥紧她，无话可说。

我听小乐的，给周达森打电话，劝他回到小乐身边去。周达森不接我的话，他问我："你过得好吗？"听上去像很疲惫。我在电话里对他笑，我无中生有，我说我的前丈夫刚刚跟我通过话，他也这样问我。我却管不住自己，眼泪落得稀里哗啦。我骂自己，向小北，何必这样虚伪？

周达森在电话那端轻轻地说："小北，别哭啊。"我还在装腔作势，我说："是啊，我前丈夫的那个电话感动我了。"周达森叹口气，殷殷地嘱咐我："好好生活，小北！"我"嗯"一声，急忙挂断电话。那一刻，我的眼泪，我的心情，如三月漫天飞舞的飘絮，纷纷扬扬，杂沓汹涌。

他们又在一起了，有近半年的时日。半年后还是分开了。终究不再好劝。

小乐是说过她不想活了的话，说活着太难，太苦。我跟素素想办法让小乐笑，满世界的软话。

小乐笑了，很凄绝。她不再是以往谈论男人的样子了，她那时谈起男人，纯粹像一个满嘴霸气的女王谈论她的奴隶，她要谁匍匐在她的脚下，甚至是亲吻她的脚趾，那男子一准该受宠若惊，乐此不疲。这会儿不是了，她是真的对一个男人上心了。人世间的饮食男女，可以是两坨黄泥，竟不可以随便打破，着水重活过，再捏一个你，再捏一个我，更难轻易做到哥中有妹妹，妹中有哥哥。美好的故事在书上，这话有些道理。那一刻我竟有些怀疑我文字的力量了。

小乐最终没有写成她想要惊天泣鬼的《殇》，她选择以这样的方式，从水深火热中解放了自己。

公安局派人来勘查了现场，鉴定为自杀。他们一走，我们就把小乐送到了殡仪馆。小乐在这儿没什么亲人，也没工作单位，很难为她开个像样的追悼会。我们决议不开。

我求殡葬师把小乐的脸整漂亮些。我跟素素还有周达森我们去为小乐买临行的衣服。素素跟我意见一致，花一千八百八十八元为小乐买了一套大红的婚纱，要让小乐像个幸福的嫁娘一样，从黑白中解脱出来，带上一份全新的人生离开。

我和素素给小乐洗净身子，帮她穿上婚纱。她前夫的照片，我们为她紧紧粘贴在她的婚纱上。这般或许正是她深深的悔悟跟切切的诉求了吧？

周达森说，要不要给小乐买套记事本和笔带上？我跟素素坚决反对，说小乐如果来世还做女人，一准做个农家妇，不做作家。

周达森起身把我们所在房间的窗户拉开。正午温暖的阳光，便从大开的窗户里"哗"地淌了进来，水一样漫过小乐白皙的脸，喜庆的婚纱，迅速充填了整个房间，以至我们忧伤的心房。我跟素素不时帮小乐这儿扯扯，那儿拉拉。穿着婚纱静静地躺在明媚阳光里的小乐，像个小憩一会儿的美丽新娘。

我们守着小乐让她安安静静地睡了一天，第二天下午送去火化。火化房外好一个空阔的院子，花带里的残花凄凄幽幽地开着，高大的杨树的叶子风风拉拉、飘飘洒洒地当空飘摇……一切仿佛被死寂牢牢地攫住；却有《好人好梦》《好人一生平安》的背景音乐响着，更迭、反复，很是空灵，仿佛从天外来，仿佛从地下来，就是不像从这院里来。送达你的耳，你的心，却让你没感觉，没心情。可它实实在在是一种情调，一种祈祷。这里确实是个可以供人无限伤心、怀想、哀悼的所在，为着越来越多的生命在此接受火的洗礼后，送达那个但愿美好如天国的域度。

很快，小乐永远地躺在周达森为她挑选的精美的盒子里了。我说我抱着，周达森不让，他抱着，一直到把小乐安置在东山公墓里。小乐应该欣慰，有个周达森这样的男人送她走完人生最后的路程。我终究不知道，我那样一个梦里是不是将小乐的手就放进了他的手里。我们为小乐带了鲜花、水果，替她摆上。

公墓建在东山的阳坡，小乐的墓正在半山腰。身后是山，前面不足十公里的地方是海，头顶着开满洁白云朵的蓝天，依山傍水，绿树、花草、鸟鸣、海啸，无意间，小乐住进诗人海子留在人世的那个犹如海市蜃楼的大梦中了：面朝大海，春暖花开。

我们陪小乐坐到天黑。

出了公墓的大门，我们又站了许久，觉得把小乐一个人丢在这儿，不忍。近十月的夜来得早了，也凉得很。周达森对素素说："孩子还在医院，你赶紧回去。"说着为素素拦了辆的士。素素将我的手紧紧地握了握，然后说"好吧"，挥挥手坐进启动的车里。突然，我觉得身后有小乐走来，就朝后看，朝公墓大门很深处的地方看。这个不安分的小乐她会在这么一个庄严肃穆的地方长眠吗？

"她会在这儿安息的。"周达森像看到了我的心思，安慰我说。随后，他把他的长外套披在我的身上，拥住我往前走。

我们绝口不谈小乐，她是我跟周达森的伤，是我跟周达森的痛，也是我们之间隐隐竖着的一堵墙。

墓地离我住的房子有三十多里地远，我们就这样肩并肩走回去，走了大半个夜晚。先是一路上有风，后来就有了满天的星星跟月亮，后来就望到了默默守望着这个大都市的路灯，还有这个充满诱惑的都市已沉入梦乡的午夜。

我们的影子一直在路上，在月亮跟路灯无比热情的光晕里，被一再地拉长、缩短，缩短、拉长……

中间隔一天，我们去收拾小乐的遗物，看到了小乐的遗书。她嘱我把别墅卖掉，把钱捐给贫困山区那些期待救助的苦命的女人花。

我原以为小乐走后会有人来收她的房子，没有。我记起当时素素跟我问及她的房子及经济来源的时候，小乐诡谲地笑道："你们吃鸡蛋非要弄明白是哪一只鸡下的吗？"

终于进入小乐的卧室，看到床上跟一面墙上全是血渍。我拿眼睛问素素跟周达森，才从周达森那里知道了小乐的死法。小乐一定怕自己死不掉，用一根长绳从顶灯上吊下个头套儿，绳的两端在床头的铁栏上又打出两个手腕套儿，右边的套儿里挤进一个刀片，同时还有一杯药酒。小乐为自己的死设想得万无一失。素素说小乐一定没想到她死后那个恐怖的样子，想到了她一准不会死，她最怕让人看到她不美的一面。

我们找到了房产证，证件上正是小乐的名字。一个月后，房子卖掉了，由周达森以小乐的名义办理了捐献手续。不久，有好几家新闻刊物报道了小乐捐献巨资的故事。我们一一搜了回来，这才是小乐留给世间最干净、最艺术，也最具有穿越时空力量的作品:《殇》!

那天，我跟周达森特意为小乐买了一台小录放机，里面仅载录了一首歌,就是梅艳芳的《女人花》。刚刚下过一场秋雨，墓地清新而有尊严。小乐的墓碑也干干净净的，像她的梳妆台镜，照片上的她妩媚而又纯情地笑，样子依旧，似乎想要整个世界，都低眉顺眼地，臣服在她摇曳生姿的石榴裙下。

我们一边焚烧那些颂扬小乐的文字，一边将她喜欢的《女人花》放给她听。火舌愉快地翻卷、舞动，哀怨、凄绝的歌声如幸福、祥和的炊烟，久久地在墓地上空袅袅着升腾、回旋。

从墓地回来，周达森提议去"塞纳左岸"坐坐。我答应了，我明白他的意思，那是我们爱情开始的地方。

还是那扇临街的窗子，还是那张桌子，还是我们两个，彼此的心路，却都绕了一个难以启齿的弯道。

周达森为我要了杯摩卡，为自己要了杯蓝山："你该有新的作品拿出来了，不少读者耐不住期待，写信问你的近况呢。"

"还真是这样啊。"我望着他有些凄然地笑。真的好久好久没敲出完整的东西了，多是半半拉拉的愤怒与感伤。

"我好好等着，跟你的粉丝一样好好等着。"周达森说，声音低沉。

"有相上的好男人吗？有就好好嫁掉吧。"许久，他试探着问。

"一年前我相上一个好男人，我却把他推给了别人……"我喉舌发紧，说不出话来，想说什么的时候，总感觉会有眼泪要汹涌而出，将自己淹没。

"一年前我也相上一个好女人，可我没能好好保护她……"周达森眼睛潮了，轻轻笑着望定我。

这个男人依然深深爱着我，依然深深爱着。我再也矜持不住，五脏六腑里冰冻已久的不堪回首，顿作滚烫如沸的热泪，汹涌地流了一脸。我也还深深爱着这个男人啊。

爱就够了，发生的已经发生，它打破了我们的平静，伤害了我们的心灵，而我们能做的，就是将痛埋掉，裹紧生命，继续前行。

周达森望定我，右手摊开，伸过来，眼神深切，充满期待。我不曾迟疑，将手伸过去，放进他宽厚的掌心里，感觉自己一同跟进去了，很踏实。

周达森释然地笑了，顺势绕过桌角，坐下来，拥住我，吻住我的额头。我整个人儿战栗起来，觉到了一股力量，一股饱满的、振奋的力量，刹那间穿透了我的肉体跟灵魂，又一次，我在周达森坚实的怀抱里，痛哭失声。

"你们这群在城市上空耕种麦田的女子啊。"周达森下巴轻轻摩挲着我的额头，轻叹。

周达森感叹过，说都市女人追梦，有如在城市的上空耕种麦田，比起男人来，梦想更不容易落地。自他感叹过后，很长时间以来，我总重复做着同一个梦，总是梦到在这个纷纷扰扰的城市上空，悬浮着一块唯一属于我的恬静、安详的麦田，我在里面勤勉地耕种麦子，金色的麦浪起伏翻涌，风里弥散着麦子的清香，自己的梦想、信仰、爱恋、力量，甚至是如酒的乡愁，全在那儿静静孕育，成长……

"这次记得，你的麦田里还有我。"

我用力点头，拥紧周达森，像拥紧了我天长水阔的未来。

（原载《奔流》2017 年第 4 期）

态度